MONICA MILLS

THE BOSS - *Liebe auf Bewährung*

Monica Mills

THE BOSS

Liebe auf Bewährung

1. Auflage Mai 2017

»Der Morgen war so kalt wie das Herz eines Anwalts.«
(Sprichwort)

Kapitel 1 - Sedan

Ungeduldig blätterte Sedan in dem Aktenberg auf seinem Schreibtisch. Wo war dieses verdammte Boulevardmagazin, das die Praktikantin ihm bringen sollte? Mit einem genervten Seufzen sah er auf. Sybille, seine Sekretärin stand im Türrahmen und wartete auf Anweisungen. Das tat sie nun bereits seit fünf Minuten.

»Bestätigen Sie den Termin mit Amanda Hope und bringen Sie mir einen Kaffee. Einen Guten bitte. Nicht dieses Gesöff, das die dämliche Praktikantin angeschleppt hat.« Er hasste es, wenn seine Angestellten nicht das taten, was er ihnen aufgetragen hatte, vor allem, wenn es sich dabei um so etwas lächerlich Einfaches handelte, wie ein blödes Magazin zu besorgen und ihm auf den Schreibtisch zu legen. Das hätte selbst ein Affe hinbekommen.

Sybille nickte, rührte sich aber nicht von der Stelle. Sie kannte ihn gut genug, um zu wissen, dass weitere Anweisungen folgten. Hastig wühlte er die Tagespost durch.

Amanda Hope hatte sich getrennt. Die aktuell begehrteste Schauspielerin Hollywoods und heißeste Anwärterin auf den nächsten Oscar. Und alle Anwälte der Stadt gierten danach, sie in die Finger zu bekommen. Auch Sedan. Seine Kanzlei, *Guillaume&Davis,* gehörte zu den besten Kanzleien der Stadt, aber ihm fehlte der letzte Kick, der Glamour, der Ruhm, der ihn über die Grenzen von Los Angeles hinweg bekannt machen würde.

Und dafür brauchte er Amanda Hope.

Sein Instinkt sagte ihm, dass ihre Scheidung schmutzig werden würde, und deshalb wollte er derjenige sein, der an ihrer Seite stand, wenn das Blitzlichtgewitter auf die Schauspielerin niederging und sie von zahllosen Paparazzi verfolgt werden würde. Diese Scheidung würde ihn in den Anwaltsolymp katapultieren.

»Verdammt.« Wütend schob er den Postkorb zur Seite. Das blöde Klatschblatt war nicht da. »Besorgen Sie mir die aktuelle Ausgabe der VIPnews, und zwar schnell.«

»Sehr wohl, Mr. Guillaume.« Sybille war keine Frau großer Worte, doch sie arbeitete schnell und effizient. Auf sie konnte er sich verlassen. Sie würde der Praktikantin Beine machen.

Um die Zeit bis zum Eintreffen seines Kaffees und dem Boulevardmagazin sinnvoll zu nutzen, rief Sedan einen Mandanten an. Jason Waters. Seine baldige Exfrau, die von der geplanten Scheidung noch nichts wusste, war ehemalige Stripperin und geschätzte tausend Jahre jünger als ihr Mann. Sedans Aufgabe als Scheidungsanwalt war es nun, dafür zu sorgen, dass sie sich nach der Scheidung höchstens noch eine Absteige in South Central leisten konnte und wieder an derselben Stange tanzen musste, von der Jason sie einst gepflückt hatte.

»Jason, hi. Hier ist Sedan.« Die meisten seiner Mandanten nannte er beim Vornamen, das schaffte eine engere Bindung und ein Vertrauensverhältnis, das er unbedingt brauchte, wollte er am Ende ordentlich bezahlt werden. Denn nur ein Mandant, der seinem Anwalt vertraute, zahlte ohne zu murren alles, was er ihm in Rechnung stellte. Auch bei Jason Waters machte er keine Ausnahme, obwohl der wahrscheinlich in einer Zeit geboren worden war, in der man seine Eltern noch mit Nachnamen angesprochen hatte.

»Sedan, ich hoffe, du hast gute Nachrichten für mich.« Jason war trotz seiner sechsundachtzig Jahre geistig voll auf der Höhe und dank Viagra ein alter Lüstling, wie er nicht müde wurde zu betonen, als wäre das etwas, worauf er stolz sein konnte.

»Ich habe sogar sehr gute Nachrichten«, sagte Sedan. »Der Mann, den ich angeheuert habe, hat deine Frau bis zu einer Bar verfolgt und dort jede Menge kompromittierender Aufnahmen gemacht. Sie war wohl nicht mehr ganz nüchtern, deshalb hatte es unser Lockvogel besonders leicht.«

Er schüttelte die Fotos aus dem Umschlag und betrachtete sie zufrieden. Die blondierte Sexbombe mit den riesigen Brüsten und dem hautengen Kleid war nicht nur ein wandelndes Klischee, sondern auch noch dumm wie Stroh. Sich in einer Bar zu betrinken und in aller Öffentlichkeit mit einem Fremden rumzuknutschen konnte man nur als dumm bezeichnen, wenn man mit dem Immobilientycoon Jason Waters verheiratet war und die Ehe nicht gut lief.

Jason lachte so laut auf, dass Sedan erschrak. »Wusst ich's doch. Die treulose Schlampe. Bei mir ziert sie sich und für den jungen Hengst macht sie die Beine breit. Das wird sie mir teuer bezahlen, richtig?«

»Und wie sie das wird«, stimmte Sedan zu.

Ob Blondschopf wirklich für einen anderen die Beine breitmachte, wusste er nicht, für seinen Lockvogel hatte sie es jedenfalls nicht getan, aber die Fotos waren eindeutig genug, um beim Richter Zweifel zu säen, selbst wenn das Mädel ihre Unschuld beteuerte. Wer diese Aufnahmen sah, fällte unterbewusst bereits ein Urteil, ob die Frau nun schuldig war oder nicht.

»Jason. Damit wären alle Vorbereitungen getroffen und wir können loslegen«, fuhr Sedan fort. »Bist du bereit für den finalen Schritt?«

»Und wie ich das bin.« Jason schnaubte wie ein angriffslustiger Stier. »Ich freu mich schon auf ihr dämliches Gesicht.«

»Sie wird noch mehr als ein dämliches Gesicht machen. Sie wird am Boden zerstört sein.« Sedans Einschätzung nach war die Überrumplungstaktik in diesem Fall die beste, denn bevor Blondschopf überhaupt wissen würde, wie ihr geschah, hatte ihr treusorgender Ehegatte seine Schäfchen bereits ins Trockene gebracht.

Zufrieden lehnte Sedan sich zurück. »Dann mache ich jetzt den Scheidungsantrag fertig und lasse ihn deiner Frau zustellen.«

Jason lachte erneut auf. »Guy hat nicht übertrieben. Du bist wirklich ein scharfer Hund.«

»Das ist mein Kredo.« Und dafür kassierte er achthundert Dollar die Stunde. »Ich belle nicht, ich beiße zu, und zwar dorthin, wo es wehtut.«

Jason lachte und übertönte damit fast das schüchterne Klopfen. Die Praktikantin trat ein. Sie war feuerrot im Gesicht und hielt das Boulevardmagazin in ihren zitternden Händen. Der Anblick des eingeschüchterten Mädchens gefiel Sedan. In sein Büro geschickt zu werden, regte die kleinen Arbeiterbienchen immer schrecklich auf. Er verabschiedete sich von Jason und wandte sich der Praktikantin zu, die unter seinem Blick regelrecht zu schrumpfen schien.

Wie hieß sie noch gleich?

»Ich soll Ihnen die VIPnews bringen«, sagte sie mit piepsiger Stimme und hielt ihm das Magazin hin.

Weil Sedan gerade gute Laune und nichts dagegen hatte, diesen Zustand beizubehalten, beschloss er, ein wenig mit ihr zu spielen. Betont langsam beugte er sich vor und berührte absichtlich ihre Hand, als er das Magazin entgegen nahm. Erschrocken zuckte sie zurück und errötete noch ein wenig mehr. Sedan liebte das. Die meisten Praktikantinnen, die in seiner Kanzlei arbeiteten, waren scharf auf ihn, bisher hatte er immer widerstanden, denn er wollte gewiss keine Anzeige wegen sexueller Belästigung oder Machtmissbrauch angehängt bekommen. Deshalb ließ er die Finger von den Praktikantinnen, auch wenn sie so niedlich waren wie ... *Amy*. Das war ihr Name. Amy. Sie wollte Jura studieren und absolvierte ein sechsmonatiges Praktikum in seiner Kanzlei, weil es ihr dabei half, einen Platz an ihrem Wunschcollege zu ergattern.

»Warum bringst du die Zeitschrift erst jetzt?«, fragte er mit betont freundlicher und ruhiger Stimme, bei der jeder spürte, dass gleich die Explosion erfolgen würde. Normalerweise würde er das Mädchen einfach zur Schnecke machen, aber Jason Waters Scheidung würde ihm einen neuen BMW finanzieren, da konnte er auch mal großzügig sein und ihr eine Gnadenfrist gewähren.

»Entschuldigung, ich habe heute Morgen den Bus verpasst, weil sich meine Katze übergeben hat, deshalb bin ich noch nicht dazu gekommen, die Zeitschrift hochzubringen.«

Nervös strich sie ihre dunkelblonden Haare zurück und dann über den knielangen Rock, in dem sie sich sichtlich unwohl fühlte. Offenbar gehörte sie der Jeansfraktion an. Damit würde sie es bei *Guillaume&Davis* nicht weit bringen. Stilvolle Kleidung war Sedan wichtig, dazu gehörten Maßanzüge für Männer und Röcke für Frauen. Er ließ auch einen Hosenanzug durchgehen, aber dann musste er zumindest von Laurèl oder Hugo sein.

Amy hatte also eine Katze und trug am liebsten Jeanshosen. Na toll. Wer hatte die dumme Nuss überhaupt eingestellt? »Kein Problem«, sagte er mit dem freundlichsten und falschesten Lächeln, das er zustande brachte. Wahrscheinlich sah er eher aus wie ein grinsender Hai, denn Amy schluckte nervös und wich einen Schritt zurück. Hach, was für ein Spaß. Er sollte täglich jemanden feuern.

»Kann ich sonst noch etwas für Sie tun?«, piepste sie.

»Allerdings.« Sedan beugte sich vor und faltete die Hände. »Du kannst deine Sachen packen und gehen.«

Erschrocken riss sie die Augen auf. Sie sah aus wie Bambi. »Wie bitte?«

Sein Lächeln behielt er bei, doch sein Blick wurde hart wie Stahl. »Amy. Du bist entlassen.«

Ohne ihre Reaktion abzuwarten, nahm er die Fotos vom Schreibtisch und schob sie wieder in den Umschlag zurück. Er hatte seinen Spaß gehabt, jetzt musste er weiterarbeiten. Amy stand wie angewurzelt da und starrte ihn mit ihren Kuhaugen geschockt an. In dem Moment betrat Sybille das Büro, in der Hand den Kaffee, den sie von Moretti hatte kommen lassen, weil sie im Gegensatz zu Amy wusste, dass er dort am besten schmeckte.

»Amanda Hope hat den Termin bestätigt. Morgen, dreizehn Uhr zum Lunch«, sagte sie.

Na geht doch. Wenigstens auf Sybille war Verlass.

»Danke.« Sedan nahm den Kaffee und deutete auf Amy. »Begleite die junge Dame hinaus, ich habe sie gerade fristlos entlassen.«

Sybille verzog keine Miene. Noch etwas, was er an seiner Sekretärin schätzte. Sie war professionell und hielt sich mit ihrer persönlichen Meinung komplett zurück. Sie nickte nur, nahm die schockierte Amy am Arm und führte sie aus seinem Büro.

Mit der Zeitschrift in der Hand lehnte Sedan sich auf seinem ergonomischen Chefsessel zurück. Vielleicht war er ein wenig zu hart gewesen, aber hier ging es um mehr als um kotzende Katzen und hässliche Röcke. Er schwamm in einem Haifischbecken, in dem die kleine Amy in null Komma nichts zerfleischt werden würde. Sie wusste es noch nicht oder redete sich wahrscheinlich das Gegenteil ein, aber sie passte nicht in diese Welt. Sie sollte an irgendeinem netten, kleinen Communitycollege studieren und Anwältin für Familienrecht oder Erbschaftsangelegenheiten werden. Für die großen Fische fehlte es ihr an Persönlichkeit.

Er musste das Magazin nicht öffnen, die Schlagzeile sprang ihm schon auf der Titelseite entgegen. *Ehe-Aus bei Amanda Hope*. Darunter ein Bild von Amanda mit Sonnenbrille, wie sie mit gesenktem Kopf auf ihren Wagen zuhastete. Sie trug Hotpants und ein oversized Shirt, das ihren sportlichen Körper umflatterte. Sedan blätterte zu dem Bericht.

Sie galten als das Hollywood-Traumpaar. Zweifache Grammy-Gewinnerin und bestbezahlteste Schauspielerin Hollywoods: Amanda Hope und Skandalregisseur Ben Fraser.
Drei Jahre war das Traumpaar verheiratet, dank Ben Fraser hat Amanda eine kometenhafte Karriere hingelegt. Nachdem sie sich am Set von »A devil in Rome« kennen- und lieben gelernt haben, spielte Amanda in zwei weiteren Ben Fraser Produktionen mit, unter anderen in dem oscarprämierten Meisterwerk »Uptown Girl«, wo sie die Tochter einer drogensüchtigen Sängerin mimte. Für die Rolle wurde sie mit einem Oscar als beste Nebendarstellerin ausgezeichnet.
Der Trennungsmeldung des ehemaligen Traumpaars scheint nun ein Rosenkrieg allererster Güte zu folgen, denn Ben Fraser hat angekündigt, sie wegen ihrer Affären aus seinen nächsten beiden Filmen zu werfen. Amanda Hope hat die Affären dementiert und behauptet, dass eher der Regisseur ausgewechselt werden würde als sie.
„Ich bin nicht im Geringsten überrascht von der Trennung", sagt ein Insider und verrät, „die Ehe war für Amanda nur ein Sprungbrett."

Zufrieden klappte Sedan die Zeitschrift zu. Skandale, Lügen, Intrigen. Das klang ganz nach seinem Geschmack.

Er musste Amanda Hope unbedingt für sich gewinnen, schon allein weil ihn brennend interessierte, was hinter den Kulissen wirklich abging. Insiderwissen schadete nie. Morgen würde er sie mit harten Fakten und seiner bewährten Charmoffensive auf seine Seite ziehen. Und wenn er erstmal in sämtlichen Medien war, würde seinem Aufstieg nichts mehr im Weg stehen.

Kapitel 2 - Valentina

Während Valentina die Laufschuhe zuschnürte und ihre schwarzen Haare zu einem Pferdeschwanz zusammenfasste, kroch ein strahlender Morgen herauf. Heute war sie extra früh aufgestanden, weil sie vor ihrem Vorstellungsgespräch joggen gehen wollte. Ihre winzige Wohnung lag nur drei Blocks vom Santa Monica Pier entfernt, das musste sie endlich mal ausnutzen. Zwar verspürte sie bei dem Gedanken, allein draußen herumzulaufen, das übliche Flattern in der Brust, aber dieses Unbehagen musste sie ignorieren, hatte ihre Therapeutin ihr geraten. Ihr Exfreund Marc war weit weg, im eintausend Meilen entfernten Montana um genau zu sein, nur ihr Vater und ihre Schwester wussten, wo sie hingezogen war. Alles war gut.

Sie brauchte keine Angst zu haben.

Vorsichtig schlängelte sie sich zwischen den Kisten hindurch, die das fünfzehn Quadratmeter kleine Zimmer bevölkerten, das ihr zukünftig als Wohn- und Schlafzimmer dienen würde, bis zu dem Koffer mit ihren Kleidern. Das Outfit für ihr Bewerbungsgespräch lag obenauf, damit sie später nicht in Stress geriet, allerdings musste sie es auf einen Bügel hängen, damit sich die Falten in der Bluse halbwegs glätteten. Dummerweise hatte sie kein Bügeleisen mitgenommen.

Die Kleidervorschriften bei *Guillaume&Davis* waren streng, wie Mr. Davis während ihres Telefonats mehrfach betont hatte, deshalb hatte sie auf eBay dieses Designer Kostüm ersteigert. Es war nicht gerade modern, sie sah damit ein wenig aus wie eine Adelige aus dem britischen Königshaus. Fehlte nur noch der passende Hut. Während sie die cremefarbene Bluse glattstrich, und den Blazer zurechtrückte, fühlte sie sich plötzlich beflügelt, als würde sie gesellschaftlich aufsteigen, nur weil sie diesen Fummel trug. In Polson würde sie jeder anglotzen, wenn sie damit über die Straße gehen würde. Seltsam, welchen Unterschied Kleider und Orte machen konnten.

Gut gelaunt verließ sie schließlich ihre Wohnung. Die aufgehende Sonne versprach bestes Wetter, sie bekam einen tollen Job und sie hatte ihre Ängste im Griff. Perfekter konnte der Tag nicht beginnen.

Die Euphorie hielt genau zwanzig Stufen oder achtzehn Sekunden, denn das war die Zeit, die sie brauchte, um nach unten zu gelangen. Als sie auf den Gehweg trat, verflog das Hochgefühl schlagartig. Angespannt sah Valentina sich um. Wie ein finsterer Riese ragte die Petticoat-Palme neben ihr auf. Im morgendlichen Zwielicht des beginnenden Tages wirkte die Straße mit den Wohnblocks wie ein Riesenwurm mit dunklen Augen, der sie feindselig beobachtete. Sie zögerte, strich gedankenverloren über die feinen Narben auf der Innenseite ihres rechten Arms. Das tat sie immer, wenn die Angst sie ergriff. Vielleicht sollte sie wieder ins Haus gehen, zurück in ihre Wohnung und sich lieber auf ihr Vorstellungsgespräch vorbereiten. Wer konnte sagen, welche zwielichtigen Gestalten morgens um halb sechs in L.A. unterwegs waren?

Ihr Herz wurde schwer. Sie hatte sich so sehr auf ihre Freiheit gefreut. Überall hingehen zu können und keine Angst mehr haben zu müssen, dass hinter dem nächsten Baum, in einer Seitenstraße oder im Café Marc lauerte.

Nein! Sie hatte alles hinter sich gelassen. Freunde, Familie, ein Studium, ihre Heimatstadt, so langweilig sie auch gewesen war, und in L.A. ein neues Leben begonnen. Das würde sie sich nicht von diesem Arschloch von Exfreund ruinieren lassen.

Sie hatte überlebt und jetzt wollte sie endlich wieder leben.

Entschlossen tastete sie nach dem Pfefferspray in ihrer Bauchtasche. Die kühle Aluminiumdose zu berühren, beruhigte sie.

Sie würde sich nicht in ihrer Wohnung verkriechen. *Ich bin mutig und bereit*. Das war das Mantra, was sie gemeinsam mit ihrer Therapeutin erarbeitet hatte.

Ich bin mutig und bereit. Einmal tief durchatmen und los. Schritt für Schritt. Bis zum Meer war es nicht weit. Das würde sie schaffen. Sie startete langsam, gab ihren Muskeln Zeit, sich aufzuwärmen, und versuchte dabei, die frühmorgendliche Ruhe zu genießen. In spätestens einer Stunde würde der Verkehr mörderisch werden und die heiße Luft mit Abgasen verpesten.

Mit jedem Schritt ließ ihre Anspannung nach. Sie spürte den Asphalt unter ihren Füßen und den Übergang zum weichen Sand, als sie endlich am Strand ankam. Auf dem Radweg fuhr ein einsamer Radfahrer vorbei. Er beachtete sie nicht. Ein paar Meter weiter sah sie ein blaues Lifeguard Häuschen, das so früh am Morgen unbemannt schien.

Tief sog sie den Atem ein und legte an Tempo zu. Auf Sand zu laufen, war eine völlig neue Erfahrung und zugleich eine Herausforderung. Es kostete Kraft. Das war gut. Wenn sie sich richtig auspowerte, spürte sie nicht mehr die Angst, die sie ansonsten in ihren Klauen hielt. Deshalb hatte sie mit dem Joggen überhaupt erst angefangen. Mittlerweile rannte sie schneller und ausdauernder als die Angst und das machte sie frei.

Die fremden Schritte hörte sie sofort, selbst über das Rauschen der Wellen hinweg. Sie war nicht mehr allein. Warum auch? Schließlich gehörte ihr der Strand nicht. Trotzdem machte es sie nervös. Das herrlich entspannende Gefühl drohte zu verschwinden.

Sie widerstand dem Impuls, sich umzusehen, fasste stattdessen in ihre Bauchtasche und tastete nach dem Pfefferspray. Sicher war sicher. Die Schritte kamen näher, schnelle, schwere Schritte. Gleichmäßige Atemzüge. Ein Mann. Schweiß rann ihren Nacken hinab.

Ich bin mutig und bereit.

Nein, war sie nicht. Ihr Mut versackte irgendwo zwischen der Erinnerung an ihren Exfreund und der Panik, die diese Erinnerung auslöste. Seit Monaten versuchte sie, das Schreckgespenst Marc aus ihren Gedanken zu vertreiben, doch die Erinnerung war wie ein Raubtier. Hatte es erstmal Witterung aufgenommen, ließ es sich nicht mehr abschütteln, bis es seine Beute erlegt hatte.

Sie rannte schneller. Ihr Herz pochte. Bilder blitzten vor ihrem geistigen Auge auf, zu real, um sie zu verdrängen.

Wie ein Geist trat er hinter dem *Baum hervor und stellte sich ihr in den Weg. Groß und bedrohlich wirkte er, trotz des karierten Hemdes und den albernen Cowboystiefeln, die Valentina so hasste. Die Augen hatte er hinter einer getönten Sonnenbrille verborgen. Die Abenddämmerung umgab seine Gestalt mit einer Aura aus rotglühendem Licht. Er wirkte wie ein dämonischer Kleinstadtkrimineller.*

»Hallo Valentina«, sagte er mit schmeichelnder Stimme und einem siegesgewissen Grinsen, das ihr das Blut in den Adern gefrieren ließ. Was hatte er vor?

»Marc.« Sie stoppte abrupt. »Was willst du hier?«

»Spazierengehen.« Die Lüge kam ihm glatt von den Lippen, er garnierte sie sogar mit einem Lachen, als wäre das alles ein Witz. »Ist doch nicht verboten oder?«

»Lass mich in Ruhe!« Valentina straffte sich. In die Defensive zu gehen war keine gute Idee. Sie musste selbstbewusst wirken, einfach weiterlaufen und so tun, als wäre ihr Exfreund gar nicht da. Das hatte ihr der Polizeibeamte geraten, bei dem sie Marc angezeigt hatte.

Entschlossen stapfte sie weiter.

Er griff nach ihrem Arm. »Hey. Bleib doch mal stehen. Warum bist du sauer auf mich? Hab ich dir was getan?«

Dieser Mann war wahnsinnig. Glaubte er tatsächlich, dass er ihre Zuneigung zurückgewinnen konnte, indem er sie stalkte? Merkte er denn nicht, was er ihr damit antat? Die Polizei hatte ihr geraten, ihn im Falle einer Begegnung einfach stehenzulassen und auf keinen Fall mit ihm zu diskutieren, doch die Worte platzten heraus, bevor Valentina sie aufhalten konnte. »Warum stellst du mir nach? Ich will nichts mehr von dir, warum kapierst du das nicht?«

Seine Miene glich einer starren Maske, offenbar musste er ihre Worte erst verdauen. Langsam setzte er die Sonnenbrille ab, verengte blinzelnd die Augen, deren Farbe Valentina an kalten Stahl erinnerte. Früher hatte sie genau das anziehend gefunden, doch nun schnürte ihr der Anblick die Kehle zu.

»Du und ich, wir gehören zusammen«, sagte er schließlich mit drohender Stimme, die keinen Widerspruch duldete. »Das solltest du mittlerweile gemerkt haben. Ich kenne dich, Valentina.« Mit seinem Zeigefinger strich er über ihre Wange. »Ich kenne jeden Zentimeter deines Körpers.«

Valentina zuckte zurück. »Hör auf damit!«

Brutal zog er sie wieder näher, sodass sie gegen seinen Brustkorb prallte. »Ich weiß, was du denkst, was du dir wünschst, kenne deine dunkelsten Geheimnisse. Du gehörst mir. Kapierst du das?«

Es gab so viele Frauen auf der Welt. Warum Marc ausgerechnet von ihr besessen war, würde sie wohl nie verstehen. Es ging um Macht, hatte die Psychologin ihr erklärt, und um Kontrolle. Er wollte sie brechen. Je mehr sie sich wehrte, umso vehementer stellte er ihr nach. Das gab ihm den Kick, nach dem sein kranker Geist verlangte. Valentina konnte das nicht verstehen, hatte sich anfänglich sogar darüber lustig gemacht, doch aus der Herablassung war bitterer Ernst geworden, als Marcs Übergriffe immer häufiger und unverschämter wurden.

»Hallo?«

Die Stimme eines Mannes riss sie aus ihrer Erinnerung. Eigentlich müsste sie dankbar sein, denn Erinnerungen an Marc waren niemals gut, doch stattdessen verspürte sie panische Angst. Die Erinnerungsfetzen in ihrem Kopf waren so real gewesen, so nah, als wäre die Sache gerade erst passiert. Ihr Herz raste.

»Halt stopp.« Der Mann kam näher.

Panisch blickte sie über ihre Schulter. Bis auf den Mann hinter ihr war der Strand leer. Warum war sie nicht in ihrer Wohnung geblieben? In Sicherheit zwischen ihren unausgepackten Umzugskisten und mit vorgelegter Türkette an der Wohnungstür. Am frühen Morgen mutterseelenallein an einem fremden Strand in einer fremden Stadt zu joggen war die bescheuertste Idee des Jahrhunderts gewesen.

Aber sie hatte sich ja unbedingt etwas beweisen wollen.

Zitternd zerrte sie das Pfefferspray aus der Bauchtasche. Der Mann hatte sie fast eingeholt. Er trug eine Basecap, eine dunkle Jogginghose und ein eng anliegendes T-Shirt, das seinen muskulösen Oberkörper betonte. Er war attraktiv, doch das war Marc auch gewesen. Gutes Aussehen sagte nichts über den Charakter aus. Erneut blickte sie über die Schultern. Der Mann hatte sie eingeholt. Er streckte die Hand aus und berührte sie am Arm. *Oh Gott. Nein!* Er hielt sie fest.

»Verschwinde!« Valentina hob das Pfefferspray, entsicherte die Dose und drückte auf den Hebel, so wie sie es geübt hatte. Sie drückte und drückte und hörte nicht auf. Ein kräftiger Strahl spritzte aus der Düse direkt in das Gesicht des Mannes. Der schrie auf und stoppte abrupt. Sie sah noch, wie er die Hände vors Gesicht schlug und sich vorbeugte, als hätte er starke Schmerzen, dann wandte sie sich um und rannte davon. Seine wüsten Verwünschungen folgten ihr, bis sie endlich außer Sichtweite war.

Während sie rannte, schob sie das Pfefferspray wieder in die Bauchtasche, verließ den Strand und machte sich auf den Rückweg. In ihrer Panik fiel ihr die Orientierung schwer. Musste sie bei der Kreuzung rechts abbiegen oder schon bei der nächsten Querstraße? Hektisch rannte sie weiter. Die Straße war mittlerweile belebt von Autos und Fußgängern, die ihr eigentlich ein Gefühl der Sicherheit vermitteln sollten, doch ihre Vernunft hatte sich komplett verabschiedet. Sie wollte einfach nur in ihre verdammte Wohnung zurück.

Keuchend blickte sie sich immer wieder um. Überall fremde Gesichter. Sie starrten sie an wie eine Verrückte. Wahrscheinlich benahm sie sich auch gerade so. Verschwitzt, mit panischer Miene hetzte sie durch die Stadt.

Endlich ihr Wohnblock. Ihre Nachbarin stieg gerade die Außentreppe hinab. Ohne einen Gruß stürmte Valentina an der älteren Dame vorbei, sprintete in den zweiten Stock und schloss mit zitternden Fingern die Wohnungstür auf. Sie huschte in den winzigen Flur und warf die Tür hinter sich zu. Zweimal schloss sie ab und legte auch die Türkette vor, bevor sie schwer atmend zu Boden sackte.

Gott sei Dank. Sie war in Sicherheit.

Abgekämpft blickte sie auf das Zimmer voller Umzugskartons und das Bett in der Mitte. Was für ein trostloser Anblick. Die Schranktüren in der Kochnische standen offen, hinter den gardinenlosen Fenstern stieg eine rotglühende Sonne über die Dächer der umliegenden Häuser.

Fünftausend Menschen in Polson und doch hatte damals niemand ihre Schreie gehört und ihr geholfen. Allein mit Marc war sie ihm hilflos ausgeliefert gewesen.

Ihre Antwort auf ihr Trauma waren Rückzug und Aktionismus gewesen. Ihre alte Wohnung hatte sie kaum noch verlassen, doch dafür war sie blitzblank gewesen. Alles hatte seinen Platz gehabt und sie hatte penibel darauf geachtet, dass es so blieb. Umso seltsamer war es, dass sie nach vier Tagen in L.A. ihre Umzugskartons noch immer nicht ausgepackt hatte.

Während sie gegen die Tür gelehnt saß und darauf wartete, dass ihr Atem sich langsam wieder beruhigte, versuchte sie, das dreißig Quadratmeter kleine Appartement als ihr neues Zuhause zu begreifen, ihre Festung, die ihr Schutz und Geborgenheit gewährte. Um das zu erreichen, musste sie endlich auspacken. Aktionismus würde sie wenigstens von der Pfefferspray-attacke ablenken. Der Mann am Strand war nicht Marc gewesen. Sie hatte einen Fremden attackiert, der ihr aller Wahrscheinlichkeit nach nichts Böses gewollt hatte. Wie peinlich.

Seufzend rappelte sie sich auf, brühte sich in der winzigen Küche einen Kräutertee auf und machte sich daran, die erste Kiste auszupacken. Ihr blieben anderthalb Stunden, bis sie sich für das Vorstellungsgespräch fertigmachen musste. Sie war perfekt geeignet für den Job, hatte Mr. Davis gesagt und gemeint, er bräuchte nur noch die Zustimmung seines Partners, Sedan Guillaume, doch das sei im Grunde nur eine Formalität.

Der Gedanke beruhigte Valentina und brachte sie langsam wieder auf die Erde zurück. Die Pfefferspray-Attacke war ein Rückschritt gewesen. Sowas konnte passieren. Wenn sie erst mal arbeitete, würde es weiter bergauf gehen und ihrem Neuanfang würde nichts mehr im Weg stehen.

Kapitel 3 - Sedan

»Scheiße verdammt.« Der Blick in den Badezimmerspiegel war ein Schock. Er sah aus wie ein Waschbär mit Bindehautentzündung, und das verfluchte Zeug brannte wie Feuer. Sedan schnappte einen Waschlappen, tränkte ihn mit kaltem Wasser und rieb über seine Augen.

Was hatte sich diese Verrückte dabei gedacht?

Er hatte ihr nur ihr Smartphone zurückgeben wollen, das ihr aus dieser albernen Bauchtasche gefallen war, und statt sich bei ihm zu bedanken, sprühte sie ihm eine Ladung Pfefferspray ins Gesicht. Himmel, sie waren auf dem Santa Monica Pier gewesen und nicht in South Central.

Missmutig betrachtete er das Ergebnis seiner Bemühungen und stieß einen Seufzer aus. Er sah ekelhaft aus. Gerade heute, wo er sich mit Amanda Hope treffen würde. Um elf hatte er außerdem einen Pressetermin und dann war da noch das Vorstellungsgespräch mit der jungen Frau, die sein Kanzleipartner Steven unbedingt einstellen wollte. Sollte er etwa die ganze Zeit eine Sonnenbrille tragen? Die meisten Menschen hielten ihn sowieso für überheblich und unnahbar, ein Interview mit einer dunklen Sonnenbrille zu führen, würde diesen Ruf noch untermauern. Na gut, das Interview war erst in zwei Stunden, vielleicht wusste Sybille eine Lösung. Sie hatte drei Kinder großgezogen und wusste einfach alles. Das Brennen war ja noch zu ertragen, aber sein Aussehen ... ekelhaft. So konnte er keinem unter die Augen treten.

Er duschte ausgiebig, zog seinen maßgeschneiderten Lieblingsanzug von Armani an, und fuhr zur Feier des Tages nicht mit dem BMW, sondern mit dem Porsche in die Kanzlei.

Trotz ausgiebiger Spülaktion war seine Sicht getrübt und seine Augen tränten permanent. Das war zum Kotzen. Glücklicherweise lag der Gebäudekomplex, in dem die Kanzlei beheimatet war, nur zwanzig Minuten von seiner Penthousewohnung entfernt. Die Strecke fuhr er sogar in der Rush Hour im Schlaf. *Guillaume&Davis* war sein Baby und hatte ihn noch reicher gemacht, als er von Haus aus schon war.

Mit ausholenden Schritten stapfte er durch die lichtdurchflutete Eingangshalle an dem Pförtner vorbei, der ihn mit einem freundlichen »Guten

Morgen Mr. Guillaume« begrüßte. Am Anfang hatte der Kerl seinen Namen immer falsch ausgesprochen und Sedan damit wahnsinnig gemacht. Irgendwann hatte er ihm dann gedroht, ihn zu entlassen, wenn er nicht lernte, den Namen richtig auszusprechen und zack, zwei Tage später hätte man den Pförtner für einen Franzosen halten können, so perfekt sprach er Guillaume aus.

Mehr als ein finsteres Nicken hatte Sedan trotzdem nicht für den Mann übrig, in seinen Augen war der Morgen alles andere als gut. Außerdem - wenn er jeden grüßen würde, wäre er heiser, bis er in seinem Büro ankam.

Im gesamten Komplex herrschte rege Betriebsamkeit, doch jeder, der ihm begegnete, schenkte ihm ein freundliches »Guten Morgen«. Sedan erwiderte den Gruß nicht ein einziges Mal, stapfte stattdessen missmutig an allen vorbei. Seine Laune war komplett im Keller. Eigentlich waren seine Gedanken immer bei der Arbeit, auch in seiner knappen Freizeit. Er war der Inbegriff eines Workaholics, aber im Augenblick konnte er nur an seine brennenden Augen und die verrückte Joggerin denken. So weit er das von hinten beurteilen konnte, hatte sie heiße Kurven gehabt und einen bombastischen Arsch. Das war genau nach seinem Geschmack und viel zu selten zu finden. In L.A. schien jede Frau kurz vor einer Magersucht zu stehen. Keine runden Ärsche oder stramme Schenkel, stattdessen Storchenbeine, hervorstehende Beckenknochen und riesige Silikonbrüste.

Im fünften Stock empfingen ihn Ruhe und gediegene Eleganz. Er atmete auf. In dieser Atmosphäre fühlte er sich gleich wohler. Seine Eltern hatten ihm beim Aufbau der Kanzlei finanziell geholfen, und trotz seiner jungen Jahre - er war damals erst siebenundzwanzig gewesen - hatten sie keine Zweifel gehabt, dass er es schaffen würde. Versagen kam für sie nicht infrage. Sie hatten ihn zum Erfolg erzogen. Vor allem seine Mutter. Als Vorstandsvorsitzende eines Automobilkonzerns stand sie ganz oben auf der Karriereleiter und dasselbe erwartete sie auch von ihrem Sohn.

»Guten Morgen Mr. Guillaume.« Sybille empfing ihn mit dem üblichen distanziert kühlen Lächeln, nicht schleimig, aber respektvoll. Als er wortlos an ihr vorübereilte, schnappte sie die Post und eilte ihm nach.

Sie war fleißig, effizient und diskret, und besaß damit alle Eigenschaften, die Sedan an Angestellten schätzte. Dafür übersah er ihr wenig ansprechendes Äußeres und die Tatsache, dass sie bereits über fünfzig war und es nicht für nötig hielt, dies zu kaschieren. Ihre Frisur saß stets perfekt, aber ihre Haare waren kurz geschnitten und grau, die Falten auf Stirn und um die Lippen herum hatten noch nie eine Botoxspritze gesehen und mehr als Wimperntusche hielt Sybille für überflüssig. Schwarze Röcke und Schuhe, dazu einfarbige Blusen und Blazer waren ihr Markenzeichen. Sedan hatte sie noch nie etwas anderes tragen gesehen.

Auf seinem Schreibtisch stand bereits eine Tasse Kaffee und ein knusprig getoastetes Sandwich mit Gänseleberpastete und französischem Brie. Sein Frühstück. Er hatte Hunger, aber sein Appetit hielt sich noch in Grenzen, zuerst musste er seine Augen versorgen.

»Sybille«, rief er, als sie aus seinem Büro eilen wollte. »Schicken Sie jemanden in die Apotheke. Ich brauche Augentropfen oder sowas in der Art.«

Um ihr sein Problem zu verdeutlichen, setzte er die Sonnenbrille ab und blinzelte hektisch. Das Kunstlicht war unangenehm.

Überrascht runzelte Sybille die Stirn. »Haben Sie eine Bindehautentzündung?«

»Nein. Das war Pfefferspray«, erklärte er knapp. Um ihr den genauen Hergang zu schildern, sah er keine Veranlassung, ganz abgesehen davon, dass Sybille das sowieso nicht interessierte. »Ich brauche was gegen die Rötung und das Brennen.«

»Sehr wohl. Ich schicke sofort jemanden los«, versprach sie und verschwand.

Ächzend lehnte Sedan sich in seinen Chefsessel zurück, schloss die Augen und kniff in seine Nasenwurzel. Bis zum Lunch mit Amanda musste das Brennen unbedingt aufhören. Genervt erhob er sich, stapfte in die angrenzende Toilette und betrachtete sich im Spiegel. Die Rötung war sogar noch schlimmer geworden. Diese Joggerin mit dem göttlichen Hintern war ein hysterisches Biest. Er sollte das Weib verklagen.

Ein Telefonat mit einem gegnerischen Anwalt später kehrte Sybille zurück. In der Hand hielt sie eine Plastikflasche mit einem komischen Aufsatz und eine Nierenschale.

Misstrauisch runzelte Sedan die Stirn. »Was ist das?«

»Eine Augendusche. Der Apotheker meinte, das würde helfen.«

»Und wie funktioniert der Mist?« Wenn er genervt war, achtete er noch weniger auf Höflichkeit als sonst und wurde auch gerne mal laut, weswegen er in der Kanzlei als aufbrausend galt. Zugegeben, er konnte aufbrausend sein, aber nur wenn seine Untergebenen Mist bauten oder wenn ihm große Dummheit begegnete, wie bei der Joggerin. Ansonsten war er eigentlich ein umgänglicher Mensch.

Sybille öffnete die Verpackung, zog den Beipackzettel heraus und studierte ihn. Ungeduldig tippte Sedan mit den Fingern auf der Schreibtischplatte herum. »Und? Kann's endlich losgehen oder soll ich schnell ein Nickerchen halten?« In einer Stunde war das Vorstellungsgespräch, bis dahin wollte er herzeigbar sein.

»Wir sollten ins Badezimmer gehen und es über dem Waschbecken machen«, schlug Sybille vor.

Sie sagte das ruhig und ohne die Zweideutigkeit, die andere wahrscheinlich heraushören würden. Sybille blieb stets gelassen, auch wenn ihr Boss schlechter als schlecht gelaunt war.

Sedan stapfte ins Bad, zog sein Jackett aus und beugte sich über das Marmorwaschbecken. Konzentriert und professionell verpasste Sybille ihm die Augendusche. Nach mehreren Durchgängen, drei verpassten Anrufen und vier Kurznachrichten, die Sybille ihm zwischendurch vorlesen musste, fühlten sich seine Augen tatsächlich besser an. Sie sahen auch besser aus, obwohl die Rötung nicht vollständig abgeklungen war. Außerdem wirkten seine Lider irgendwie geschwollen. Sein Hemd hatte allerdings gelitten, sodass er das Notfallhemd anziehen musste, das ihm eigentlich nicht gefiel. Das machte ihn schon wieder wütend. Er hasste es, wenn etwas nicht so lief, wie er es wollte.

Kurzerhand verschob er den Pressetermin. Es war sowieso nur ein Interview mit einer lokalen Zeitung, die vorwiegend mittelständige Leser erreichte und die der Kanzlei somit keine gesteigerte Aufmerksamkeit verschaffen würde. Stattdessen beauftragte er Sybille, die Bewerberin anzurufen und sie zu bitten, sofort in sein Büro zu kommen. Er wollte das Vorstellungsgespräch hinter sich bringen und sich dann in Ruhe auf das Treffen mit Amanda vorbereiten. Vielleicht konnte er vorher diese affige Augendusche wiederholen.

Zurück an seinem Schreibtisch ging er die Tagespost durch, nahm dann zum ersten Mal die Bewerbungsmappe zur Hand und blätterte sie durch. Er vertraute Steven. Wenn er die Frau für geeignet hielt, dann war sie das in aller Regel auch.

Valentina Blair. Fünfundzwanzig Jahre, geboren und aufgewachsen in Polson, Montana, las er.

Die junge Frau hatte top Referenzen und ihren Abschluss mit Bestnoten gemacht. Anschließend hatte sie drei Semester Jura studiert, dann aber abgebrochen. Aus Geldnot schätzte Sedan. Was hatte sie von einem Kaff in Montana nach L.A. getrieben? Hatte sie genug von frischer Luft und Natur und wollte lieber ein wenig Stadtsmog schnuppern?

Laut ihrer Qualifikationen war sie jedenfalls perfekt für den Job und auch optisch nicht von üblen Eltern. Selbst auf dem spießigen Bewerbungsfoto war sie eine glatte Acht.

Sie erinnerte ihn an jemanden ...

Während er noch darüber nachgrübelte, an wen, kam Sybille zurück. »Ich kann Miss Blair nicht erreichen.«

Genervt stieß Sedan den Atem aus. Wozu gab es Handys? Er wollte das dämliche Bewerbungsgespräch endlich hinter sich bringen. Ob er absagen und sie einfach einstellen sollte? Das widerstrebte dem Perfektionisten in ihm. »Hat sie keinen Festnetzanschluss?«

»Noch nicht. Scheinbar ist sie gerade erst hierher gezogen.«

»E-Mail?«

Sybille schaute auf ihren Tablet-PC. »Ja, die hat sie.«

»Dann schreiben Sie ihr eine E-Mail.«

Das würde zwar nichts mehr nutzen, denn in einer halben Stunde war der Termin, aber es konnte ja nicht schaden, ihr vorab schon mal ein schlechtes Gewissen zu machen. Dann wusste sie wenigstens gleich, wie es bei *Guillaume&Davis* lief. Das Studentendasein war beendet und Ausschlafen nur noch an Sonntagen erlaubt.

Steven klopfte an und betrat das Büro. So machte er das immer. Er klopfte und trat ein, ohne auf ein Herein zu warten. Neben Sybille war er der Einzige, der sich sowas erlauben durfte. Sedan warf seinem Geschäftspartner einen missmutigen Blick zu. Steven war sechsunddreißig und damit drei Jahre älter als er. Durch seine Körperfülle und sein freundliches Gesicht wirkte er harmlos und nett, doch im Gerichtssaal war er ein richtiger Pitbull. Niemand konnte seinen Plädoyers das Wasser reichen.

»Wie ich hörte, bist du heute Morgen wieder ein richtiger Sonnenschein«, begrüßte er Sedan lachend. »Was ist passiert? Hat dir jemand Salz in den Kaffee gestreut?«

Ächzend wuchtete er sich auf den Ledersessel, der eigentlich für Gespräche mit Mandanten gedacht war, und deutete auf die Bewerbungsunterlagen. »Valentina Blair ist wirklich eine sehr fähige junge Lady. In allen relevanten Fächern hat sie Bestnoten erzielt.«

»Und sie ist attraktiv«, sagte Sedan mit einem spöttischen Heben seiner Augenbrauen. Für Steven war das ein nicht unerhebliches Einstellungskriterium. Wegen seiner knappen Freizeit hoffte er darauf, seine Traumfrau an der Arbeit kennenzulernen.

Steven grinste. »Das ist sie. Bin schon gespannt, wie sie in echt aussieht. Bisher haben wir nur geskypt.« Er deutete auf die Sonnenbrille, die Sedan sich wieder aufgesetzt hatte. »Was ist passiert? Man munkelt du hättest ein Augenproblem.«

»Ach? Munkelt man das?« Sedan setzte die Brille ab.

»Holy Shit«, lachte Steven und wich demonstrativ zurück. »Ist das eine Bindehautentzündung?«

»Nein. Irgendeine Verrückte hat mir Pfefferspray in die Augen gesprüht.«

»Warum? Hast du sie bedroht, weil sie dir den Parkplatz vor der Nase weggeschnappt hat?«

»Sehr witzig.« Sedan nahm das Smartphone aus der Schublade und hielt es hoch. »Sie hatte ihr Handy verloren. Ich wollte es ihr nur zurückgeben, als sie plötzlich das Pfefferspray gezückt hat.«

Steven lachte dröhnend. »Tja, da hast du's. Man kann dir nicht trauen.«

Schön, dass wenigstens einer die Sache lustig fand. Sedan hatte der Vorfall den Tag versaut. »Ich mache mir Sorgen wegen meines Termins mit Amanda Hope«, gab er zu.

Steven winkte ab. »Ach hör doch auf. Du hast rote Augen, na und? Das hat mit dem Geschäftlichen nichts zu tun. Erzähl ihr einfach, was passiert ist, dann bekommst du sofort den Mitleidsbonus. Ausnahmsweise musst du eine Mandantin mal durch Worte überzeugen und nicht durch dein blendendes Aussehen.«

Auch wenn er es ungern zugab, damit hatte Steven den Nagel auf den Kopf getroffen. Tatsächlich hatte er gehofft, sein Aussehen würde Amandas Anwaltswahl in seinem Sinne beeinflussen.

Angesichts Sedans finsterer Miene unternahm Steven einen Beschwichtigungsversuch. »Keine Sorge, du siehst trotzdem noch halbwegs erträglich aus.«

Bevor Sedan etwas Giftiges entgegnen konnte, steckte Sybille den Kopf durch die Tür. »Miss Blair ist da.«

»Na endlich«, murrte Sedan. »Sie soll reinkommen.«

»Sei gnädig mit ihr«, mahnte Steven und richtete seine Krawatte. Er wirkte regelrecht aufgeregt. Das Mädchen musste ihn wirklich beeindruckt haben.

Sybille kehrte mit Valentina Blair zurück. Sedan musterte sie. Lange, schwarze Haare, blaue Augen und Kurven, die sein Herz höherschlagen ließen. Heilige Scheiße. Das Mädchen war keine Acht, sie war eine verdammte Zehn auf seiner persönlichen Frauenskala und damit eigentlich eine heiße Anwärterin auf den nächsten freien Platz in seinem Bett.

Eigentlich.

Denn sie war auch die Verrückte, die ihm Pfefferspray in die Augen gesprüht hatte.

Valentina

Valentina erstarrte. Sedan Guillaume, der hinter dem riesigen, gläsernen Schreibtisch hockte wie ein König auf seinem Thron und sie kalt musterte, war der Mann, dem sie am Morgen Pfefferspray ins Gesicht gesprüht hatte. Hatte sie im ersten Moment noch Zweifel gehabt, so waren diese beseitigt, als sie in seine geröteten Augen sah. *Oh Gott nein.* Sie hatte ihren zukünftigen Chef angegriffen.

Das Schicksal war wirklich ein Arschloch.

Sollte sie die Sache zur Sprache bringen und sich entschuldigen? Oder lieber schweigen? Wenn der Kerl wenigstens einen Hauch von Freundlichkeit hätte erkennen lassen, doch er musterte sie nur wie einen Dieb, der ihm die Rolex geklaut hatte, und schaute dann demonstrativ auf seine Uhr, als wäre sie zu spät gekommen. Dabei war sie sogar zwanzig Minuten zu früh.

Sedan Guillaume strahlte die Art Macht aus, die Männer in seiner Position wahrscheinlich beim Collegeabschluss von einer Art Geheimbund überreicht bekam. *Wie schüchtere ich Mitarbeiter ein? Oder auch: Wie bekomme ich, was ich will?*

Angespannt starrte sie die beiden Männer an, das strahlende Lächeln, das sie vor dem Spiegel geübt hatte, gefror in ihren Mundwinkeln und hing nun wie festgetackert auf ihren Wangen. Wahrscheinlich zog sie eher eine Fratze. *Ruhig bleiben, Valentina.* Noch war nicht alles verloren. Vielleicht erkannte er sie nicht. Vielleicht schaute er immer so streng.

»Entschuldigen Sie, dass ich Ihre Nachricht nicht erhalten habe, ich habe mein Handy verlegt«, presste sie kleinlaut hervor.

Hand schütteln und dich vorstellen, erinnerte sie die Stimme in ihrem Kopf. Wenigstens ihr Unterbewusstsein blieb professionell.

Mit dem gefrorenen Grinsen auf den Lippen trat sie auf die beiden Männer zu. Steven Davis kannte sie bereits. Er schaute sie freundlich lächelnd an, deshalb reichte sie ihm als Erstes die Hand. Er erhob sich und begrüßte sie herzlich. Sedan Guillaume dagegen blieb demonstrativ sitzen. Sein Blick triefte vor Arroganz und einem in Valentinas Augen völlig unbegründeten Zorn.

Sie beugte sich über den Schreibtisch und streckte ihm die Hand hin. »Guten Tag Mr. Guillaume. Es freut mich, Sie endlich kennenzulernen.«

Zögernd beugte er sich vor und ergriff ihre Hand, seine Haut war warm, sein Händedruck fest. Verbindlich. Aus der Nähe bemerkte Valentina seine geschwollenen Augenlider. Oh Gott, wie peinlich. Am liebsten würde sie auf dem Absatz kehrt machen und verschwinden.

Er deutete auf den gepolsterten Stuhl vor seinem Schreibtisch. »Bitte setzen Sie sich.«

Während sie Platz nahm, legte er den Kopf schief und rieb sich gedankenverloren über das Kinn. Wie es aussah, hatte er sich am Morgen nicht rasiert, aber vielleicht gehörte der Dreitagebart auch zu seinem persönlichen Look.

»Warum sind Sie nach Los Angeles gezogen?«, wollte er wissen.

Die Frage verwirrte Valentina. War das nicht klar und außerdem völlig nebensächlich? Aber gut, wenn er es unbedingt hören wollte. Ihren stalkenden Exfreund würde sie jedenfalls nicht erwähnen. »Ich wollte mal was anderes sehen, einen Neuanfang wagen. Die Stelle bei Guillaume&Davis bot die beste Gelegenheit dazu.«

Sie hatte im Internet recherchiert und eine Stunde lang geübt, um den Nachnamen richtig auszusprechen. *Guillaume* war ein echter Zungenbrecher.

»Ach, tat sie das?« Das bösartige Grinsen in Sedan Guillaumes Gesicht verhieß nichts Gutes.

»Ja.« Valentina nickte. »Es ist wirklich eine tolle Chance für mich, für die ich sehr dankbar bin.«

Normalerweise ließ sie sich nicht so schnell einschüchtern, doch seine überlegene Präsenz beherrschte den Raum und ließ sie regelrecht schrumpfen. Ein Mann wie er war ihr noch nie begegnet. Seine Haltung, seine Gesten, seine Worte, alles wirkte selbstsicher und auf eine Weise einschüchternd, die Valentina wünschen ließ, der Boden möge sich unter ihr auftun und sie verschlingen.

»Mein Geschäftspartner hat Sie in den höchsten Tönen gelobt. Er meinte, Sie seien perfekt für den Job.« Sedan sagte das in einem Ton, der verdeutlichte, wie weit Lob und Realität in seinen Augen auseinanderklafften.

Dankbar lächelte Valentina Steven Davis ein. Trotz Guillaumes herablassender Art freute sie sich über das Lob. Sie durfte sich nicht aus der Ruhe bringen lassen, musste souverän wirken, selbst unter Guillaumes Frostblick. »Mr. Davis und ich haben mehrfach miteinander telefoniert. Es schien uns, als würde ich gut ins Team passen.«

Spöttisch hob Guillaume die Augenbrauen. »Ob Sie ins Team passen, ist zweitrangig, denn Sie arbeiten vor allem für mich. Außerdem habe ich in Personalentscheidungen das letzte Wort. Und zwar ausnahmslos.«

»Sedan«, warf Steven entrüstet ein. Offenbar verstand er nicht, warum sein Partner sich so unhöflich verhielt.

Valentina schluckte, ihr Mund war plötzlich staubtrocken. »Ich verstehe.«

So sehr sie die Stelle auch brauchte, wollte sie wirklich für dieses arrogante Arschloch arbeiten? Selbst wenn er sie wiedererkannt hatte, musste er sie nicht behandeln wie einen Wurm. Genauso gut könnte er ihr die Gelegenheit geben, sich für die Pfeffersprayattacke zu entschuldigen. Außerdem gab es Schlimmeres, schließlich hatte sie ihn nicht angefahren oder so. Sie hatte sich nur verteidigen wollen.

»Deshalb bin ich heute hier«, sagte sie todesmutig. »Damit Sie sich ein Bild von mir machen und sich von meinen Qualifikationen überzeugen können.«

»Oh. Ihre Fähigkeiten haben Sie bereits demonstriert.« Guillaume zog die Schublade an seinem Schreibtisch auf und holte etwas heraus. Ihr Smartphone. »Ich nehme an, das gehört Ihnen.«

Ihre Wangen glühten. Der Raum erschien ihr plötzlich riesengroß, während sie auf die Größe eines Staubkorns geschrumpft war. Ein Staubkorn, das sich unglaublich schämte.

Steven Davis starrte erst seinen Partner und dann Valentina an. Offenbar hatte er keine Ahnung, was vor sich ging. Sie würde den Job nicht bekommen, das wurde ihr schlagartig bewusst. Mit der Pfeffersprayattacke hatte sie es versaut. Das Schicksal war nicht nur ein Arschloch, es war ein boshaftes Miststück, das sie erst in Sicherheit wiegte, nur um dann höhnisch lachend zuzuschlagen.

»Ja, das ist meins.« Zitternd beugte Valentina sich vor und griff nach ihrem Handy. »Es muss mir runtergefallen sein. Vielen Dank. Es ist sehr nett, dass Sie es aufbewahrt haben.«

»Ihr seid euch schon begegnet?«, fragte Steven Davis.

»Das könnte man so sagen«, gab Guillaume kalt zurück. »Ihr habe ich mein Augenproblem zu verdanken.« Er musterte Valentina wie eine giftige Qualle. »Das wäre dann alles. Auf Wiedersehen, Miss Blair.«

»Sedan. Ich bitte dich ...«, warf Davis ein. »Ihre Referenzen.«

Guillaume nahm ihre Bewerbungsmappe, lehnte sich in seinen Lederthron zurück und blätterte betont gelangweilt darin herum. »Ich habe schon Besseres gesehen«, meinte er schließlich und sah sie über den Rand der Mappe hinweg herausfordernd an. »Leider passen Sie nicht zu uns, Miss Blair.«

Valentina wäre am liebsten im Erdboden versunken. Seine Herablassung war unglaublich demütigend. »Es tut mir leid. Ich bin neu in der Stadt, der Strand war leer und ich war nervös. Ich habe einfach überreagiert.«

Sedan Guillaume grinste. Ehrlich gemeint mochte sein Lächeln sehr attraktiv sein, doch in diesem Augenblick erinnerte es Valentina eher an das Grinsen eines Haifisches.

»Miss Blair. Jemanden, der Ihnen nur helfen will, mit Pfefferspray zu attackieren ist keine Überreaktion, sondern rechtswidriges Verhalten. Sie sollten froh sein, wenn ich davon absehe, Sie zu verklagen. Obwohl ... vielleicht ändere ich meine Meinung ja noch ...«, er tat, als würde er nachdenken.

»Sedan. Das geht zu weit«, stieß Steven Davis aufgebracht hervor.

Valentina wusste, wann sie verloren hatte. Außerdem würde sie lieber Bahnhofstoiletten putzen, als für diesen Mann zu arbeiten. Sedan Guillaume war ein Ekel. Sie erhob sich abrupt.

»Mr. Davis, es tut mir leid. Ich hätte gerne für Sie gearbeitet, aber unter diesen Umständen hat Mr. Guillaume wohl recht, ich passe nicht in die Kanzlei. Für einen cholerischen Mistkerl zu arbeiten, wäre ein zu großer Rückschritt für meine Persönlichkeit. Auf Wiedersehen.«

Sie reichte keinen der beiden Männer die Hand, fuhr nur herum und stürmte zur Tür. Ihr Herz raste. In ihren Ohren summte es. Mit allem hatte sie gerechnet, aber nicht mit sowas. Schwungvoll riss sie die Glastür auf, zuerst in die verkehrte Richtung, und stürmte dann an der Empfangssekretärin vorbei zu den Fahrstühlen. Den Besucherausweis feuerte sie dem Pförtner einfach auf den Tisch und stapfte dann innerlich kochend zur Bushaltestelle.

Ihr Leben lag in Trümmern. Wieder einmal.

Und sie hatte keinen Plan B.

Kapitel 4 - Sedan

Zielstrebig steuerte Sedan auf den reservierten Tisch zu. Der Lunch mit Amanda Hope fand im Andiano's auf dem Century Boulevard in der Nähe des Flughafens statt, weil Amanda anschließend sofort nach New York fliegen würde. Nach einer weiteren Augenspülung war die Schwellung um seine Augen glücklicherweise zurückgegangen, doch gerötet waren sie noch immer.

Ungeduldig wartete er auf Amandas Erscheinen. Jemand hatte ihm zugetragen, Amanda hätte sich mit John Whiteman getroffen, seinem größten Konkurrenten. Der war zwar weit über fünfzig, aber dafür erfahren. Er galt als ebenso skrupellos wie charmant, und organisierte gelegentlich sogar ausschweifende Partys für Geschäftspartner und Mandanten. Hoffentlich hatte er Amanda nicht bereits um den Finger gewickelt.

Zuerst betraten zwei Bodyguards das Restaurant und kontrollierten den Gastraum, anschließend positionierte sich einer der beiden hinter Sedan, der andere holte Amanda. Sedan wusste, dass die Schauspielerin nicht groß war, aber als sie das Restaurant betrat und auf ihn zusteuerte, musste er seine Verblüffung überspielen. Amanda Hope reichte ihm höchstens bis zur Brust. Die blonden Haare hatte sie zu einem Zopf gebunden, aus dem gerade genug Strähnen herausschauten, um ihr herzförmiges Gesicht einzurahmen. Sie trug einen kurzen Jeansrock und ein schlabbriges, weißes T-Shirt, dazu Zehensandalen und eine überdimensionale Sonnenbrille. Wenn er sie wäre, dachte Sedan, würde er ausschließlich hochhackige Schuhe tragen, um größer zu wirken. Wobei er zugeben musste, dass sie trotz ihrer geringen Größe eine enorme körperliche Präsenz besaß. Der Hollywoodstar troff ihr aus jeder Pore.

»Hi, ich bin Amanda«, begrüßte sie ihn lachend. Ihre perfekten, weißen Zähne hatten sicher ein Vermögen gekostet.

Sedan erhob sich und reichte ihr die Hand. »Sedan Guillaume. Freut mich, dich kennenzulernen.«

Sie setzte sich. »Guillaume. Was für ein ungewöhnlicher Name. Woher stammt der?«

»Die Eltern meines Vaters kamen aus Frankreich«, erklärte er. Am liebsten hätte er nach ihrem richtigen Namen gefragt, denn niemand hieß Amanda Hope, aber sie war ein Star und er wollte nicht unhöflich sein. Amanda setzte ihre Sonnenbrille ab und musterte ihn aus graugrünen Augen.

»Vielen Dank, dass du in ein Treffen eingewilligt hast«, begann er.

»Keine Ursache.« Sie bestellte ein Glas Evian und einen Matchatee. Sedan bestellte ebenfalls Wasser. Hätte sie eine Cola bestellt, hätte er es ihr gleichgetan. Es war wichtig, ihr den Eindruck zu vermitteln, sie würden die gleichen Dinge mögen.

»Ich gratuliere zur Oscarnominierung«, fuhr er fort, da sie offensichtlich nicht daran dachte, ein Gespräch in Gang zu bringen. »Das wäre dein Zweiter, richtig?«

Sie winkte ab. »Die Staubfänger bedeuten mir nichts. Die Fans sind das, was zählt. Ohne sie kann ich einpacken.«

»Weise Worte«, schmeichelte Sedan und setzte sein charmantestes Lächeln auf.

»Also«, sie beugte sich vor und stützte ihr Kinn auf. »Wie die anderen Aasgeier hast du von meiner Trennung gehört und hoffst nun darauf, meinen zukünftigen Exmann für mich abzocken zu dürfen.«

Oha. Die Frau ging direkt über Los. »Ich würde mich nicht als Aasgeier bezeichnen, eher als Partner, der dich in dieser schwierigen Zeit unterstützt und deine Interessen vertritt.«

Sie lachte auf. »Wie charmant du das ausdrückst, als würde ich mir die Weisheitszähne entfernen oder meinen Hintern liften lassen.« Abrupt wurde sie wieder ernst. »Ich lasse mich scheiden, Sedan. Das ist eine Katastrophe für mich. Aber ich sage das ganz klar: Auch wenn mein Mann schmutzige Wäsche wäscht und die öffentliche Meinung zu manipulieren versucht, möchte ich ihn nicht abzocken. Ich will die beiden versprochenen Filme machen, mehr nicht. Die dämliche Villa, das italienische Weingut, den Maybach, das kann er alles haben. Ich will nur die Filme.«

»Das bekomme ich hin«, versprach Sedan schnell. »Nichts leichter als das.«

Wieder musterte sie ihn. »Bist du Alkoholiker?«

Wo bitteschön kam diese Frage plötzlich her? »Was? Um Gottes willen nein. Wieso?«

Sie deutete auf sein Gesicht. »Deine Augen sind rot. Ich will keinen Anwalt mit einem Alkohol- oder Drogenproblem, Sedan. Davon hatte ich bei meinem Mann genug.«

Ben Fraser hatte ein Drogenproblem? Interessant. »Keine Sorge, Amanda«, beschwichtigte er sie. »Ich hatte heute Morgen einen kleinen Zwischenfall. Jemand hat mir Pfefferspray in die Augen gesprüht.«

Während der Lunch aufgetragen wurde - Salat für Amanda und Pasta für Sedan - erzählte er ihr die Story, und weil sie so interessiert schien, schob er auch gleich die Geschichte mit dem Vorstellungsgespräch hinterher. Amanda amüsierte sich köstlich darüber. »Das arme Mädchen«, sagte sie. »Sie könnte einem fast leidtun. Aber ich liebe mächtige Männer. Das macht mich immer ganz scharf.« Sie zwinkerte ihm zu.

Da Sedan nicht sicher war, ob das eine Anmache sein sollte oder ob sie nur eine simple Tatsache verkündete, beschloss er, vorerst nicht auf die Plänkelei einzugehen. Er würde Amanda nicht von der Bettkante stoßen, im Gegenteil, sie war ein kleines, sexy Luder und ein Star, doch er glaubte nicht ernsthaft daran, dass sie mit ihrem Anwalt ins Bett würde.

Eine Stunde lang versuchte er, sie unauffällig von seinen Vorzügen und Qualitäten als Anwalt zu überzeugen und fand währenddessen heraus, dass die Medien tatsächlich gelogen hatten. Amanda hatte ihren Mann geliebt, das merkte jeder, der ihr genau zuhörte. Und sie wollte keinen Rosenkrieg. Schade. Dennoch würde es ihm von großem Nutzen sein, wenn sie ihm das Mandat erteilte. Er müsste dann nur seine Strategie ändern.

Neunzig Minuten später musste sie los. Sie stand auf und nahm ihre Handtasche. Hatte sie vorher eher vertraulich geplaudert, wirkte sie nun wieder geschäftsmäßig. Eine Frau, die genau wusste, was sie wollte. »Hör zu, Sedan. Bis Freitag bin ich in New York. Wenn ich zurückkomme, treffen wir uns und bereden die Sache. Ich bin geneigt, meine Scheidung in deine Hände zu legen, aber zuvor gibt es noch ein paar Dinge zu besprechen.«

Ja! Euphorie strömte durch seinen Körper. Das war fast schon eine Zusage. Sie stellte sich auf die Zehenspitzen und verabschiedete sich mit einer Umarmung und einem Kuss auf seine Wangen. Er war ein großer Mann und überragte die allermeisten Frauen und viele Männer, doch

Amanda war wirklich winzig. Er musste sich beim Umarmen zu ihr hinunterbeugen wie zu einem Kind. Aber wenigstens bekam er auf diese Weise die Gelegenheit, ihren zierlichen Körper zu berühren. Alles war fest, kein Gramm Fett, nur Muskeln. Sie musste ein regelrechter Sportfanatiker sein. Sedan mochte weiche, anschmiegsame Körper, aber in Hollywood und vor allem für Frauen über dreißig galt das Motto: je härter umso besser.

Mit wiegenden Hüften verließ sie das Restaurant. Die anderen Gäste schauten ihr auffällig unauffällig nach, vor allem die Männer. Eine Frau in der Ecke machte ein Handyfoto, das in den nächsten Tagen sicher in irgendeinem Klatschblättchen auftauchen würde. Das war ihm nur recht. Zufrieden grinste Sedan in sich hinein. Amanda war berühmt und steigerte damit seine Bekanntheit und zugleich auch die Bekanntheit seiner Kanzlei.

Die Leuchtschrift, ein riesiges *Boulevard1*, erhellte die Nacht. Sedan ging selten aus, dafür hatte er gar keine Zeit, und schon gar nicht in einen dämlichen Nachtclub auf dem Sunset Boulevard, doch für ein Treffen mit Amanda wäre er sogar zu McDonalds gegangen, wenn sie das von ihm verlangt hätte.

»Ich bin frisch getrennt und deprimiert. Ich will nicht in deinem Büro sitzen und den Schreibtisch anstarren«, argumentierte sie, als Sedan versuchte, sie von den Vorzügen eines Gesprächs in einem gediegenen Rahmen zu überzeugen.

Er konnte ihre Argumente durchaus verstehen, auch wenn es ihm nicht gefiel, sich über laute Musik und zuckende Lichter hinweg anbrüllen zu müssen. Außerdem war er ein Frühaufsteher und ein Termin um elf Uhr abends eher ungewöhnlich.

Es war Samstagabend und der Nachtclub bereits gut besucht. Während Sedan sich zwischen Tanzflächen, Go-go-Girls und diversen Bars hindurchwühlte, um nach dem reservierten Tisch zu suchen, musste er wieder mal gegen seine schlechte Laune ankämpfen. Das *Boulevard1* war wirklich nichts für ihn. Zu laut, zu hektisch und viel zu dunkel.

Schließlich fand er die riesige Sofaecke, die den VIP-Gästen vorbehalten blieb. Amanda und ihre Entourage waren bereits da. Neben ihren Bodyguards wurde sie von einer unscheinbaren Frau mit dünnen, braunen Haaren und einem jungen Mann begleitet. Amanda trug ein hautenges, ultrakurzes Paillettenkleid und schien bester Laune. Ungeduldig winkte sie ihn näher.

»Sedan, hey. Das sind Selma, meine Assistentin und mein Stylist Benjamin.«

Sedan reichte beiden die Hände. Benjamins Händedruck war schlaff, seine Haut weich wie die eines Babys. Die blonden Haare hatte er kunstvoll über den Kopf nach hinten geföhnt und sein Gesicht war einmal zuviel operiert. Er sah aus wie ein mutierter Justin Bieber.

»Meine Angestellten sind meine besten Freunde«, erklärte Amanda. »Deshalb nehme ich sie überall mit hin.«

Das war für Sedan undenkbar, aber eine Frau in ihrer Position hatte sicher keine Zeit, normale Freundschaften zu pflegen.

Sie klopfte neben sich auf das Sitzpolster. »Komm, setz dich zu mir. Ich habe eine Überraschung für dich. Was willst du trinken? Der Abend geht auf mich.«

»Ich nehme einen Whiskey Sour«, sagte Sedan mit seinem Verführerlächeln.

Amandas Parfum wehte in seine Nase. Ein exklusiver Duft. Vertraulich legte sie eine Hand auf sein Bein. »Warte, du kannst sofort bestellen.« Sie wirkte hektisch und aufgeregt und er fragte sich, was sie wohl im Schilde führte. Hatte sie einen Konkurrenten eingeladen? Oder ihren Ex?

Benjamin wiegte seinen Oberkörper im Takt der Musik und summte, offenbar wollte er tanzen, doch Selma saß nur da wie ein Stock und sah auch so aus. Dürr und todlangweilig. Diese Frau würde Sedan niemals bemerken. Die Bedienung, die an ihren Tisch kam dafür umso mehr. Sie war hübsch, keine Frage, aber das war es nicht, was ihn erstarren ließ.

Vor ihm stand Valentina Blair.

Sie wirkte mindestens ebenso erschrocken wie er. Amanda stupste ihn in die Seite. »Na. Ist das eine Überraschung oder was?«

»Allerdings.« Verwirrt sah er zwischen Valentina und Amanda hin und her. Woher wusste sie von Valentina? Hatte er aus Versehen ihren Namen genannt, als er Amanda von der Pfeffersprayattacke erzählt hatte? Warum schleppte sie ihn hierher?

Es interessierte ihn nicht, wie die Durchgeknallte ihren Lebensunterhalt verdiente, nachdem er sie fortgeschickt hatte. Im Grunde passte sie in den Nachtclub. Das weiße Kleid zeigte ihre sexy Kurven, es leuchtete im Schwarzlicht und bildete einen reizvollen Kontrast zu ihrer gebräunten Haut. Dazu die langen, schwarzen Haare und die blauesten Augen, die er je gesehen hatte. Sie war die Fleisch gewordene Sünde und würde sicher eine Menge Trinkgeld kassieren.

Valentina bekam ihre Überraschung schneller in den Griff als er. Sedan war nämlich zu beschäftigt gewesen, ihren Körper abzuchecken, allen voran diesen herrlichen Arsch. Mit dem machte sie sogar Jennifer Lopez Konkurrenz.

»Was darf ich euch bringen?«, fragte sie lächelnd.

»Zwei Tequila für jeden«, sagte Amanda und tätschelte Sedans Bein. »Mein Freund hier scheint dringend einen zu brauchen. Und eine Flasche Champagner.«

Keine Rede mehr von Whiskey Sour. Valentina nickte und verschwand. Amanda zwinkerte Sedan grinsend zu. »Und? Was sagst du? Ist das die Angreiferin?«

Er räusperte sich. »Das ist sie. Aber warum zeigst du sie mir?«

Eigentlich war er sauer. Er mochte keine dummen Spielchen, und normalerweise würde er das auch zum Ausdruck bringen, doch Amanda würde seine Kanzlei ein riesen Stück nach vorne bringen, also machte er gute Miene zum bösen Spiel. Hoffentlich konnte er ihr die kleine Gemeinheit später heimzahlen. Im Bett.

»Sie hat dich geärgert, deshalb hast du sie nicht eingestellt, obwohl sie gut war, wie dein Partner mir sagte.«

Steven. Wann hatte er mit Amanda geredet? »Du bist in der Kanzlei gewesen?«

Sie grinste ihn ungeniert an. »Ich hab angerufen. Dafür bin ich bei einem Privatermittler gewesen. Ich weiß gerne vorher, mit wem ich zusammenarbeite.«

Amanda wirkte so süß und nett, doch hinter der niedlichen Fassade steckte eine knallharte Geschäftsfrau. »Was hat Steven dir erzählt?«

Nach dem Privatermittler brauchte Sedan gar nicht erst zu fragen. Er wusste, welche Informationen er Amanda geliefert hatte. Sein familiärer

Background, sein Studium, seine Kanzlei, sein Partner und nicht zuletzt Infos über sein Privatleben. Bisher hatte er immer andere durchleuchten lassen, es war ein unangenehmes Gefühl, nun selbst Opfer dieser Prozedur geworden zu sein.

Amanda ignorierte seine Frage. »Ich mag dich«, sagte sie stattdessen. »Du bist der perfekte Anwalt. Jung und ehrgeizig. Aus gutem Hause. Du bist hungrig, gierst nach Erfolg.«

»Danke.« Ihre Komplimente klangen nach einem aber.

»Aber es gibt zwei Probleme«, fuhr sie wie auf Kommando fort.

»Ach ja?« Fragend hob Sedan die Augenbrauen. Er war perfekt, sie hatte es selbst gesagt. Es gab keinen Grund, ihm nicht zu vertrauen.

»Dein Aussehen«, sagte sie knapp.

»Was hat mein Aussehen mit meinen Fähigkeiten zu tun?«

»Du siehst zu gut aus.«

Verwirrt runzelte Sedan die Stirn. Wie konnte man *zu gut* aussehen? »Ich kann dir leider nicht folgen.«

Amanda seufzte. »Schöne Menschen werden meist auf ihr Äußeres reduziert, das heißt, niemand traut dir zu, ein guter Anwalt zu sein.«

»Das ist Blödsinn«, gab Sedan erbost zurück. Bisher war ihm sein gutes Aussehen eher förderlich erschienen, es war das erste Mal, dass jemand das Gegenteil behauptete. Er verengte die Augen zu Schlitzen und beugte sich näher. »Ich sag dir was, Amanda: Meine Mandanten bekommen *immer*, was sie wollen. Ohne Ausnahme. Und ich werde dafür sorgen, dass auch du bekommst, was du willst. Mit meiner Hilfe macht dein Exmann noch zehn Filme mit dir.«

Amanda schmunzelte. »Wow.Das war gut. Du hast mich überzeugt.«

Selbstgefällig lehnte er sich zurück und breitete seine Arme auf der Sitzlehne aus. Er war der Beste. Das hatte er oft genug unter Beweis gestellt.

»Kommen wir zum zweiten Problem«, fuhr Amanda fort.

Sedan hob eine Augenbraue. »Das da wäre?«

»Frauen.«

Im selben Moment kehrte Valentina mit den Getränken zurück. Sie versuchte, es zu überspielen, doch sie war aufgeregt. Ihre Hände bebten und ihr Lächeln wirkte verkrampft. Sedan beobachtete sie schweigend. Amanda wiederum beobachtete ihn, ein niederträchtiges Grinsen auf den Lippen.

»Valentina«, sagte sie plötzlich. »Seit wann arbeitest du hier?«

»Seit drei Tagen«, gab sie zurück. Den giftigen Seitenblick, den sie Sedan dabei zuwarf, bemerkte er wohl.

Interessiert beugte Amanda sich vor. »Gefällt dir der Job?«

Valentina wirkte unangenehm berührt. Sie wollte weg, das war deutlich zu sehen. »Ja. Bisher gefällt er mir gut.«

»Tatsächlich?« Unvermittelt stieß Amanda ein halbvolles Champagnerglas um. Der Inhalt ergoss sich über den Tisch. »Ups. Wie ungeschickt von mir. Würdest du das bitte wegwischen?«

Benjamin lachte und auch Selma grinste und schüttelte tadelnd den Kopf, als wäre Amanda ein unartiges Kind, das verrückte, aber lustige Sachen anstellte. Soweit Sedan das in dem schummrigen Licht erkennen konnte, wurde Valentina feuerrot im Gesicht.

»Kein Problem, ich wisch das wieder weg«, sagte sie und stellte hastig die leeren Gläser auf das Tablett.

»Beeil dich«, gab Amanda breit grinsend zurück. »Der Champagner tropft schon auf den Boden.«

Valentina eilte davon.

»Tut sie dir leid?«, wollte Amanda an ihn gewandt wissen.

»Ein wenig«, gab er zu.

»Warum?«

»Du hast sie schikaniert.« Langsam begann er, zu verstehen, worauf Amanda hinauswollte.

»Richtig. Genau wie du. Die Arme ist jetzt zweimal hintereinander schikaniert worden. Wenn ich wollte, könnte ich mich beim Inhaber über sie beschweren und er würde sie sofort entlassen.«

Sedan nickte. »Das könntest du.« Amanda war wirklich ein kleiner Teufel.

Valentina kehrte mit einer Rolle Küchentücher, einem Lappen und einer Sprühflasche zurück. Schweigend beobachteten Sedan, wie sie den Champagner aufwischte und den Tisch anschließend mit dem Reinigungsmittel besprühte. Als sie sich vornüberbeugte, um den Boden zu reinigen, verspürte er ein unerwartetes Kribbeln in der Leistengegend. Unwillkürlich stellte er sich vor, sie würde keine Unterwäsche tragen und ihm einen Blick auf ihre Pussy gewähren. Er stellte sich vor, wie sie vor ihm auf die Knie ging und seinen Hosenstall öffnete, um ihn mit einem Blowjob davon zu überzeugen, sie doch noch einzustellen. *Fuck*. Er musste aufhören, sich das vorzustellen, sonst würde er noch eine Erektion bekommen. Sein Schwanz begann bereits, hart zu werden.

Er schluckte und war froh, als Valentina endlich davoneilte.

»Nicht schlecht, was?«, kicherte Amanda und riss ihn damit aus seinen Gedanken. »Sie ist ruhig geblieben, obwohl sie mir wahrscheinlich am liebsten ins Gesicht gesprungen wäre.«

Er räusperte sich. »Das gehört zu ihrem Job.«

»Ein echter Scheißjob, wenn du mich fragst.« Amanda stieß einen Seufzer aus, beugte sich vor und verteilte die Tequilashots. »Lass uns trinken, Sedan. Angetrunken verhandelt es sich besser.«

Sedan mochte keinen Tequila, konnte aber einen Schluck Alkohol gerade gut gebrauchen. Das Meeting lief komplett anders, als er es erwartet hatte. Vor allem aber entglitt ihm die Kontrolle. Das war ihm noch nie zuvor passiert und er hasste es.

Entspannt lehnte Amanda sich zurück. »Bei einer Zusammenarbeit geht es um Vertrauen«, philosophierte sie. »Deshalb halte ich es wie die Japaner. Ich will so viel wie möglich über meinen Geschäftspartner wissen, will das Gefühl haben, er ist mein Freund.«

Oh Mann, worauf wollte sie nun schon wieder hinaus? Diese Frau war wirklich anstrengend. »Und das bedeutet?«

Erneut tätschelte sie sein Bein. »Du hast ein Problem mit Frauen, Sedan, und das gefällt mir nicht.«

In seinem Magen bildete sich ein kalter Knoten aus Wut und Genervtheit. »Wie kommst du darauf? Ich habe kein Problem mit Frauen.«

»Ach nein?«, herausfordernd sah sie ihn an. «Hattest du schon mal eine feste Beziehung?«

Verdammt. »Ich habe keine Zeit für eine Beziehung. Meine Karriere geht vor.«

Sie rutschte näher und aus dem Tätscheln wurde ein aufreizendes Streicheln. »Und wie befriedigst du deine sexuellen Bedürfnisse?«

Er erwiderte ihren lüsternen Blick. Sie befanden sich wieder auf vertrautem Terrain. »Ich habe Affären.«

»Hm. Affären. Soso. Weißt du«, ihre Finger krabbelten bis hinauf in seinen Schritt. »Ein guter Freund von mir sucht ebenfalls einen Scheidungsanwalt. Ich darf seinen Namen nicht nennen, denn er ist wirklich, wirklich berühmt und die Sache noch nicht offiziell, aber er ist seit zwanzig Jahren verheiratet und hat sich bei seinem letzten Dreh in eine andere verliebt. Jetzt bangt er natürlich um sein hart verdientes Geld.«

Der Themensprung verwirrte Sedan, auch wenn seine Alarmglocken sofort wieder schrillten. Ein weiteres Mandat? Er blieb ruhig und nickte verständnisvoll.

Spontan beugte Amanda sich vor und drückte ihm einen Kuss auf den Mund. Erschrocken zuckte er zurück. Sie kicherte. »Warum so zurückhaltend? Ich dachte, du stehst auf Affären?«

»Den Kuss habe ich in diesem Kontext nicht erwartet«, gab er zu.

»Verständlich.« Amanda grinste noch breiter. Ihre Augen blitzten vergnügt. »Ich sag dir was, Sedan. Ich werde dich engagieren und dich meinem Freund empfehlen, unter einer Bedingung.«

Oh Shit. *Zwei* Hollywoodstars. Das bedeutete doppelte Einnahmen und flächendeckende Medienpräsenz. »Ich höre.«

»Als Erstes wirst du deine Reserviertheit und deine Arroganz ablegen.« Sie suchte den Club ab, bis sie Valentina vier Tische weiter fand. Etwas ungeschickt balancierte sie ein Tablett mit Cocktails auf dem Arm. »Und dann wirst du dich an die verrückte Bedienung ranmachen.«

Geschockt riss Sedan die Augen auf. Amanda machte Witze. »An wen? An Valentina Blair?«

»Yep. Valentina Blair.« Amanda nickte inbrünstig. »Umwirb sie. Mach sie in dich verliebt. In vier Wochen kommt ihr zu mir und dann entscheide ich, ob du die Herausforderung gemeistert hast oder nicht.«

Sedan brauchte drei Tequila und einen Whiskey Sour um den Schock zu verdauen und sich zu überlegen, ob er sich auf so etwas Dämliches einlassen wollte. Ganz abgesehen davon, dass Valentina Blair ihn ganz sicher verachtete, hatte er keine Lust, seine Zeit für falsches Liebeswerben zu verschwenden. Er war keine zwanzig mehr, so einen albernen Scheiß machte er nicht. Er suchte sich eine Frau aus, die ihm gefiel, und fickte sie. Das war‘s. Für mehr blieb keine Zeit und auf mehr hatte er auch keine Lust. Tagtäglich sah er, was aus den einst so romantischen Liebesbeziehungen wurde. Wie sie endeten. Es war erbärmlich. Selbst seine Eltern, die er viele Jahre lang für das perfekte Paar gehalten hatte, hatten sich scheiden lassen. Liebe war eine Illusion und eine Ehe ... bäh ... schon bei dem Wort überlief es ihn kalt.

Ehen waren von vorneherein zum Scheitern verurteilt.

Amanda amüsierte sich köstlich über seinen Schock. Gegen seinen Willen zog sie ihn auf die Tanzfläche, zwischendurch gab sie ihm Tipps, was er alles mit Valentina unternehmen könnte, um sie in sich verliebt zu machen. Sedan fragte sie halb scherzhaft und halb im Ernst, ob er ihr die Stunden in Rechnung stellen dürfte. Darüber lachte Amanda herzhaft.

»Sieh es als Vorleistung«, sagte sie. »Bei deinem Stundensatz und dem zu erwartenden Karriereschub dürfte die Zeit, die du in das Mädchen investierst, kein Problem sein.«

Um vier Uhr morgens wankten sie in ihre Villa in Bel Air. Benjamin verschwand ins Gästehaus und Selma in ihre Privatzimmer. Amanda führte ihn zum Pool, zog sich aus und sprang ins Wasser. Alkoholisiert hielt Sedan das für keine gute Idee, trotzdem legte er ebenfalls seinen Anzug ab und sprang ihr nach. Fest schlang sie ihre muskulösen Beine um seine Hüfte und presste sich an ihn. Ihr Kuss war gierig und feucht und schmeckte nach Erdbeeren und Tequila. Ihre kleinen, festen Brüste mit den winzigen Höfen rieben über seine Haut. Sedan fickte sie im Pool, auf der Strandliege und über das Sofa gebeugt. Sie mochte ein Hollywoodstar sein, doch mit seinem Schwanz in ihrer kleinen, rasierten Pussy wurde sie für ihn zu einer Frau wie jede andere. Sie diente seiner Lust, die wegen der vielen Tequilashots und nicht zuletzt auch wegen Amanda nur langsam Fahrt aufnahm. Amanda betrieb Hochleistungssport, sogar beim Sex, die Sinnlichkeit, die eine Frau ausstrahlen sollte, fehlte ihr komplett. Vielleicht lag es auch an der Art, wie sie Sedan manipuliert hatte, zu mehr als einem ausdauernden Fick reichte es auf jeden Fall nicht.

Zum Höhepunkt kam er erst, als er an Valentina dachte, wie sie sich vornübergebeugt und ihm ihren göttlichen Po entgegengereckt hatte, während sie den Champagner aufwischte. Er stellte sich vor, wie er sie von hinten fickte als Strafe für ihre Pfefferssprayattacke. Amandas Stöhnen wurde zu Valentinas Stöhnen, als er sich endlich in ihr ergoss.

Kapitel 5 - Valentina

Missmutig saß Valentina auf einer unausgepackten Kiste und starrte auf die Palme vor ihrem Fenster, während sie einen Kaffee schlürfte. Ihr war zum Heulen zumute. Die Woche war eine Katastrophe und der vergangene Abend setzte dem ganzen die Krone auf. Am liebsten wäre sie weggerannt, als sie ausgerechnet Sedan Guillaume im VIP-Bereich sitzen sah. Dabei hatte sie sich von Amanda Hope ein Autogramm geben lassen wollen. Ihre Schwester Beatrix war ein großer Fan und auf diese Weise könnte sie ihr eine Freude machen.

Tja, Pustekuchen. Als Sedan aufgetaucht war, hatte sich ihr Autogrammwunsch erledigt. Amanda hatte sie gedemütigt und Sedan Guillaume hatte sie so herablassend angestarrt, dass sie ihm am liebsten den Champagner ins Gesicht geschüttet hätte. Zu allem Übel war er auch noch verdammt gut aussehend. In dem schwarzen Jackett, das Hemd locker über den Hosenbund fallend war er zum Niederknien, wodurch sie sich noch minderwertiger vorkam. Das war so ungerecht. Woher kannte er überhaupt Amanda Hope? War er ihr Anwalt?

Valentina hatte gelesen, dass die Schauspielerin sich scheiden lassen würde. Wahrscheinlich wickelte er die Scheidung ab. Was auch sonst? Menschen voneinander zu trennen war seine Spezialität.

Das Klopfen an ihrer Wohnungstür riss sie aus ihren Grübeleien. Hoffentlich war es nicht die Nachbarin, die sie nach ihrer Eingewöhnungszeit willkommen heißen wollte. Die Begegnungen auf der Treppe reichten Valentina völlig.

Vor der Tür stand nicht ihre Nachbarin, sondern ein Kurier. Er überreichte ihr einen Blumenstrauß, ließ sich den Empfang quittieren und verschwand. Kalte Angst kroch Valentinas Rücken hinauf. Das erinnerte sie an Marc. Anfänglich hatte er ihr auch immer Geschenke geschickt, in der Hoffnung, er könnte sie auf diese Weise zurückgewinnen.

Hektisch suchte Valentina nach einer Karte. Die Blumen legte sie achtlos auf eine Kiste und riss stattdessen den Umschlag auf. Die Karte darin war schlicht und mit einer handschriftlichen Botschaft versehen.

Liebe Valentina,

ich möchte mich bei Ihnen entschuldigen und bitte Sie um eine Unterredung. Würden Sie sich bitte in meinem Büro melden?

Freundliche Grüße

Sedan Guillaume

Erleichterung durchflutete sie. Kein Strauß von Marc. Was für ein Glück. Von diesem Arschloch von Anwalt wollte sie allerdings auch keinen Blumenstrauß erhalten. Was hatte der Kerl mit ihr zu besprechen? Wollte er sie doch noch verklagen und tat nur freundlich, um sie unauffällig aushorchen zu können? Oder hatte er es sich anders überlegt und wollte sie doch noch einstellen? Obwohl ihr dieses Szenario absurd erschien, glomm ein Hoffnungsfunke in ihr auf. Der Job in dem Nachtclub gefiel ihr nicht und sie würde ihn zu gerne kündigen.

Aber nein, sie hatte sich bereits mehrere Kanzleien rausgesucht, bei denen sie sich bewerben würde. Auf *Guillaume&Davis* konnte sie verzichten. Nach der vergangenen Nacht sowieso. Für kein Geld der Welt würde sie für einen Mann wie Sedan Guillaume arbeiten.

Um ihre Entschlossenheit zu demonstrieren, stapfte sie zur Mülltonne hinter dem Haus und warf die Blumen weg. Den schönen Strauß zu entsorgen, tat ihr im Herzen weh, doch sie wollte ihn nicht in der Wohnung stehen haben und bei seinem Anblick ständig an ihre Demütigung erinnert werden. Als sie zurückkam, klingelte ihr Smartphone. Da sie es hasste, einen Anruf unbeantwortet zu lassen, bahnte sie sich hektisch einen Weg zwischen den Kisten hindurch, schnappte das Handy und hob ab, ohne zu schauen, wer sie anrief. »Hallo?«

»Guten Tag Valentina. Hier spricht Sedan.«

Ihr Herz sackte in ihre Hose. Den Anruf hätte sie lieber ignoriert. »Hallo Mr. Guillaume.«

Sie wollte sich nicht mit ihm auf eine persönliche Ebene begeben, deshalb benutzte sie absichtlich seinen Nachnamen.

»Haben Sie meine Nachricht erhalten?«, fragte er.

»Sie meinen die Blumen? Ja danke, die habe ich erhalten.« Hatte er auf der Karte nicht um einen Rückruf gebeten? Warum rief er sie an, kaum fünf Minuten, nachdem der Bote den Strauß abgeliefert hatte?

»Ich möchte mich ... entschuldigen«, sagte er. »Mein Verhalten war ... unangemessen.«

Warum machte er diese dämlichen Kunstpausen? Seine Entschuldigung klang dadurch nicht ehrlich.

»Danke, das ist sehr nett von Ihnen«, erwiderte sie kühl.

Er räusperte sich. »Hätten Sie Zeit für ein Gespräch? Bei einem Abendessen? Ich lade Sie ein.«

Wie bitte? Ein Abendessen? Der Kerl hatte wirklich einen Knall. Sie wollte ihn endlich aus ihrer Erinnerung streichen und nicht noch mit ihm Essen gehen. »Ich wüsste nicht, was wir noch zu besprechen hätten, Mr. Guillaume.«

»Nenn mich Sedan«, sagte er. »Mr. Guillaume ist so unpersönlich.«

Natürlich war es unpersönlich und das sollte auch so bleiben. Wenn Valentina eines nicht wollte, dann diesem Mann auf einer persönlichen Ebene zu begegnen. Ihr Herz pochte aufgeregt. Sedan Guillaume war einschüchternd, doch am Telefon hatte sie ihn wenigstens nicht vor sich und musste sich nicht noch mit seiner herrischen Präsenz auseinandersetzen, die eine unerwartet starke Wirkung auf sie hatte. Das Ego dieses Mannes reichte sowieso schon für ein ganzes Foodballteam.

»Leider habe ich keine Zeit«, sagte sie. »Ich muss arbeiten. Vielleicht können Sie mir am Telefon sagen, um was es geht?«

»Das würde ich lieber persönlich tun. Wenn Sie abends keine Zeit haben, wie wäre es dann mit Lunch?«

Er war kein Mann, der bettelte, der genervte Unterton in seiner Stimme verriet das. Valentina war sich sicher, dass er das Gespräch nach einer weiteren Absage beenden würde. »Tut mir leid, aber ich sehe keine Veranlassung, mich mit Ihnen zu treffen. Entweder sagen Sie mir am Telefon, was Sie wollen oder wir beenden das Gespräch an dieser Stelle.«

Ein paar Sekunden lang herrschte Schweigen. Sie konnte seine Wut durch den Hörer hindurch spüren. Das verschaffte ihr eine gewisse Genugtuung. *Tja, Mr. Guillaume. Es gibt auch Menschen mit Prinzipien auf dieser Welt, die bei Ihrem Anblick nicht vor Ehrfurcht erstarren.*

»Um ehrlich zu sein«, presste er angespannt hervor. »Wollte ich einfach nur mit Ihnen essen gehen.«

Jetzt war sie wirklich baff. »Warum?«

»Ich trenne Berufliches und Privates. Auch wenn ich Sie für die Kanzlei als unpassend empfand, bedeutet das nicht, dass ich das privat genauso sehe.«

Wie bitte? Hatte sie ihn gerade richtig verstanden? Einstellen wollte er sie nicht, aber er würde mit ihr ins Bett gehen? Denn nichts anders war eine Einladung zum Abendessen für ihn: eine Einladung zum Sex. Da machte sie sich nichts vor. »Ich bin ganz sicher nicht *unpassend*«, stieß Valentina hervor. »Sie waren einfach nur eingeschnappt und rachsüchtig.«

Sie hörte sein unterdrücktes Schnauben. »Ich tue das, was ich für die Kanzlei als richtig empfinde, darüber zu urteilen steht Ihnen nicht zu.«

»Genau so halte ich es auch. Und ich finde es richtig, jetzt aufzulegen. Auf Wiederhören, Mr. Guillaume.« Damit legte sie auf.

Ihre Hände zitterten vor Wut. Was bildete der Kerl sich ein? Glaubte er tatsächlich, sie würde sich mit ihm treffen, nach allem, was er ihr angetan hatte? Ein Glück hatte sie die Blumen in den Müll geworfen. Das hätte sie aufnehmen und ihm schicken sollen, damit er sah, was sie von ihm und seiner Einladung hielt.

Als das Handy erneut klingelte, hob sie sofort ab, weil sie dachte, es wäre Sedan Guillaume, der sie für die Abfuhr niedermachen wollte. »Was ist?«, bellte sie.

»Hey, ich bin's, Beatrix. Welche Laus ist dir denn über die Leber gelaufen?«

Ihre Schwester. »Die Laus heißt Sedan Guillaume und ist ein riesengroßes Arschloch«, polterte Valentina los. »Stell dir vor, er hat mir Blumen geschickt und die Frechheit besessen, mich zum Essen einzuladen.«

»Ist das der Kerl aus der Kanzlei? Dem du Pfefferspray in die Augen gesprüht hast?«

»Genau der. Wegen dem Job bin ich nach L.A. gezogen und er hat mich einfach abserviert. Unglaublich der Typ.«

Natürlich hatte Valentina ihrer Schwester von der Sache erzählt und sich trösten lassen. Im Trost spenden war ihre Schwester zwar nicht besonders gut, aber ihre nüchternen Beschwichtigungsversuche waren immer noch besser als gar nichts. Dennoch war es seltsam, dass Beatrix nicht überrascht wirkte und auch nicht auf das Thema einging.

»Tja, solche Typen denken halt, sie wären was Besseres«, meinte sie nur. »Hör mal, ich habe Neuigkeiten für dich.«

Oha. Wenn ihre pflichtbewusste Schwester Guillaumes Verhalten einfach so abtat und sie ausnahmsweise nicht bat, nach Polson zurückzukommen, mussten das dringende Neuigkeiten sein. Sofort bildete sich wieder dieser Knoten aus Angst in Valentinas Bauch, der die Wut verdrängte.

»Erzähl. Was gibt's?«

»Marc ist raus.«

Ein eisiger Blitz fuhr durch Valentina hindurch, die Haare an ihren Armen stellten sich auf. »Meinst du aus der Psychiatrie?« Valentinas Stimme klang plötzlich ganz hohl.

»Natürlich. Woraus denn sonst? Seine Mutter meinte, er befände sich jetzt in ambulanter Behandlung.«

Acht Monate. Nur acht Monate war Marc in der Gefängnispsychiatrie gewesen, für das, was er ihr angetan hatte. Es hatte Verfahrensfehler gegeben und die Beweislage war nicht eindeutig gewesen, deswegen war er mit einer vergleichsweise milden Strafe davongekommen. Und die Psychiater sahen anscheinend keine Gefahr mehr in ihm. Nach nur acht Monaten. Das war lächerlich. Valentina kannte Marc. Besser, als jeder andere. Wahrscheinlich sogar besser als seine Mutter. Auf eine tiefe, verstörende Weise war er ein sehr kranker Mann. Dass er sich in seinem Wahn ausgerechnet auf sie fixiert hatte, war Pech. Es hätte jede treffen können. Aber nach dem Tod ihrer Mutter war sie empfänglich und schwach gewesen und er hatte leichtes Spiel gehabt.

»Val? Sag doch was.« Beatrix klang ernsthaft besorgt. Das passierte selten.

»Wie konnte das passieren?«, frage Valentina.

Beatrix seufzte. »Sie waren überbelegt und mussten ein paar Gefangene loswerden. Marc war ein Ersttäter, seine Gewaltbereitschaft wurde als gering eingestuft, hat mir seine Mutter erzählt.«

Ersttäter? Geringe Gewaltbereitschaft? Warum? Nur weil er ihr vor ihrer Entführung Blumen geschickt hat? Das war absurd. Marc war gefährlich. Warum konnten das die Gefängnispsychiater nicht sehen? »Hast du ihn getroffen?«

»Noch nicht. Wieso?«

In Gedanken ging sie ihre Strategie durch, die sie sich für einen solchen Fall ausgedacht hatte. »Du könntest auskundschaften, welchen Eindruck er auf dich macht. Hat er einen Job?«

»Im Moment wohnt er bei seiner Mutter. Ich glaube nicht, dass er in nächster Zeit arbeiten wird. Es klang zumindest nicht so. Sie passt auf ihn auf, hat sie gesagt.«

Natürlich tat sie das. Sie hatte sich nicht eingestehen wollen, dass ihr Sohn Probleme hat, auch nicht, als Valentina sie mit dem Verhalten ihres Sohnes konfrontierte. Hunderte von Anrufen und Kurznachrichten, Fotos von ihm, wie er vor ihrem Haus rumlungerte, Liebesbriefe, Drohbriefe. Er hatte sie nie unterschrieben, deshalb hatte seine Mutter behauptet, sie wären nicht von ihm, dabei war es eindeutig seine Handschrift gewesen. Sie hätte das, was später geschehen war, vielleicht verhindern können, doch ihre Weigerung, die Wahrheit zu erkennen, hatte Marc in seinem Tun noch bestärkt.

Ganz gewiss wollte Valentina seiner Mutter keine Schuld zuweisen, aber das Verhältnis zu ihrem Sohn war ihr schon immer seltsam erschienen. Viel zu eng. Seine Mutter hat ihn wie einen König behandelt und ihn rund um die Uhr bedient. Als Valentina Marc am Anfang ihrer Beziehung darauf angesprochen hatte, meinte er, seine Mutter täte das aus schlechtem Gewissen wegen ihrer Ausraster. Er zeigte ihr eine Narbe auf seinem Arm, wo sie ihn einmal, als es besonders schlimm war, mit einem Küchenmesser verletzt hatte. Damals hatte Valentina sich über die Lockerheit, mit der er das erzählte, gewundert.

»Ich weiß, du hast so viel für mich getan, aber würdest du die Sache bitte für mich beobachten? Ich will Dad nicht darum bitten. Er hat schon genug Sorgen.«

»Das hätte ich sowieso gemacht«, versprach Beatrix. »Ich behalte den Kerl im Auge.«

Sie sprachen kurz weiter und legten dann auf. Betroffen sank Valentina auf eine Kiste, sie fühlte sich kraftlos und schwach. Sie hatte es ihrer Schwester nicht gezeigt, aber Marcs Freilassung erschütterte sie zutiefst. Hoffentlich würde die Angst nicht wieder die Kontrolle übernehmen. Sie tröstete sich mit dem Gedanken, dass zwischen ihm und ihr zweitausend

Kilometer lagen und dass er keine Ahnung hatte, wo sie sich befand. Außer ihr gab es nur zwei Menschen, die wussten, dass sie nach L.A. gezogen war: Ihr Vaterund ihre Schwester und die würden es Marc niemals verraten.

Valentina starrte auf ihr Handy, als könnte es ihr in irgendeiner Weise helfen, das Display anzustarren. Seit ihrem Umzug hatte sie sich nicht mehr so allein gefühlt. Verlassen, wie ein Vogelküken, das zu früh aus dem Nest geworfen worden war. Und hinter dem nächsten Baum lauerte bereits der Fuchs, um das hilflose Ding zu verspeisen.

Eigentlich hatte sie vor der Arbeit einkaufen gehen und wenigstens noch eine Kiste auspacken wollen, doch rauszugehen brachte sie nach dem, was sie gerade erfahren hatte, nicht mehr über sich und zum Auspacken fehlte ihr komplett die Motivation.

Marc war frei.

Der Gedanke geisterte unablässig durch ihren Kopf, verdrängte die Wut auf Sedan Guillaume, die finanziellen Sorgen und sogar die Einsamkeit.

Am Abend hätte sie sich am liebsten krankgemeldet, aber das konnte sie nicht bringen. Sie hatte den Job erst seit wenigen Tagen. Außerdem brauchte sie das Geld. Also machte sie sich fertig und zwang sich zur Arbeit. Weil sie die Fahrt mit dem öffentlichen Bus nicht verkraftet hätte, nahm sie sich ein Taxi. Hoffentlich würde sie die hohen Fahrtkosten mit dem Trinkgeld wieder reinbekommen. Bei jedem braunhaarigen Mann, der in Größe und Statur auch nur im entferntesten Marc ähnelte, sackte ein kalter Brocken in ihren Bauch und ihr Herz begann, zu pochen. Ein Zustand, der sich leider auch im *Boulevard1* nicht besserte. Immer wieder ertappte sie sich dabei, wie sie den Blick suchend über die Gäste schweifen ließ.

Gerade als sie glaubte, sich langsam wieder in den Griff zu bekommen, erspähte sie einen Mann, der sie zwar kein bisschen an Marc erinnerte, dem sie allerdings genauso wenig begegnen wollte: Sedan Guillaume.

Lässig schlendert er durch den Club und sah sich suchend um. Am liebsten hätte Valentina sich hinter die Theke geduckt, hätte es vielleicht sogar getan, wenn ihr Kollege Pedro nicht gerade dort gestanden und in aller Seelenruhe sein Tablett abgewischt hätte. Valentina stellte sich neben ihn und hoffte, dass Sedan sie nicht entdeckte. Wahrscheinlich hatte er wieder eine Verabredung mit Amanda und würde sie sowieso nicht weiter beachten. Während sie extra langsam die Gläser von ihrem Tablett räumte, behielt sie ihn unauffällig im Auge. Er schlängelte sich zwischen den Gästen hindurch und setzte sich ausgerechnet in ihren Bereich.

Allein.

Mist.

»Pedro«, sagte sie spontan. »Würdest du bitte Tisch zwölf für mich übernehmen?«

Pedro hatte sowieso nicht viel zu tun, sein Bereich war halb leer, doch sie war die Neue und durfte eigentlich keine Ansprüche stellen.

Er musterte sie. »Was gibst du mir dafür?«

Valentina stieß einen Seufzer aus. Auch wenn sie erst seit wenigen Tagen im *Boulevard1* arbeitete, hatte sie bereits festgestellt, dass Pedro arbeitsscheu und geldgierig war. Bei der Abrechnung und der Aufteilung des Trinkgelds musste man ihm genau auf die Finger schauen. »Ich könnte einen deiner Tische übernehmen. Zum Bcispiel die Russen da.«

»Zu wenig.« Betont desinteressiert trocknete er mit einem Küchentuch das Tablett ab und stellte dann fünf Gläser und eine Flasche gefrosteten Grey Goose Vodka darauf.

»Dann sag mir, was du willst.«

Pedro grinste sie mit seinen perlweißen Zähnen breit an. »Die Hälfte von deinem Trinkgeld.«

»Die *Hälfte*? Du spinnst doch.«

Er zuckte mit den Schultern. »Kein Problem. Dann geh und bedien den Kerl an Tisch zwölf.« Er musterte Sedan neugierig. »Wer ist das? Ein ehemaliger Lover, dem du nicht begegnen willst?«

Auf lange Erklärungen hatte Valentina keine Lust. »So ungefähr.« Geschäftig räumte sie die schmutzigen Gläser in die Spülmaschine.

Doch Pedro erwies sich nicht nur als gierig, sondern auch als neugierig. »War der nicht gestern mit Amanda Hope hier? Ich dachte, der Typ sei schwul. Für einen Hetero sieht er viel zu gut aus.« Er musterte Valentina von Kopf bis Fuß, als könnte er nicht glauben, dass sie mit einem solchen Kerl liiert gewesen sein könnte.

»Er ist nicht schwul und außerdem - Aussehen ist nicht alles«, gab sie pikiert zurück, während sie ein Bier und ein Gingerale aus dem Kühlschrank nahm. Pedro war dermaßen oberflächlich und egoistisch. Wie wollte er mit diesen Eigenschaften jemals einen Partner finden?

Pedro zog eine Augenbraue hoch. »Herrje. Sei doch nicht gleich eingeschnappt. Ich steh zwar nicht auf Frauen, aber in dem Kleid bist du mindestens eine Neun Komma fünf. Doch Amanda Hope ist Amanda Hope.« Er stieß einen Seufzer aus. »Gott, ich liebe diese Frau. In Uptown Girl war sie zum Niederknien. Neben einem Hollywoodstar wie sie ist selbst eine Zehn nur ein Fußabtreter.«

Valentina stöhnte genervt. Auf Pedros Lobeshymnen konnte sie verzichten. Egal wie gut Amanda Hope schauspielerte, sie hatte Valentina wie einen Fußabtreter behandelt und das war für niemanden okay, auch nicht für einen Hollywoodstar. »Bedienst du ihn nun oder nicht?«

»Hm.« Pedro stemmte die Arme in die Hüfte und beäugte Guillaume, Valentina tat es ihm gleich. Als würde Sedan spüren, dass er beobachtet wurde, schaute er genau in diesem Moment in ihre Richtung. Sein Blick fing ihren. Sie fluchte innerlich. Sollte sie ihn begrüßen? Sie sahen einander direkt in die Augen, also konnte sie nicht so tun, als hätte sie ihn nicht bemerkt. Mehr als ein kurzes Zucken ihrer Mundwinkel und ein verkrampftes Nicken brachte sie allerdings nicht zustande.

Pedro hatte den Blickkontakt natürlich bemerkt. »Weißt du, was mir gerade einfällt? Wenn du was mit dem Kerl hattest, dann ist das so, als hättest du was mit Amanda Hope gehabt.« Er wirkte plötzlich ganz hibbelig. »Oh mein Gott. Wie aufregend. Und schon bist du in meiner Achtung gestiegen.«

Schwungvoll schnappte er das Tablett mit dem Wodka. »Ich bring das schnell zu den Russen und dann geh ich zu ihm und frag ihn, was er trinken will. Den Kerl muss ich mir aus der Nähe betrachten. Wie heißt er noch gleich?«

»Sedan Guillaume«, presste Valentina hervor. Pedros Begeisterung konnte sie nicht nachvollziehen.

»*Sedan Guillaume*?« Verträumt rollte Pedro mit den Augen. »Oh mein Gott, selbst sein Name ist heiß. Ist er Franzose? Das wäre die Krönung. Einen Franzosen hatte ich noch nie.«

»Keine Ahnung. Ich glaub nicht.« Missmutig schnappte Valentina ihr Tablett und bediente einen anderen Tisch, während Pedro im Eiltempo den Russentisch abfertigte und sich dann über Sedan hermachte.

Gleichzeitig kehrten sie an die Theke zurück. Pedro war Feuer und Flamme. »Mädchen, der Typ ist anbetungswürdig. Vor einem Date mit ihm müsste ich mir zweimal einen runterholen, um ihn nicht anzufallen.« Er grinste anzüglich und rückte näher. »Erzähl. Wie ist er so? Im Bett meine ich. Bestimmt hat er dich ordentlich rangenommen. Wie ist er bestückt?«

Entrüstet schüttelte Valentina den Kopf. Selbst wenn sie mit Sedan geschlafen hätte, würde sie bestimmt nicht mit Pedro darüber reden.

Pedro stupste sie in die Seite. »Komm schon. Verrat mir schlüpfrige Details und ich verzichte dafür auf dein Trinkgeld.«

Da Pedro sich zu sehr in die Sache reinsteigerte, sah Valentina sich genötigt, zuzugeben, dass sie nicht mit Sedan im Bett gewesen war, und erzählte ihm stattdessen von der Pfeffersprayattacke und dem demütigenden Vorstellungsgespräch.

Statt Mitgefühl bekam sie einen noch verträumteren Pedro. »Was für ein Mann«, stieß er seufzend hervor. »Ich liebe dominante Kerle.«

Pedros Schwärmerei war kaum zu ertragen. »Er ist ein Arschloch«, sagte Valentina.

Pedro schnaubte abfällig. »Sowas sagen nur untervögelte Emanzen. Glaubst du etwa, Amanda hat ihn bloß für ihre Scheidung engagiert? Im Leben nicht. So ein Sahneschnittchen nimmt man doch mit, wenn man die Gelegenheit bekommt.«

Bevor Pedro sie weiter von Sedans Vorzügen überzeugen konnte, kam John, ihr Chef. Er trug einen dunkelgrauen Anzug aus einem hässlich schimmernden Stoff und eine Fliege, als würde er zu einer Hochzeit gehen. Durch das millimeterkurz geschnittene dunkelbraune Haar konnte man seine Kopfhaut sehen. »Leute. Was steht ihr hier rum und plappert? Kylie ist ausgefallen, ihr müsst ihre Tische übernehmen. Hopp hopp.«

»Wieso?«, maulte Pedro. »Sie war doch eben noch da.«

»Frauenprobleme«, gab John genervt zurück. »Jetzt beweg deinen Schwuchtelhintern. Alfons Ramirez sitzt an der dreißig.«

Pedro und Valentina reckten die Köpfe. Alfons Ramirez war ein bekannter Radiosprecher und zählte somit zu den VIPs. Valentinas Chef stand auf Berühmtheiten. Je mehr er anlocken konnte, umso mehr Exklusivität vermittelte der Nachtclub, was wiederum weitere Promis und gut betuchte Gäste anlockte. So steigerte er seit Jahren seinen Umsatz, hatte er ihr beim Einstellungsgespräch stolz erzählt.

John kniff die Augen zusammen. »Er hat seine Freunde dabei. Also bedient ihr ihn beide. Verstanden?«

Valentina nickte. Wenigstens gab ihr die zusätzliche Arbeit die Gelegenheit, Sedan aus dem Weg zu gehen.

Sedan

Missmutig beobachtete Sedan, wie Valentina den Tisch mit dem Radiofuzzi bediente, dabei gewährte sie ihm erneut einen Ausblick auf ihren fantastischen Hintern. Die anderen Kerle glotzten ebenfalls, wie Sedan bemerkte. Unwillkürlich fragte er sich, wie locker Valentina die Wahl ihrer Liebhaber handhabte. Ob sie wohl leicht zu haben war?

Seinem Instinkt nach zu urteilen, war sie das nicht. Trotz ihrer offenherzigen Kleidung und dem strahlenden Lächeln wirkte sie verschlossen, als würde sie nur sehr wenige Menschen an sich heranlassen. Das konnte er durchaus verstehen. Leider machte das seine Mission nicht gerade einfacher.

Er saß an einem ihrer Tische, doch sie bediente ihn nicht. Stattdessen laberte ihn dieser Pedro voll. Der Kerl war von allem zu viel. Zu fröhlich, zu redselig, zu eifrig. Kurz: Er nervte Sedan. Dass er schon wieder in diesem dämlichen Club sitzen und sich überlegen musste, wie er eine Frau in sich verliebt machen sollte, die ihn nicht wollte, machte die Situation nicht besser. Er war genervt und sowas von schlecht gelaunt. Pedro schien das nicht im Geringsten zu stören. Freudestrahlend wuselte er um Sedan herum, als hätte der ihm fünftausend Dollar Trinkgeld in Aussicht gestellt.

Ich tue das für die Kanzlei, sagte Sedan sich immer wieder. Die ganze Aktion war unter seiner Würde. Was ihn zusätzlich ablenkte, war das Go-go-Girl, das direkt gegenüber auf einer Plattform tanzte. Immer wieder suchte sie seinen Blick und kreiste dann lasziv mit den Hüften. Sie zu vögeln war im Prinzip keine schlechte Idee, hätte er nicht bis zum Morgengrauen in Amanda Hope gesteckt. Die Frau war unersättlich. Außerdem war der Clubbesuch geschäftlich. Er musste Valentina Blair umgarnen und hatte keine Ahnung, wie er das anstellen sollte. Was Liebeswerben betraf, fehlten ihm die Erfahrungswerte. Blumen funktionierten normalerweise, hatte Amanda gesagt, wenn es hart auf hart kam, auch mal Schmuck, aber er hatte das dumpfe Gefühl, dass bei Valentina auch Schmuck nicht ziehen würde.

Ein guter Fick könnte helfen, schoss es ihm durch den Kopf. Während er noch grübelte und missmutig an seinem Whiskey Sour schlürfte, bekam er eine Nachricht von Amanda.

Und? Schon Fortschritte gemacht?

Bin dabei, tippte er zurück.

So ist es brav! Wenn du fertig bist, kannst du auf einen Schlaftrunk vorbeikommen. ;-)

Oh Mann. Amanda wollte schon wieder Sex. Eigentlich war Sedan müde, immerhin hatte er in der Nacht zuvor gerade mal zwei Stunden geschlafen, aber die Frau war nicht irgendwer. Zu einer Oscarpreisträgerpussy sagte man nicht nein. Er fragte sich nur, warum er sich deswegen nicht euphorischer fühlte. Jeder normale Mann würde auf Wolke 7 schweben und wahrscheinlich mit einem Dauerständer rumrennen, wenn er Amanda Hope ficken dürfte, doch aus irgendeinem Grund behagte ihm die Sache nicht.

Er wartete noch eine Stunde, dann verließ er den Club und setzte sich in seinen Wagen. Es war halb eins. Wenn er jetzt zu Amanda fuhr und sie sofort beglückte, bekam er mit etwas Glück noch vier oder fünf Stunden Schlaf. Er schaute zum Eingang des Clubs. Andererseits hatte sich der Club bereits geleert, Valentina hatte sicher bald Feierabend. Er könnte sie abpassen und einen weiteren Vorstoß wagen. *Verflucht*. Warum musste Amanda ihm so etwas antun? Noch nie hatte er eine Frau umgarnt, die kein Interesse an ihm hatte. Warum sollte er auch?

Es fiel ihm schwer, sich das einzugestehen, aber er war in sowas einfach nicht gut.

»Ach verflucht.« Leise vor mich hinschimpfend parkte er den Wagen um, sodass er den Personaleingang im Blick hatte, fuhr seinen Sitz zurück und wartete.

Er zuckte hoch, als er Gekicher hörte. Zwei Go-Go-Girls verließen den Club. War er eingeschlafen? Ein Blick auf seine Rolex. Zehn vor zwei. Er hatte tatsächlich geschlafen. Mist. Hatte er Valentina verpasst?

Amanda hatte ihm eine weitere Nachricht geschrieben.

???

Drei Fragezeichen? Was sollte das?

Was ist?, tippte er zurück.

Ich warte ...

Genervt stieß Sedan den Atem aus. Dieses notgeile Biest.

Bin gleich da.

Er fragte sich ernsthaft, warum sie ihn auf Valentina ansetzte, wenn sie selbst ständig mit ihm vögeln wollte. Das ergab keinen Sinn. Was, wenn er Erfolg hatte? Frauen wurden schnell eifersüchtig. Aber vielleicht war das bei Hollywoodstars anders. Vielleicht turnte die Vorstellung, dass er auf ihren Wunsch hin mit einer anderen fickte, Amanda sogar an. Vielleicht plante sie einen Dreier. Oh wow. Die Vorstellung turnte ihn zumindest gewaltig an.

In seine sexuellen Phantasien platzten Pedro und Valentina,die den Club durch den Hintereingang verließen. Erleichtert atmete er auf. Pedro stiefelte zu seinem Auto, Valentina blieb stehen und telefonierte. Perfekt! Schnell stieg Sedan aus und ging zu ihr. Sie hatte ihm den Rücken zugedreht.

»6522 Sunset Boulevard, am Hintereingang. Ich warte hier.« Sie legte auf.

»Guten Abend«, sagte Sedan.

Mit einem Aufschrei fuhr Valentina herum. Er sah, wie sie etwas aus ihrer Tasche zerrte, und wich mit erhobenen Händen zurück.

»Stopp. Ich bin‘s nur. Sedan.«

Aufatmend ließ sie das Pfefferspray sinken. »Verflucht. Warum schleichen Sie sich an mich heran?«

Meine Güte, die Frau war wirklich schreckhaft. »Tut mir leid. Ich hab auf Sie gewartet.«

»Auf mich? Warum?«, zischte sie.

»Weil ich mit Ihnen reden wollte.«

»Dann rufen Sie mich an und lauern mir nicht mitten in der Nacht auf einem Parkplatz auf. Das ist doch krank.« Sie wirkte völlig aufgelöst, als würde sie gleich anfangen, zu heulen, dabei sollte sie sich eigentlich geschmeichelt fühlen. Er hatte noch nie auf eine Frau gewartet.

»Nur die Ruhe«, sagte er in scharfem Ton. Nach der stundenlangen Warterei war seine Geduld am Ende. »Soll ich Sie nach Hause bringen?«

»Was?« Sie schaute ihn an, als hätte er sie gerade darum gebeten, sich nackt auszuziehen. »Sie haben ein ernstes Problem, Mr. Guillaume. Ich hoffe, das ist Ihnen bewusst.«

»Ich würde eher behaupten, Sie sind diejenige mit einem Problem. Sie können nicht jeden, der Sie anspricht, mit Pfefferspray attackieren.«

»Ich kann tun, was ich will. Lassen Sie mich doch einfach in Ruhe, okay? Rufen Sie mich nicht mehr an, schicken Sie mir keine Blumen und LAUERN SIE MIR GEFÄLLIGST NICHT MEHR AUF!« Sie schrie nun fast.

Wie konnte eine Frau, die so scharf aussah, dermaßen verrückt sein? Ein Glück hatte er sie nicht eingestellt. Mit ihrer hysterischen Art würde sie die gesamte Kanzlei terrorisieren.

»In Ordnung«, stieß er zwischen zusammengebissenen Zähnen hervor. »Ich werde Sie in Ruhe lassen.«

Sie reckte das Kinn, ihre Augen blitzten zornig. »Schön.«

»Schön.« Sedan wandte sich wütend ab und sprang in seinen Wagen, als sein Smartphone klingelte. Amanda. Okay, er musste sich sammeln, damit sie nicht merkte, wie wütend er war. Einmal tief durchatmen. »Hallo Amanda.«

»Sedan, Sweetheart, ich liege allein auf meinem riesigen Bett und warte sehnsüchtig auf meinen Anwalt. Wo bleibst du?« Sie schnurrte wie ein kleines Kätzchen.

Genervt kniff Sedan sich in die Nasenwurzel. *Ruhig bleiben.* »Tut mir leid. Valentina Blair hat mich aufgehalten.«

»Valentina *Blair?* Das klingt aber nicht so, als wäret ihr euch näher gekommen. Läuft alles nach Plan?«

»Alles läuft perfekt«, log er und startete den Wagen. »Ich bin gleich da.«

Valentina stand neben der Ausfahrt und spähte nach ihrem Taxi. *Hysterische Kuh.* Mit quietschenden Reifen fuhr er an ihr vorbei und raste davon.

Seinen Zorn ließ er an Amanda aus. Er nahm sie so hart ran, dass sie meinte, für seinen Schwanz bräuchte er einen Waffenschein. Sie sagte das mit einem zufriedenen Lachen und dem Zusatz, dass sie einen solchen Fick zum letzten Mal in ihrer allerersten Hochzeitsnacht gehabt hätte. Abgesehen von ihrer wunden Pussy, hoffte sie, viele Kalorien verbrannt zu haben.

Sobald sie schlief, schob Sedan sich vorsichtig aus dem Bett und verließ die Villa. Es war nach vier, als er über den Loma Vista Drive fuhr. Vor Müdigkeit konnte er kaum noch die Augen offenhalten. Zwei Frauen zu bespaßen, war anstrengend, vor allem wenn eine davon eine durchgeknallte Furie und die andere eine unersättliche Diva war.

Seine Augen tränten, sein Körper war ausgelaugt und er sehnte sich nach Schlaf. Zum ersten Mal fragte er sich, ob das die Sache wirklich wert war. Auf jeden Fall brauchte er eine neue Strategie, sonst würde er noch einen Herzinfarkt bekommen oder sich mit irgendeinem Kerl prügeln, nur um seinen Frust loszuwerden.

Kapitel 6 - Valentina

»Ich muss dich leider entlassen.« John lächelte entschuldigend, als täte es ihm wirklich leid.

Fassungslos stand Valentina vor ihrem Chef, schwankend zwischen Entrüstung, Wut und dem Impuls, ihn anzubetteln, er möge sie nicht rauswerfen. Tags zuvor hatte sie sich extra ein neues weißes Kleid gekauft. John wollte, dass die Bedienungen weiß trugen, weil die Farbe im Schwarzlicht so schön leuchtete.

»Aber ich habe mir nichts zuschulden kommen lassen.«

»Ich weiß. Doch ich muss ein paar personelle Veränderungen vornehmen. Du findest bestimmt schnell was Neues.«

Ja, ganz bestimmt, nur leider nichts, was so gut bezahlt wurde. Mit dem Job hatte sie Glück im Unglück gehabt. Eine Mitarbeiterin hatte eine Stunde, bevor Valentina zufällig vorbeigekommen war und nach einem Job gefragt hatte, gekündigt. John meinte, sie würde in den Laden passen und hatte sie bereits am selben Abend Probe arbeiten lassen. Und nun, kaum eine Woche später, entließ er sie? Das wollte ihr nicht in den Kopf. »War ich nicht gut genug?«

Nervös strich John sich über den Kopf. Er schwitzte. »Doch, du warst sogar sehr gut, die Gäste mögen dich. Trotzdem muss ich dich entlassen. Sorry.«

Entschuldigend zuckte er mit den Schultern. Dann nahm er einen Umschlag von der Theke und reichte ihn ihr. »Hier ist dein Lohn. Ich hab noch was draufgelegt, als kleine Entschädigung.«

Ehrliches Bedauern schwang in seiner Stimme mit, was Valentina noch mehr verwirrte. Wie betäubt nahm sie den Umschlag entgegen. Was sollte sie jetzt tun? Bei Tacco Bell arbeiten? Mit dem Verdienst dort würde sie nicht mal ihre Miete bezahlen können. Deprimiert fuhr sie mit dem Bus nach Hause, wo sich noch immer die unausgepackten Kisten türmten, als wollten sie ihr sagen, dass sie versagt hatte. Dass sie Los Angeles vergessen und wieder nach Hause gehen sollte. Plan B war gescheitert. Einen Plan C gab es definitiv nicht.

Doch sie konnte nicht zurück, denn Marc war wieder da. Selbst wenn er tatsächlich geheilt war, was sie ernsthaft bezweifelte, Polson war ein Nest. Sie würde ihm ständig über den Weg laufen. Das konnte niemals gutgehen.

An diesem Abend ließ sie das Telefon klingeln. Stattdessen legte sie sich mit einer Flasche Sekt ins Bett und trank. Den Sekt hatte sie sich nach der Vertragsunterzeichnung bei *Guillaume&Davis* gönnen wollen. Den Fernseher, der auf einem kleinen, wackeligen Fernsehtisch stand, stellte sie auf lautlos, sie starrte nur auf die Bilder und konzentrierte sich auf die gähnende Leere, die sie mit dem Sekt zu vergessen versuchte. Es wurde dunkel und still, genau, wie sie sich fühlte.

Dunkel und still.

Das aufdringliche Klopfen riss Valentina aus dem Schlaf. Die Sonne stach durch das Fenster und blendete sie mit einer Helligkeit, die sie von Montana nicht kannte. Sie beschattete ihre Augen und starrte auf die Tür. Es klopfte erneut. Da war jemand wirklich ausdauernd. *Marc.*

Nein. Das war Quatsch. Marc war leise, er würde sich hereinschleichen und nicht klopfen.

Noch immer trug sie das weiße Kleid. Hatte sie darin geschlafen? Naja. So war sie wenigstens angezogen. Jeder Sonnenstrahl, der sie erreichte, stach wie glühende Nadeln durch ihren Kopf. Stöhnend schleppte sie sich zur Wohnungstür und öffnete sie so weit, wie es die Kette zuließ.

»Ja?«

Vor ihr stand Steven Davis und grinste sie fröhlich an. »Guten Morgen Valentina.«

»Guten Morgen«, krächzte sie. Mit gekräuselter Nase blinzelte sie in den hellen Morgen. »Was gibt's?«

»Darf ich reinkommen?« Er wirkte frisch und sauber und vor allem ausgeschlafen. Valentina dagegen sah wahrscheinlich aus als hätte sie zwischen den Mülltonnen hinter dem Haus geschlafen. Das Kleid war zerknittert, die Haare zerzaust, das Make-up ganz sicher verschmiert.

»Ähm, ich bin gerade erst aufgestanden«, sagte sie.

»Das macht nichts. Ich hab Kaffee und Bagels mitgebracht.« Er hielt eine Tüte und eine Papphalterung mit zwei Bechern hoch, denen köstlicher Kaffeeduft entströmte.

Valentinas fühlte sich noch zu benebelt, um eine Erklärung für Mr. Davis' Auftauchen finden zu wollen, aber bestimmt hatte es irgendwas mit seinem Geschäftspartner zu tun. »Hat Mr. Guillaume Sie geschickt?«

Er lachte. »Nein, aber ich weiß, dass er mit Ihnen reden wollte.« Er hielt ihr den Kaffee vors Gesicht, damit der Duft in ihre Nase zog. *Hmm.* »Also, was ist? Keine Angst. Ich beiße nicht.«

»Na gut.« Sie öffnete die Kette und ließ ihn ein. Schnell fuhr sie sich durch die Haare und wischte die verschmierte Wimperntusche unter ihren Augen weg.

Neugierig schaute Steven Davis sich in ihrem Zimmer um. »Wollen Sie umziehen?«

»Äh nein.« Die Kisten waren ihr plötzlich peinlich. »Ich kam noch nicht zum Auspacken.«

»Verstehe.« Durch seine Körperfülle hatte er Schwierigkeiten, zwischen den Kisten hindurch zu dem kleinen Sofa zu gelangen. Das Laken auf ihrem Bett war zerwühlt und überall lagen Klamotten rum. Der Zustand ihrer Wohnung war beschämend.

Ungefragt ließ Steven sich auf das Sofa fallen. »Harte Nacht gehabt?«, fragte er mit Blick auf die leere Sektflasche und die Weinflasche, die Valentina sich eigentlich zum Kochen gekauft hatte und die nun neben dem Bett auf dem Boden lag. Sie hatte direkt aus der Flasche getrunken.

Mit einem Schulterzucken hockte sie sich auf die Kiste, die dem Sofa am nächsten stand. »Kleiner Streit mit meinem Ex.«

Von ihrer Kündigung wollte sie ihm nicht erzählen, denn diese Information würde er sicher sofort an seinen Geschäftspartner weiterleiten.

»Ich verstehe.« Er reichte ihr einen Kaffeebecher. Valentina spürte ihre Wangen heiß werden. Sein *Ich verstehe* klang, als wüsste er, dass sie log. Wortlos schlürfte sie an dem Kaffee und schloss genießerisch die Augen. Das Koffein tat gut.

»Sie fragen sich sicher, warum ich zu Ihnen gekommen bin«, fing er an.

Valentina nickte abwesend. Im Moment fragte sie sich eher, wie sie ihre Kopfschmerzen losbekam und ob sie später losziehen und bei Tacco Bell nach einem Job fragen sollte.

»Mein Geschäftspartner hat die Sache falsch begonnen«, erklärte Steven. »Er ist der beste Scheidungsanwalt der Stadt, aber im zwischenmenschlichen Bereich ist er eine Niete, und wenn er einen Fehler gemacht hat, kann er das leider nur schwer eingestehen.« Er atmete einmal tief durch. »Um es kurz zu machen: Wir möchten Ihnen einen Job anbieten.«

»Warum?«, platzte es aus Valentina heraus.

Sie hatte hervorragende Zeugnisse und Referenzen, hatte sogar fast zwei Jahre lang Jura studiert, bevor sie wegen der Sache mit Marc abgebrochen hatte, dennoch war sie nicht die Einzige, die den Job machen konnte.

Davis hielt ihr einen Zettel hin, auf dem eine Zahl stand. »Das wäre Ihr monatliches Gehalt, plus Krankenversicherung.«

»Wow.« Überrascht riss Valentina die Augen auf. Die Zahl, die dort stand, versprach ihr mehr als das Doppelte von dem, was sie im *Boulevard1* bekommen hatte. Trinkgeld mit eingerechnet.

Er lächelte entschuldigend. »Das Gehalt ist eine kleine Entschuldigung für Sedans Verfehlung.«

Könnte sie für diese Summe einen Mann wie Sedan ertragen? »Würde ich für Sie oder für Mr. Guillaume arbeiten?«

»Erstens: Nenn mich Steven. Mr. Guillaume ist Sedan. Wir legen wert auf enge Zusammenarbeit und ein gutes Verhältnis.«

»Okay.« Bei Mr. Davis konnte sie sich das gerade noch vorstellen, aber Sedan Guillaume beim Vornamen zu nennen, verursachte ihr Unbehagen. »Dann werde ich in der Buchhaltung arbeiten?«

Wieder atmete Mr. Davis ... *Steven*, korrigierte sie sich, tief durch. Valentina spürte einen Anflug von Enttäuschung.

»Wir engagieren dich nicht für den Job, für den du dich ursprünglich beworben hast, Valentina.«

»Wofür dann?« Es klang irgendwie schmutzig, wie er das sagte, als müsste sie was Verbotenes tun und es wäre ihm unangenehm, mit der Sprache rauszurücken.

»Du wärest Sedans persönliche Assistentin.«

»Nein! Das will ich nicht.« Die Worte waren raus, bevor sie überhaupt darüber nachgedacht hatte.

Steven beugte sich vor und sah sie ernst an. Seine hellbraunen Augen wirkten freundlich und arglos. »Wie ich dir bereits sagte, Valentina. Er ist nicht so schlimm, wie du glaubst. An dem Tag, als du ihm Pfefferspray in die Augen gesprüht hast, hatte er einen extrem wichtigen Geschäftstermin. Er stand unter Druck und wollte einen guten Eindruck hinterlassen. Stattdessen musste er mit roten Augen auftreten. Das hat ihn geärgert.«

Sedans persönliche Beweggründe waren ihr egal. Er hatte seine Machtposition benutzt, um sich an ihr zu rächen, das sagte viel über seinen Charakter aus. Außerdem war der Job der persönlichen Assistentin ... naja, persönlich. Sie würde sehr eng mit ihm zusammenarbeiten und ihn ständig sehen. »Ist er denn immer so cholerisch?«

»Ich würde es nicht cholerisch bezeichnen. Er ist konsequent und arbeitet mit großer Sorgfalt. Dasselbe erwartet er auch von seinen Angestellten. Bitte Valentina. Gib Sedan eine Chance. Du wirst es nicht bereuen.«

Sein Lächeln wirkte plötzlich verkrampft. Er wich ihrem Blick zwar nicht aus, dafür starrte er sie ohne zu blinzeln an, als müsste er sich zwingen, den Blickkontakt zu halten.

Valentinas Instinkte schlugen Alarm. Irgendwas stimmte hier nicht. Aber sie brauchte den Job. Die Bezahlung war unglaublich großzügig. So viel würde sie nirgendwo sonst bekommen. Und Sedan Guillaume war vielleicht launisch, aber kein Scheusal. Möglicherweise konnte sie lernen, mit ihm umzugehen. Einen Versuch war es wert.

»Also gut. Ich bin einverstanden.«

Nachdem Steven Davis gegangen war, rief Valentina ihre Schwester an. So toll das Jobangebot auch war, überlegte sie ernsthaft, wieder nach Polson zurückzukehren. Sie sehnte sich nach der vertrauten Umgebung, nach ihrer Schwester und nach ihrem Vater. Er jammerte nicht, aber sie wusste, dass er einsam war. Er hatte keine Freunde. Ihre Mutter war seine ganze Welt gewesen.

Beatrix war begeistert, als sie ihr von Steven Davis und dem Assistentenjob erzählte. »Val, die sehen was in dir und wollen dich scheinbar aufbauen, sonst würden sie dich nie so gut bezahlen.« Sie schnaubte. »Eigentlich habe ich deinen Umzug immer für einen Fehler gehalten, aber jetzt denke ich, vielleicht hast du recht. Es ist ein Neuanfang und eine Chance.«

Wegen ihrer Begeisterung behielt Valentina ihre Bedenken lieber für sich und fragte stattdessen nach Marc.

Beatrix stieß einen Seufzer aus. »Ich sage es nicht gern, aber auf mich wirkt er, als würde er total neben sich stehen. Ich hab ihn gestern beim Einkaufen getroffen. Er hat für seine Mutter Zigaretten geholt. Er meinte, er nehme Medikamente und die würden ihm helfen, dabei hat er mich so komisch angeguckt. Es war echt gruselig. Sei froh, dass du weit weg bist, der Typ verursacht mir eine Gänsehaut.«

Valentinas Magen krampfte sich schmerzhaft zusammen. Geistesabwesend strich sie über die feinen Narben an ihrem Arm. Ein launischer Sedan Guillaume war wohl immer noch besser als ein verrückter Ex, der sie entführt und ihr schreckliche Dinge angetan hatte.

Kapitel 7 - Sedan

Nach einer ausgiebigen Joggingrunde und anschließendem Krafttraining kehrte Sedan in seine Penthousewohnung zurück. Die Wohnung befand sich im zwanzigsten Stock und bot einen traumhaften Blick über L.A. Die Außenwände waren verglast und auf der Terrasse stand ein Whirlpool, den Sedan gern und oft benutzte. Er liebte die Wohnung. Er befand sich mitten in der Stadt, war aber durch die Höhe weit genug vom Trubel entfernt.

Vor einem Jahr hatte er sich das Penthouse gegönnt, obwohl die Wohnung fünf Millionen Dollar über dem angepeilten Budget von fünfundzwanzig Millionen gelegen hatte. Es war einfach Liebe auf den ersten Blick gewesen. Und hey. Er konnte es sich leisten, vor allem, wenn er durch Amanda Hollywood gewinnen würde. Die Stars ließen sich ständig scheiden und bezahlten jeden Preis dafür, dass jemand ihre Interessen vertrat.

Lässig streifte Sedan das durchgeschwitzte Shirt über den Kopf und trat mit nacktem Oberkörper auf die Terrasse. Sein Plan hatte funktioniert. Er hatte dafür gesorgt, dass Valentina Blair ihren dämlichen Job im *Boulevard1* verlor und Steven hatte sie davon überzeugt, stattdessen für ihn zu arbeiten, als seine persönliche Assistentin. Das war genial, denn so musste sie Zeit mit ihm verbringen, ob sie das wollte oder nicht. Ein paar Wochen lang würde er ihre ständige Anwesenheit schon ertragen, schließlich war sie zwar hysterisch, aber wenigstens sexy.

Hochgestimmt stützte er sich auf das gläserne Geländer und schaute über L.A.

Er wollte der am besten bezahlte und berühmteste Anwalt der gesamten Westküste werden und Valentina Blair war der Schlüssel zu seinem Erfolg. Sollte sie ihn nerven und er sie nicht mit seinem Schwanz ruhigstellen können, brauchte er sich nur dieses Ziel vor Augen zu halten.

Weil er sie beeindrucken wollte, hatte er sie in seine Wohnung bestellt, deshalb überraschte es ihn nicht, als sie klingelte. Bei den meisten Frauen wirkte die Kombination aus gutem Aussehen und Geld und sie würde auch bei Valentina Blair wirken. Ihrem genetischen Erbe konnte sie nicht entfliehen. Frauen suchten einen Beschützer, einen Ernährer für die Aufzucht und

Pflege ihres Nachwuchses und er war perfektes Material. Selbst wenn die emanzipierte Frau in ihr aufbegehrte, das Urweib würde frohlocken.

Valentina trug ein pflaumenfarbenes Kostüm und hatte ihre langen Haare zu einem straffen Zopf zusammengefasst. Langsam ließ Sedan seinen Blick über ihren Körper gleiten und registrierte nebenbei, dass sie dasselbe tat. Nur war ihr Blick angesichts seines nackten Oberkörpers unangenehm berührt.

»Sie sind noch nicht angezogen«, stellte sie fest.

»Gut beobachtet. Komm rein.« Sedan trat zurück und ließ sie ein. Es war wichtig, dass sie ihn nicht nur im Anzug sah, damit sie ihn als Mensch wahrnahm und nicht nur als ihren Boss. Ein wenig nackte Haut obendrauf konnte nicht schaden.

Unbehaglich trat sie ein. Sie wollte nicht starren, das merkte Sedan, doch sie konnte nicht anders, als sich umzusehen. »Das ist eine sehr schöne Wohnung«, stellte sie fest.

»Danke. Von dieser Seite aus hat man einen unverbauten Blick auf das Meer. Komm mit.« Er führte sie auf die Terrasse. Ihre Wangen waren gerötet, sie war eindeutig aufgeregt, aber wortkarg. Wenn das so blieb, würde die gemeinsame Zeit vielleicht sogar ganz angenehm werden.

Etwas steif stellte sie sich neben ihn ans Geländer, betrachtete das Panorama von Los Angeles und dahinter das azurblaue Meer. »Die Aussicht ist beeindruckend.«

Sie klang distanziert und nicht halb so begeistert, wie er gehofft hatte, aber es war ja auch der erste Tag. Es würde noch eine Weile dauern, bis das Eis brach. Am besten nahm er sie mit nach Catalina Island, wo er einige wichtige Termine hatte. Die romantische Umgebung würde ganz sicher helfen.

Guter Dinge holte er die Akte, die er extra zu dem Zweck, Valentina in seine Wohnung zu locken, aus dem Büro mit nach Hause genommen hatte, und reichte sie ihr. »Bring das zu Jason Waters. Lass dir den Empfang quittieren. Auf dem Weg zum Büro holst du dann meine Sachen aus der Reinigung.«

Er reichte ihr den Abholbeleg zusammen mit einem Autoschlüssel und berührte dabei unauffällig ihre Hand. Das wirkte normalerweise immer. »Ich weiß, dass du keinen Wagen hast. Nimm einen von meinen. Den kannst du benutzen, bis du dir einen Eigenen gekauft hast.«

Den Audi A8 benutzte er kaum und wollte ihn eigentlich verkaufen, doch für Valentina war er perfekt.

»Ich bekomme einen Firmenwagen?« Sie wirkte überrascht und ... unangenehm berührt, als würde er versuchen, sie zu bestechen.

»Als meine Assistentin, wirst du oft unterwegs sein, es ist wichtig, dass du mobil bist«, erklärte er.

Lächelnd steckte sie den Wagenschlüssel ein, ihre Wangen waren schon wieder gerötet. Vielleicht war sie doch beeindruckter als sie vorgab zu sein. Er konnte das Grinsen nicht unterdrücken, formte es aber schnell in ein freundliches Lächeln um. Der Anfang war gemacht. In spätestens zwei Wochen würde Valentina Blair Wachs in seinen Händen sein. Sobald er sie dann Amanda präsentierte, stand seiner glorreichen Zukunft nichts mehr im Weg.

Mit vor der Brust verschränkten Armen lehnte Steven Davis am Fenster von Sedans Büro und starrte ihn missmutig an. »Das geht zu weit Sedan. Du kannst das laufende Geschäft nicht wegen dieser albernen Abmachung vernachlässigen.«

»Ich tue das für die Kanzlei«, wehrte Sedan ab. »Und Catalina Island ist die perfekte Location, nur nutzt mir das nichts, wenn ich alle Termine in einen Tag stopfe. Du wirst ein paar Tage ohne mich zurechtkommen müssen.«

»Das Mädchen ist kein Spielzeug.« Steven stieß sich ab, trat vor Sedans Schreibtisch und sah ihn mit vor der Brust verschränkten Armen vorwurfsvoll an. »Würdest du die Zeit, die du in die Akquise von Amanda Hope investierst, für andere Klienten aufwenden, würden wir am Ende genauso viel verdienen.«

Seine moralischen Bedenken hatte Steven ihm bereits vor Valentinas manipulierter Kündigung unter die Nase gerieben, aber damit konnte er

Sedan nicht umstimmen. Wenn er sich ein Ziel gesetzt hatte, gab er nicht auf, bevor er es erreichte.

Mit einer unwirschen Handbewegung wischte er Stevens Einwand fort. »Es geht dabei nicht um Geld, es geht um die Zukunft der Kanzlei. Wenn wir Amanda Hope bekommen, werden andere folgen. Außerdem wird Valentina besser bezahlt, als sie es verdient hätte, und bekommt die Gelegenheit zu einer Reise.« Selbstgefällig lehnte Sedan sich in seinen Chefsessel zurück. »Ich bezweifle, dass sie in ihrem Leben viel herumgekommen ist. Im Grunde tue ich ihr also einen Gefallen. Wenn überhaupt, dann solltest du Mitgefühl mit mir haben, weil ich mich mit Valentina rumschlagen muss.«

Steven schnaubte. »Oh ja. Es ist wirklich eine Qual, deine wertvolle Zeit mit einem netten Mädchen verbringen zu müssen.«

Sedan simulierte ein Gähnen. Nichts war langweiliger als Standpauken und nette Mädchen. »Gibt es sonst noch was?«

Schwer atmend lehnte Steven sich auf den Schreibtisch und sah Sedan fast schon wütend an. Das war ungewöhnlich für ihn. »Lass die Finger von ihr. Ich meine es ernst.«

Sedan beugte sich vor und erwiderte Stevens Blick ungerührt. Von ihm ließ er sich gewiss nicht einschüchtern. »In ein paar Wochen soll ich sie mit zu Amanda nehmen. Bis dahin muss sie in mich verliebt sein, verstehst du? Sex wird die Sache beschleunigen. Also werde ich sie ficken, Steven. Ich werde sie ficken, bis sie nicht mehr gerade laufen kann.«

Steven richtete sich auf und sah ihn plötzlich an wie einen Fremden. »Sie könnte dich verklagen, wenn du ihr anschließend kündigst«, sagte er kühl.

Sedan schnaubte. »Hältst du mich für einen Idioten? Ihr Vertrag ist wasserfest. Dafür habe ich gesorgt. Er beinhaltet eine sechsmonatige Probezeit, eine verkürzte Kündigungsfrist und eine Verschwiegenheitsklausel. Sie hat keine Chance, und wenn sie irgendwas verrät, wird sie bis an ihr Lebensende dafür bezahlen.«

Einen Moment lang starrten die beiden Männer einander schweigend an. Ein stummes Kräftemessen. Schließlich seufzte Steven und schüttelte den Kopf. »Wenn du nicht mein Freund und der beste Anwalt wärest, den ich kenne, würde ich dich verachten.«

Breit grinsend lehnte Sedan sich wieder zurück. Wie erwartet hatte er das Wortgefecht gewonnen. »Also. Zurück zum Thema. Wie viele Tage kannst du mir freischaufeln?«

Steven nahm das iPad zur Hand, das er auf den Schreibtisch gelegt hatte und scrollte durch die Termine. »Der Termin mit Simon Weisz ist fix. Ich kann versuchen, Stacy Pearl zu verschieben. Sie will jetzt ihren Exmann verklagen.«

Sedan nickte. »Tu das.«

»Und am Sonntag könntest du deine Mutter besuchen«, fuhr Steven fort. »Wenn ich hier deine Termine übernehme und du das Wochenende dazunimmst, bekommst du vier Tage.«

Bei der Erwähnung seiner Mutter gefror das Grinsen auf Sedans Lippen. »Den Besuch halte ich für unnötig.«

»Sie ist deine Mutter Sedan. Und sie ist krank.«

Sedan winkte genervt ab. »Soll ihr Liebhaber sich um sie kümmern.«

Er hasste es, wenn Steven sich in sein Privatleben einmischte, doch seine Mutter hatte ihm zwei Jahre lang die Collegegebühren bezahlt, weil sie ihn für einen viel versprechenden jungen Mann gehalten hatte, deshalb glaubte Steven, in ihrer Schuld zu stehen. Außerdem war multiple Sklerose zwar unheilbar, führte aber nicht unmittelbar zum Tod. Ein Besuch war somit unnötig.

»Warum besuchst du sie nicht, wenn dir das so wichtig ist?«, versuchte Sedan abzulenken.

Steven feixte »Das hab ich. Letztes Wochenende. Sie hat nach dir gefragt.«

Verdammter Moralapostel. »Tja, dann bist du wohl ein besserer Sohn als ihr leiblicher Sohn.« Ungeduldig nahm Sedan seinen Terminkalender zur Hand.

Steven wirkte belustigt. »Du brauchst gar nicht nachzuschauen. Wenn du vier Tage auf Catalina bleiben willst, bleibt genug Zeit für einen Abstecher bei deiner Mutter. Und Frauen gefällt es, wenn sich Männer um ihre Eltern kümmern. Auf diese Weise könntest du bei Valentina punkten.«

Verflucht. Warum hatte er sich ausgerechnet Catalina Island ausgesucht? Er hätte lieber nach Hawaii fliegen sollen, nur hatten sie dort keine Mandanten. Wie hätte er das Valentina erklären sollen? Naja, er musste es positiv sehen. So konnte er wenigstens Amandas nervigen Anrufen und ihrer ständigen Geilheit entkommen. Er war doch kein Deckhengst, der sie begattete, wann immer ihr danach war.

»Na gut.« Murrend schob er den Kalender zur Seite. »Wenn du rausgehst, gib Sybille Bescheid. Sie soll eine Suite im Ada Inn reservieren.«

Kapitel 8 - Valentina

Zufrieden betrachtete Valentina ihre Wohnung. Sie hatte acht Kisten ausgepackt und eine Kommode aufgebaut, und zwar völlig ohne Hilfe. Vor der Geschäftsreise, auf die Sedan sie unbedingt mitnehmen wollte, hatte sie Ordnung in ihr Chaos bringen wollen und ihrer Meinung nach hatte sie das auch geschafft.

Seit einer Woche arbeitete Valentina für Sedan Guillaume und er versuchte wirklich, nett zu sein, doch sie spürte seine Ungeduld, die dicht unter der Oberfläche lauerte. Er war wie ein aktiver Vulkan, bedrohlich und faszinierend zugleich. Täglich wartete sie auf einen Ausbruch, doch bisher hielt er sich zurück. Das wunderte sie. Noch dazu durfte sie den schicken Wagen fahren und am Tag zuvor hatte er ihr sogar angeboten, ihr auf Firmenrechnung ein paar neue Kostüme zu kaufen, damit sie auf der Arbeit nicht immer dieselben Sachen anziehen musste. Hinzu kamen die reichen Mandanten, die bei ihm ein und ausgingen. Valentina kam sich vor, als wäre sie in eine fremde Welt katapultiert worden.

Während sie ihren Koffer packte, rief ihr Vater an. »Hey Dad. Wie geht es dir?«

Er stieß einen tiefen Seufzer aus, der bereits mehr über sein Befinden sagte als irgendeine Erklärung. »Es geht so«, meinte er. »Hab seit ein paar Tagen Rückenschmerzen. Und sie haben mir das Kabelfernsehen abgestellt. Jetzt muss ich alte Videos gucken und lesen. Glücklicherweise hab ich noch die Bücher deiner Mutter.«

Warum er zwei Jahre nach dem Tod ihrer Mutter noch immer nicht arbeiten und dadurch seine Rechnungen nicht bezahlen konnte, war Valentina ein Rätsel, aber im Gegensatz zu ihrer Schwester machte sie ihm keine Vorwürfe und versuchte auch nicht, ihn unter Druck zu setzen. Seelische Wunden brauchten ihre Zeit, um zu heilen. Beatrix konnte das nicht verstehen.

»Bald bekomme ich mein erstes Gehalt, dann kann ich dir Geld schicken, damit du das Kabelfernsehen bezahlen kannst«, bot Valentina an.

»Ach das brauchst du doch nicht«, wehrte er halbherzig ab. »Deshalb hab ich auch nicht angerufen. Ich wollte mich nach deinem neuen Job erkundigen. Wie gefällt er dir?«

So machte er das immer. Er jammerte gerade lang genug, damit Valentina wusste, dass er in Schwierigkeiten steckte, und wechselte dann das Thema. Nie bat er sie um Geld, doch indem er im Zusammenhang mit seiner Geldnot immer ihre Mutter erwähnte, appellierte er an ihr Mitgefühl und ihre Pflichten als Tochter.

»Der Job ist okay«, sagte sie. »Ich hab nicht viel zu tun. Manchmal frage ich mich, warum Mr. Guillaume mich überhaupt eingestellt hat.«

Das fragte sie sich tatsächlich. In der ersten Woche hatte ihre Aufgabe hauptsächlich aus Botendiensten bestanden, das entsprach weder ihrem Gehalt noch ihrem Können, immerhin hatte sie drei Semester Jurastudium hinter sich.

»Sei froh«, meinte ihr Vater. »In solchen Kanzleien werden die Menschen normalerweise verheizt. Scheinbar hast du einen menschenfreundlichen Chef erwischt, der dich nicht bis aufs Blut auspresst.«

»Ja scheinbar.« Valentina musste sich das Lachen verkneifen. Sedan war alles Mögliche, aber gewiss kein Menschenfreund. Er war so mitfühlend wie ein schwarzes Loch. Ein äußerst attraktives schwarzes Loch, wie sie immer wieder bemerkte, aber nichtsdestotrotz ein schwarzes Loch.

»Hör zu Dad, ich werde gleich abgeholt. Ich begleite meinen Boss auf eine Geschäftsreise. Ich melde mich, sobald ich im Hotel bin.«

»Oh. Das kling aber interessant. Ich freu mich für dich.« Im Gegensatz zu Valentina schien ihr Vater ehrlich begeistert. Würde er Sedan kennen, sähe er das bestimmt anders. Die Vorstellung, drei Nächte mit ihm auf einer kleinen Insel zu verbringen, verursachte ihr ein seltsames Unbehagen. Sie hatte keine Angst, fürchtete sich auch nicht vor der zusätzlichen Arbeit, es war etwas anderes.

Sedan wollte Sex mit ihr.

Auch wenn er das durch nichts erkennen ließ, glaubte sie, zu spüren, dass sein Interesse über das Berufliche hinausging. Es waren kleine Gesten und Blicke, die sie das vermuten ließen.

Am schlimmsten aber war, dass ihr seine Aufmerksamkeit mittlerweile sogar gefiel.

Sedans Mandant, Musikproduzent Simon Weisz, schickte ihnen eine Yacht, die sie nach Catalina Island bringen würde. Erneut war Valentina überrascht, mit welcher Selbstverständlichkeit Sedan sich zwischen Menschen bewegte, die noch reicher waren als er, während sie sich wie der letzte Bauerntrampel vorkam.

Sedan trug eine helle Stoffhose mit einem weißen Hemd, was seine gebräunte Haut betonte und ihn noch attraktiver machte, als er sowieso schon war. Er hatte die Ärmel hochgekrempelt. Valentina konnte nicht anders, als seine gepflegten, kräftigen Hände und seine muskulösen Unterarme anzustarren und sich vorzustellen, wie es wäre, von diesen Händen berührt zu werden.

Seit der Sache mit Marc hatte sie nicht mehr solche Gedanken gehabt.

Während Sedan geschäftlich telefonierte, machte sie einen Rundgang über das Schiff. Alles war elegant und glänzte, jedes einzelne Möbelstück sah teurer aus als ihre gesamte Wohnungseinrichtung. Auf einem Servierwagen im klimatisierten Wohnbereich standen Champagner und ein Tablett mit Häppchen bereit. Valentina musterte das Essen. Der Kaviar war bestimmt echt. Wie viel dieser handtellergroße Klecks wohl kostete? Wahrscheinlich ein kleines Vermögen. Und ihr Vater konnte nicht mal das Kabelfernsehen bezahlen. Es war absurd.

Am Schiffsheck stieß sie auf einen Infinity Pool, der das halbe Deck einnahm. Valentina seufzte. Wie gerne würde sie dorthinein steigen und den Ausblick genießen, die Illusion, direkt im Meer zu sein und nicht in einem Pool. Leider war die Überfahrt zu kurz.

Sedan betrat das Heck und stellte sich neben sie, die Hände lässig in den Hosentaschen vergraben. Eine dunkle Sonnenbrille schützte seine Augen. »Gefällt dir die Yacht?«

Vielleicht lag es am Wasser oder der Umgebung, auf jeden Fall wirkte er entspannter als an Land. »Sie ist toll. Nur schade, dass wir in zwei Stunden bereits ankommen, ich bin noch nie in einem Infinity Pool gewesen.«

Sedan grinste. »Keine Sorge, Valentina. In Avalon gibt es auch Pools.«

»Ja schon, aber wir sind zum Arbeiten dort und nicht zum Baden.«

Er setzte die Sonnenbrille ab und sah sie an. »Ich habe extra eine Nacht länger eingeplant, um ein wenig Freizeit zu haben. Das tue ich immer, wenn ich nach Avalon komme.«

Die Sonne ließ seine Augen heller und freundlicher erscheinen, seine Wimpern waren dicht und lang. Ein Bartschatten zierte seine Wangen. Valentina merkte, dass sie schon wieder starrte, und sah schnell weg.

»Außerdem will ich meine Mutter besuchen«, fuhr er fort.

Überrascht schaute Valentina auf. »Deine Mutter lebt auf der Insel?«

Er nickte. Seine Miene wurde wieder hart, was ein Gefühl des Bedauerns in Valentina auslöste. Der freundliche Sedan gefiel ihr besser.

»Als sie in Rente gegangen ist, hat sie sich dorthin zurückgezogen.«

»Und dein Vater?« Die Frage war raus, bevor sie darüber nachgedacht hatte, ob es okay war, sie zu stellen. Sedan war ihr Boss. Sein Privatleben ging sie nichts an.

»Mein Vater lebt in Washington. Meine Mutter und er haben sich vor zwanzig Jahren scheiden lassen.«

Falls die Scheidung keine Einvernehmliche gewesen war, würde das einiges erklären, aber danach konnte sie Sedan unmöglich fragen. Bereits jetzt zeigte er deutlich sein Unbehagen. »Damals bist du ein Teenager gewesen«, stelltc sie stattdessen fest. Er nickte.

»Das muss schwer gewesen sein«, fuhr sie fort. »Pubertät und die Scheidung der Eltern.«

Er warf ihr einen harten Blick zu, seine Augen waren wieder dunkel, als hätte sich eine Wolke vor die Sonne geschoben. »Es ist lange her.« Er setzte die Sonnenbrille auf und wandte sich um. »Ich muss telefonieren. Du solltest nochmal die Akten durchgehen und die Fakten notieren, damit ich sie mir vor dem Treffen ansehen kann.«

Sedan kannte die Fakten. Es würde Valentina nicht wundern, wenn er sogar die Schuhgröße von Simon Weisz wüsste. Die dämliche Aufgabe war seine Art, sie abzulenken, damit sie ihn nicht weiter mit privaten Fragen nervte.

Er stapfte davon. Valentina blieb noch eine Weile stehen. Vor ihr lag das endlose Meer. Die Sonne zog eine glitzernde Spur auf der Wasseroberfläche.

Der Fahrtwind wehte den Zopf, den sie sich geflochten hatte, in ihr Gesicht, das weiße Kleid umflatterte ihren Körper.

Das Schicksal nahm rätselhafte Wendungen, genauso rätselhaft wie die Tatsache, dass sie Sedan Guillaume, das Arschloch, das eiskalte Ekelpaket, plötzlich anziehend fand.

Die Yacht brachte sie zum Green Pleasure Pier, auf dem sich Touristen tummelten, die sie und Sedan anstarrten wie eine fremde Lebensform.

Valentina hatte Sedan während der restlichen Überfahrt nicht mehr zu Gesicht bekommen, doch beim Aussteigen gesellte er sich gnädigerweise wieder zu ihr. Mehr als ein kurzes Nicken hatte er allerdings nicht für sie übrig. Sie betraten den Pier, passierten das türkis gestrichene Holzhaus mit der Besucherinformation und steuerten auf die beiden Golfwagen zu, die sie ins Hotel bringen würden. Auf Catalina gab es nur wenige Autos.

Begeistert sah Valentina sich um. Die Insel war genauso schön wie auf den Bildern, die sie sich im Internet angesehen hatte. Die Palmen wogten in der sanften Brise, der Strand war karibisch weiß und sah so weich aus, dass sie am liebsten ihre Schuhe abgestreift hätte, um den Sand unter ihren nackten Sohlen zu spüren. Am Nordende des Avalon Harbor stand das imposante Kasino, ein einhundert Jahre alter Rundbau im Art déco Stil, der sich majestätisch über die Insel erhob und mittlerweile so etwas wie ein Wahrzeichen darstellte.

Sie fuhren durch die Straßen Avalons. Das Städtchen erinnerte Valentina an Disneyworld. Es war eine wie in Zuckerguss getauchte Siedlung aus pastellfarbenen Holzhäuschen und edlen Clubs. Dazwischen ein paar Hotels. Die Häuser schmiegten sich an den Hügel, den sie mit den Golfwagen erklommen.

Beim Ada Inn handelte es sich um eine wunderschöne Villa, die einst dem Kaugummimillionär William Wrigley gehörte und die nach seinem Ableben in ein Hotel umfunktioniert worden war. Valentina war beeindruckt, noch mehr, als sie das Zimmer sah. Es war kein einfaches Zimmer, es war eine Suite mit Wohnzimmer, zwei Schlafzimmern und einem geräumigen Bad. Dazu gehörte eine Terrasse, die einen atemberaubenden Blick über den Hafen und auf das Kasino bot. Valentina war sprachlos.

Sedan steckte dem Pagen ein Trinkgeld zu, woraufhin er sich bedankte und verschwand. Nun war sie mit Sedan allein.

»Es ist wunderschön hier«, sagte sie, weil sie nicht einfach dastehen und schweigen wollte. »Ich glaube, ich bin noch nie an einem schöneren Ort gewesen.«

Sedan sah sie schweigend an. Es gelang Valentina nicht, seinen Blick zu deuten, spürte nur, wie er ihr Herz zum Pochen brachte. Seine Wirkung auf sie wurde immer intensiver. Das war nicht gut. Dieser Ort war viel zu romantisch für eine Geschäftsreise, Sedan viel zu gut aussehend für einen Boss und sie war ein Schwächling, wenn sie seine negativen Eigenschaften so schnell vergaß. Hastig schnappte sie ihren Koffer und schleppte ihn in eines der Schlafzimmer. Das Bett war ein riesiger Traum mit flauschigen Kissen und einer dicken Matratze, die sie regelrecht erklimmen musste. Lachend warf sie sich auf den Rücken. Es fühlte sich himmlisch an. »Wow. Ich werde schlafen wie ein Baby und wahrscheinlich gar nicht mehr aufwachen.«

Seit einer halben Ewigkeit hatte sie sich nicht mehr so wohl gefühlt. Angstfrei und entspannt, trotz Marcs Entlassung und Sedan, der im Türrahmen stand und sie beobachtete. Der Alltag war Lichtjahre entfernt, die ganze Welt war Lichtjahre entfernt. Es gab nur das Meer, die Palmen und diesen wunderschönen Ort, in dem es nach Salzwasser und Sonne duftete.

»Gute Betten sind das Wichtigste in einem Hotel«, sagte Sedan, dabei ruhte sein Blick auf ihren nackten Beinen. Valentinas Kleid war hochgerutscht.

Schnell zog sie es runter und setzte sich auf. »Danke, dass du mich mitgenommen hast.«

Sedan grinste schief. »Warte, bis du die Mandanten getroffen hast, vielleicht wirst du mich dann verfluchen.«

»Das glaub ich nicht.« Valentina schob sich vom Bett. »Diesen Ort können selbst deine zwielichtigen Mandanten nicht kaputtmachen.«

Sedan lenkte den Golfwagen den Hügel hinauf. Fasziniert sah Valentina sich um, nahm das grandiose Farbenspiel von Blau und Umbra wahr, das gesprenkelt war mit Grün. Sie atmete die klare Luft, spürte den Wind in ihrem Gesicht.

Alles an diesem Ort war Genuss.

Der Komponist Simon Weisz wohnte in einer Villa im Hinterland. Das wunderschöne aus Granitstein gefertigte Haus stand auf einer Anhöhe, von der aus man einen Rundumblick auf das Meer hatte. Palmen säumten die schmale Zufahrt, die sich zu einem mit einer Bruchsteinmauer eingefassten Weg verengte. Sedan parkte den Golfwagen, den restlichen Weg bis zum Haus legten sie zu Fuß zurück.

Simon Weisz begrüßte sie an der Tür. Er war Anfang sechzig, hatte graues, schütteres Haar und buschige Augenbrauen, die dunkler waren als sein Haupthaar und dadurch wie angeklebt wirkten. Er war extrem gebräunt, als würde er den ganzen Tag in der Sonne liegen. Dadurch war die Haut ledrig geworden, die Falten hatten sich tief in sein Gesicht gegraben. Der Händedruck, mit dem er Valentina begrüßte, war fest und er sah ihr dabei direkt in die Augen.

»Sedan. Welch seltene Blüte hast du mir denn hier mitgebracht? Ist das deine neue Praktikantin?«

Er hielt Valentinas Blick, während er sprach, was sie als unangenehm empfand, weil es ihr das Gefühl gab, keine Person, sondern nur schmückendes Beiwerk zu sein. *Reden Sie mit mir, ich kann nämlich hören*, hätte sie am liebsten gesagt.

»Das ist Valentina. Meine persönliche Assistentin«, erklärte Sedan beiläufig.

»Ah. Du hattest schon immer ein Händchen für Frauen. Diesmal hast du ein richtiges Prachtweib erwischt.« Laut lachend wandte Simon sich Sedan zu.

Valentina hatte nicht geglaubt, dass ihr jemand auf Anhieb unsympathischer sein könnte als Sedan, aber sie hatte sich geirrt. Simon Weisz ließ ihr einen kalten Schauer über den Rücken laufen.

Stolz führte er sie durch seine Villa, zeigte ihnen sämtliche Zimmer und auch sein hauseigenes Tonstudio. Anschließend führte er sie durch den offenen Wohnbereich auf die Terrasse. Gepolsterte Teakholzmöbel standen zwischen Dutzenden Blumenkübel mit exotischen Pflanzen und Kakteen, über ihnen spannte sich ein Art Dach, das mit Blumenranken bewachsen war. Valentina kam sich vor wie in einem verwilderten Garten. Vor der Terrasse lag der riesige Pool. Eine kleine Brücke führte über das Wasser zum Poolhaus.

»Setzt euch«, sagte Simon. »Was wollt ihr trinken?«

Wie auf Kommando betrat eine Frau mittleren Alters die Terrasse. Valentina bestellte ein Wasser, Sedan ebenfalls. Das überraschte Valentina, denn sie hatte angenommen, er würde Alkohol trinken, weil Simon Weisz es tat. Mittlerweile wusste sie, dass er sich bei der Wahl seiner Getränke an seinen Mandanten orientierte.

Simon setzte sich ihr gegenüber und legte sofort los. »Die Schlampe will die Kinder mit nach New York nehmen. Sie hat dort die Hauptrolle in einem Musical ergattert.«

Valentina reichte Sedan den Ordner mit den Akten. »Das sind zweitausendfünfhundert Meilen«, stellte Sedan fest.

»Genau«, stieß Simon hervor. »Das kann sie doch nicht machen, oder?«

Sedan blätterte durch die Unterlagen. Das war nur Show, wie Valentina wusste. Sämtliche Daten hatte er im Kopf.

»Wie ich sehe, habt ihr das gemeinsame Sorgerecht, folglich hast du genauso das Aufenthaltsbestimmungsrecht wie deine Frau.« Er sah auf. »Wir haben zwei Möglichkeiten. Entweder klagen wir auf den Verbleib der Kinder beim Kindsvater oder wir plädieren auf Kindswohlgefährdung und klagen das alleinige Sorgerecht ein.«

Simon ballte die Hände. »Meine Kinder bleiben hier, wie du das anstellst, ist mir scheißegal. Die Schlampe bekommt keinen Cent mehr von mir, wenn sie mit den Kindern wegzieht.« Er runzelte die Stirn. »Wenn ich's mir recht überlege, ist das alleinige Sorgerecht keine schlechte Idee.«

So boshaft, wie sie den Musikproduzenten gerade erlebte, hielt Valentina das durchaus für eine schlechte Idee. Warum hatte Sedan ihm so etwas vorgeschlagen?

»Dann müssten wir eine Kindswohlgefährdung nachweisen«, sagte er, als würde er über den Erwerb einer Immobilie und nicht über die Zukunft von Kindern reden. »Wenn ich mich richtig erinnere, bist du fremdgegangen, woraufhin deine Exfrau die Scheidung eingereicht hat. Das ist nicht gut. Was ist mit ihr? Ist sie fremdgegangen? Nimmt sie Drogen? Hat sie Affären?«

Simon machte eine finstere Miene. »Nein. Sie gehört zu diesen dämlichen Gesundheitsfanatikern, macht Yoga, frisst Algen und Weizengras und so ein ekelhaftes Zeug. Soweit ich weiß, ist die frigide Schachtel auch nicht fremdgegangen.«

Sedan wirkte nicht verunsichert. Souverän legte er die Akten zur Seite und beugte sich vor. »Wie steht es mit gefährlichen oder zeitraubenden Hobbys? Wie viel Zeit fordert ihre Arbeit? Hat sie einen neuen Mann?«

»Sie liebt ihren Scheiß Job«, gab Simon zurück und schnaubte. »Musical. Wie erbärmlich.«

Valentina fragte sich, wie ein Mann nur so voller Hass sein konnte. Was hatte seine Frau ihm Schreckliches angetan, außer ihn zu verlassen? Jede normal denkende Frau hätte dasselbe getan.

»Sie hat einen Neuen. Es ist der Hauptdarsteller in dem Musical, in dem sie momentan mitspielt.« Erneut schnaubte Simon abfällig. »Ein ganz mieses Stück. Wer die Songs komponiert hat, gehört gesteinigt.«

»Okay. Damit kann ich arbeiten.« Sedan zückte einen Kugelschreiber und machte sich Notizen. »Ich werde alles über diesen Mann herausfinden. Wenn er Leichen im Keller hat, können wir das gegen deine Exfrau verwenden. Außerdem werde ich herausfinden, wie viel sie arbeiten muss, wenn sie nach New York zieht und ob sie dann überhaupt noch in der Lage sein wird, ihre Kinder angemessen zu betreuen. Sie spielt die Hauptrolle, hast du gesagt?«

Simon nickte finster. Während Sedan erklärte, wie er vorgehen wollte, beobachtete Valentina den alten Mann, der den Pool reinigte, und trank währenddessen ihr eisgekühltes Wasser, in dem frische Zitronenscheiben schwammen. Wie konnte Sedan sich nur täglich mit Scheidungen und Sorgerechtsstreitigkeiten befassen und Menschen helfen, die keine Hilfe verdient hatten? Das war so deprimierend.

Im Grunde war sie Romantikerin und glaubte an die große Liebe. Ihre Eltern hatten es ihr vorgelebt, doch wenn sie die Fälle der letzten Woche betrachtete, schien die Liebe nichts weiter, als ein Wunschtraum zu sein. Vielleicht waren die Menschen in L.A. auch einfach nur zu oberflächlich und narzisstisch für eine dauerhafte Beziehung. Liebe erforderte Hingabe. Kompromissbereitschaft schien eine aussterbende Eigenschaft zu sein. Am schlimmsten aber war der Hass in den Gesichtern der Scheidungswilligen. Wie konnte aus Liebe eine solche Verachtung entstehen? Der Wunsch, den ehemaligen Partner zu zerstören? Das wollte ihr nicht in den Kopf.

Marc hatte sie zerstören wollen, doch er war psychisch krank. Welche Entschuldigung hatten geistig gesunde Menschen?

Zu ihrem Leidwesen lud Simon sie zum Abendessen ein. Er wollte ein paar Steaks auf den Grill hauen und ihnen seine neuste Komposition vorspielen. Das sagte er mit einem Zwinkern in Valentinas Richtung, als müsste diese Information sie in irgendeiner Weise beeindrucken. Sie hatte keine Lust darauf und die Vorstellung, den Abend in Simons Gesellschaft verbringen zu müssen, war alles andere als berauschend, aber als Sedans Assistentin hatte sie keine andere Wahl als freundlich lächelnd zuzustimmen.

Sie saßen auf der Terrasse, tranken teuren Wein, den Simon ihr vor jeder neuen Flasche vollmundig anpries, und aßen die besten Steaks, die Valentina je gegessen hatte. Das Fleisch war himmlisch zart und hatte einen aromatischen, runden Geschmack. Anschließend rauchte Simon eine Zigarre und blinzelte sie durch den Rauch hindurch immer wieder vertraulich an, während er über seine Erfolge schwafelte und ihnen zu jeder Auszeichnung, die in seinem Wohnzimmer hing oder stand, die passende Geschichte erzählte.

Während Simons Monolog wurde Valentina bewusst, dass er mit ihr flirtete. Sedan versuchte, Simons Aufmerksamkeit auf sich zu lenken, leider mit wenig Erfolg. Simon sprach zwar mit ihm, doch nebenbei prostete und zwinkerte er Valentina immer wieder zu und machte ihr Komplimente. Als sie unter dem Tisch plötzlich einen Fuß spürte, der ihre Waden hinaufglitt, sprang sie abrupt auf.

»Entschuldigung. Ich muss auf die Toilette.«

Während sie zur Gästetoilette stapfte, spürte sie deutlich den Wein. Wie viele Flaschen hatte ihr Gastgeber eigentlich aufgemacht? Zu viele, wenn sie die Schlangenlinien bedachte, mit denen sie aufs Badezimmer zusteuerte. Schwankend setzte sie sich auf die Klobrille. Anschließend wankte sie zum Waschbecken und tupfte ihre Stirn und Wangen mit einem feuchten

Handtuch ab. Ihr war schwummrig und heiß und sie wollte nur noch ins Hotel zurück und schlafen.

Doch dafür musste sie Sedan von Simon Weisz loseisen. Vielleicht sollte sie Kopfschmerzen oder Übelkeit vortäuschen, damit sie endlich gehen konnten? Ja, das war eine gute Idee. Das würde sie tun.

Als sie das Badezimmer verließ, schrak sie zurück. Vor ihr stand Simon und grinste breit. Der Alkohol schien ihm nicht halb so viel auszumachen wie ihr. »Na, meine Schöne? Alles in Ordnung? Du bist so plötzlich verschwunden.«

»Danke. Alles gut.« Valentina wollte sich an ihm vorbeischlängeln, doch er stützte einen Arm gegen die Wand und stoppte sie. »Sag mal. Hast du was mit deinem Boss?«

»Mit Sedan?« Gott, sie fühlte sich komplett verwirrt. Der Wein hatte ihr Denkvermögen verlangsamt. »Nein. Natürlich nicht«, fuhr sie entrüstet fort.

Sie versuchte, sich auf der anderen Seite rauszuschlängeln, doch Simon stemmte sofort den anderen Arm gegen die Wand und keilte sie ein.

»Ich hab gemerkt, wie du mich angesehen hast«, sagte er und rückte näher, bis ihre Körper sich berührten. Valentina konnte die Tränensäcke unter seinen gelb gefleckten Augen sehen und sein herbes Rasierwasser riechen. »Wenn du willst, kannst du heute Nacht hierbleiben. Dein Boss hat sicher nichts dagegen.«

Was redete er da? Ganz bestimmt hatte sie ihn nicht auf zweideutige Weise angesehen, dafür war er viel zu widerlich. Leider durfte sie ihm das nicht sagen. Er war ein wichtiger Mandant, wenn sie ihn vor den Kopf stieß und er sich bei Sedan beschwerte, könnte sie ihren Job verlieren.

Valentina starrte ihn an. Gier funkelte in seinen Augen. Die Art Gier, die sie trotz ihres Alkoholpegels in dumpfe Panik versetzte. »Tut mir leid. Ich hab einen Freund«, stieß sie hervor.

Simon lachte leise. »Das macht doch nichts. Er muss es ja nicht erfahren.«

Besitzergreifend legte er eine Hand an ihre Taille und zog sie näher. Ihr Unterleib stieß gegen seinen Bauch. Sein Atem roch nach Zigarrenrauch und Alkohol.

»Hör auf.« Sie stemmte ihre Hände gegen seine Brust und versuchte, ihn zurückzuschieben, doch nicht nur ihre Gefühle fuhren Achterbahn. Durch das Schwindelgefühl fiel es ihr schwer, sich zu konzentrieren. Der Boden schwankte. »Ich will das nicht.«

Fragend hob er die buschigen Augenbrauen. »Ach nein? Am Tisch sah das für mich aber ganz anders aus.«

»Nein! Lass mich los.« Mit aller Kraft stemmte sie sich gegen seine Brust. Für sein Alter war er ziemlich stark. Simon packte nun auch mit der anderen Hand zu und hielt sie fest.

»Du hast einen geilen Arsch«, raunte er und knetete ihre Pobacke. Panik kroch in Valentina hoch, verdrängte die Benommenheit. Erinnerungen an das, was Marc ihr angetan hatte. An die schlimmsten Tage ihres Lebens. *Nein. Nein. Nein. Das darf nicht sein!* Ihr Herz raste.

»Bitte. Hör auf!« Statt stark und selbstbewusst klang ihre Stimme nun weinerlich.

Unbeeindruckt versuchte Simon, sie zu küssen. Valentina drehte den Kopf weg und spürte seinen feuchten Mund auf ihren Wangen, seine Bartstoppeln rieben über ihre Haut. Sie wimmerte.

»Lass sie los!« Plötzlich wurde Simon gepackt und weggerissen. Sedan hielt ihn am Kragen. »Hast du nicht gehört? Sie hat nein gesagt.«

Simon riss sich los. »Ach komm schon, Sedan, du weißt doch, wie das läuft. Mit dem Getue wollen die Weiber einen nur anheizen.«

Sedan verengte die Augen zu Schlitzen, seine Freundlichkeit war komplett verschwunden. Drohend baute er sich vor Simon auf. »Hast du vergessen, dass du vor neun Jahren gerade so davongekommen bist? Willst du unbedingt ins Gefängnis wandern?«

Simon wirkte frustriert und zerknirscht. »Ich hab sie nicht vergewaltigt.«

»Wenn du eine Frau sexuell nötigst und ein Nein übergehst, ist das so gut wie eine Vergewaltigung. Wenn du neben deiner Frau nicht auch noch deine Kinder verlieren willst, musst du das endlich kapieren.« Zornig deutete Sedan auf Valentina. »Sie hat nein gesagt und sie hat es so gemeint. Du bist doch nicht dumm, Simon. Warum merkst du das nicht?«

Simon blickte zwischen Valentina und Sedan hin und her. »Du willst sie selber flachlegen, hab ich recht?«

Genervt stieß Sedan den Atem aus und griff sich an die Nasenwurzel. »Du kapierst es einfach nicht.«

»Nein. Tu ich nicht. Weiber wollen reiche Kerle. So läuft das in dieser Welt. Deine *Assistentin* bildet da keine Ausnahme. Sie hat mir Signale gesendet, das bild‘ ich mir nicht ein.«

Simon betonte das Wort Assistentin auf eine Weise, als würde er nicht glauben, dass Valentina tatsächlich nur eine Assistentin war. Als hätte Sedan sie für etwas ganz anderes eingestellt.

Sedan musterte Simon nachdenklich, dann nahm er Valentina am Arm. »Komm. Wir gehen.«

Simon folgte ihnen hinaus. »Hey Mann. Jetzt mach doch keinen Stress. Alles gut. Wenn du ein Auge auf sie geworfen hast, lass ich die Kleine in Ruhe.«

Er redete noch immer, als wäre Valentina gar nicht da und schlimmer noch: Als wäre sie eine Ware, über deren Erwerb man verhandeln konnte. Wütend fuhr Valentina zu ihm herum. »Ich bin hier und ich bin ein Mensch. Und ich habe *keine* Signale gesendet!«

Simon schnaubte abfällig. »Ach komm schon. Du bist wie alle anderen: eine geldgeile Fotze.«

Entsetzt schnappte Valentina nach Luft. Sedan ließ sie los und trat auf Simon zu, sein Körper war eine einzige Drohgebärde. »Du hältst jetzt besser den Mund«, zischte er gefährlich leise.

Herausfordernd sah Simon zu ihm auf. »Sonst was?«

»Das willst du nicht herausfinden. Vertrau mir.«

Simon zögerte noch einen Moment, dann hob er die Hände, als würde er sich ergeben. »Okay. Ganz ruhig. Ich mein ja nur. So sind die Weiber. Aber gut. Lassen wir das Thema und reden lieber über meine Scheidung.«

Sedan stieß den Atem aus. »Das werden wir nicht, Simon. Du kannst dir einen anderen Anwalt suchen.«

Einen Augenblick lang war Simon perplex. Genau wie Valentina. Schwankend sah sie Sedan an. Hatte er Simon tatsächlich gerade gekündigt? Scheinbar hatte er doch Prinzipien. Damit hatte sie nicht gerechnet.

»Das ist nicht dein Ernst«, stieß Simon hervor.

»Oh doch. Es ist mein voller Ernst.« Sedan wandte sich ab, schnappte Valentinas Arm und zog sie den Weg entlang bis zum Golfwagen.

»Wenn du jetzt gehst, wirst du das bereuen«, rief Simon ihnen hinterher. Sedan beachtete ihn nicht.

»Steig ein«, befahl er.

Schweigend schob Valentina sich auf den Sitz. Sie schwankte und Sedan musste sie stützen, bis sie endlich saß. Sie wollte etwas sagen, doch die Übelkeit, die sie plötzlich überschwemmte, ließ keinen Platz für klare Gedanken. Die kühle Nachtluft gab ihr komplett den Rest. Keuchend lehnte sie sich gegen den Seitenpfosten. Sie fühlte sich, als hätte sie eine Flasche Tequila geleert und nicht nur ein paar Flaschen Wein.

Drei Kurven später bat sie Sedan darum, anzuhalten und übergab sich in die Oleanderbüsche am Wegrand.

Sedan

Besorgt stand Sedan neben Valentina und beobachtete, wie sie hustete und würgte. Vielleicht sollte er ihre Haare halten, damit sie sich nicht vollkotzte. Warum hatte sie überhaupt so viel getrunken?

Er hatte Simons Vorhaben schnell durchschaut und zunehmend besorgt beobachtet, wie er Valentinas Glas immer wieder gefüllt hatte und sie war dumm genug gewesen, die Gläser brav zu leeren.

Auch unter normalen Umständen war Simon sexistisch, doch wenn er betrunken war, kannte er keine Grenzen. Sedan war gewiss kein Freund von Händchen halten und Liebesschwüren, doch er ging niemals zu weit und vor allem drängte er sich keiner Frau auf, die ihn nicht haben wollte. Bei Simon war das anders. Wenn er getrunken hatte, setzte sein Urteilsvermögen aus. Dadurch war er schon öfters in brenzlige Situationen geraten.

Schon als Simon ihn zum Abendessen eingeladen und dabei Valentina zugezwinkert hatte, war Sedan klar gewesen, wohin das führte. Er wollte sie ficken. Also prahlte er mit seinem Geld und seinen Erfolgen und füllte sie nebenbei mit teurem Wein ab. Das war seine Masche. Bei manchen Frauen mochte das funktionieren, doch Sedan war von vorneherein klar gewesen, dass er damit bei Valentina auf Granit stieß.

Dummerweise schien sie nicht das Geringste zu kapieren. Was sie für ein freundliches Lächeln oder höfliches Interesse hielt, war für Simon quasi eine Einladung. Sedan hatte geahnt, dass es Ärger geben würde. Die Frage war, auf wessen Seite er sich stellen sollte. Simon bezahlte gut, solange er ihn mit dem 'juristischen Kram', wie er das nannte, in Ruhe ließ. Er ließ Sedan freie Hand. Andererseits konnte er es nicht dulden, wenn Simon Valentina belästigte. Der Anblick, wie der Mistkerl sie betatscht und versucht hatte, sie zu küssen, hatte ihn so wütend gemacht, dass sich die Frage, ob er sich lieber raushalten sollte, erübrigte.

Valentina stand vornübergebeugt da und würgte. Vorsichtig fasste Sedan ihre Haare im Nacken zusammen und wartete, bis sie sich ausgekotzt hatte. Schniefend richtete sie sich schließlich auf. Ihre Wimpertusche war verschmiert, Tränen standen in ihren Augen.

»Es tut mir leid«, wisperte sie. »Das ist mir so peinlich.«

»Schon gut. Du bist nicht die erste Frau, die ich kotzen sehe. Du hast ziemlich viel getrunken.« Er führte sie zum Golfwagen zurück und hoffte, die frische Nachtluft würde ihr guttun.

So behutsam wie möglich fuhr er zum Hotel zurück, denn jede Kurve und jedes Schlagloch ließ sie wimmern. Während sie die Lobby durchquerten, legte er einen Arm um ihre Taille und gab ihr Halt, damit sie nicht torkelte. In der Suite verfrachtete er sie sofort ins Bett. Dummerweise blieb sie nicht liegen. Als er das Zimmer verlassen wollte, schob sie sich vom Bett und richtete sich schwankend auf.

Missmutig hielt er inne. »Was machst du da? Bleib liegen. Du musst deinen Rausch ausschlafen.«

»Muss Zähne putzen und mich abschminken.« Sie taumelte an ihm vorbei ins Badezimmer. »Brings du mir bitte meinen Pyjama?«

Offenbar ließ sie sich von ihrem Vorhaben nicht abbringen, also suchte Sedan unter ihrer Bettdecke nach ihrem Pyjama. Er war genervt. Wäre er allein auf die Insel gekommen, hätte er nicht einen wichtigen Mandanten verloren und seine Termine in L.A. an Steven abgeben müssen, weil er dann nämlich am nächsten Tag wieder zurückgefahren wäre.

Hoffentlich zahlte sich sein Engagement aus.

Valentinas Pyjama entpuppte sich als ein rosafarbenes Seidentop mit sehr knappen Shorts. Darin würde er sie allerdings gerne mal sehen. Oder noch besser: Den Fetzen würde er ihr gerne vom Leib reißen. Das Mädchen war verdammt sexy und merkte es nicht einmal oder es bedeutete ihr nichts.

Wie auch immer. Er hatte keine Ahnung, was in Valentina Blairs Kopf vorging.

Als er ins Badezimmer kam, saß sie mit der Zahnbürste im Mund auf dem Wannenrand und starrte stumpfsinnig vor sich hin.

»Wo soll ich den Pyjama hinlegen?«

Schwankend deutete sie auf den Toilettensitz. Während Sedan den Fetzen ablegte, kippte sie plötzlich ohne ersichtlichen Grund rückwärts in die Wanne. Mit den Beinen in der Luft hing sie da, hilflos wie ein Käfer auf dem Rücken, das Kleid rutschte nach oben und Sedan konnte ihre sonnengebräunten Schenkel sehen. Mit einem Schritt war er bei ihr und versuchte, ihr aufzuhelfen.

»Tut mir leid«, blubberte sie undeutlich durch die Zahnpaste in ihrem Mund. Sie klammerte sich an ihn und ließ ihn auch dann nicht los, als sie wieder oben war.

»Du solltest wirklich ins Bett gehen.« Er hievte sie hoch und führte sie zum Waschbecken, damit sie ihren Mund ausspülen konnte. Sie nutzte die Gelegenheit und schöpfte sich auch gleich Wasser ins Gesicht, dabei schwankte sie wie ein Schössling im Sturm. Seufzend hielt Sedan mit einer Hand ihre Haare und mit der anderen stützte er ihre Hüfte, damit sie nicht umkippte.

»Muss duschen«, sagte sie plötzlich.

»Was?« Um Himmels willen, warum ging sie nicht einfach ins Bett? »Nein. Musst du nicht. Du musst schlafen.«

»Doch. Ich fühl mich schmutzig. Der Widerling hat mich betatscht.« Ungerührt begann sie, sich zu entkleiden. Das hieß, sie versuchte es, verhedderte sich aber hoffnungslos in ihrem Kleid. Sedan erwog ernsthaft, sie mit ihrem Dilemma alleine zu lassen, doch der Anblick ihres halbnackten Körpers ließ ihn innehalten. Was Simon nicht geschafft hatte, könnte er jetzt locker haben, er müsste nur die richtigen Knöpfe drücken. Ein wenig Trost spenden, ein wenig auf den ekelhaften Simon schimpfen, ihr beim Duschen helfen und sie dabei unauffällig an Stellen berühren, die Frauen gemeinhin erregten. Er kannte die erogenen Zonen. Nicht, dass er es nötig gehabt hätte, eine Frau dahingehend zu manipulieren. Die meisten waren begierig darauf, es mit ihm zu treiben, doch es gab einige wenige, die sich zierten, die lieber warten wollten, in der Hoffnung, er würde sich in sie verlieben. Was lächerlich war. Eher mutierte Simon zum perfekten Gentleman, als dass Sedan sich verliebte.

»Du bist nicht schmutzig«, versuchte er es ein letztes Mal, während sich Valentina schimpfend im Kreis drehte, das Kleid halb über den Kopf gezogen. Ihr Jennifer Lopez Hintern war der Hammer.

»Doch«, jammerte sie. »Der Kerl hat mich angefasst.«

Zugegeben, Simon war aufdringlich gewesen, trotzdem wunderte es Sedan, dass ihr die Sache derart zusetzte.

»Das hätte er wirklich nicht tun dürfen«, stimmte er zu.

Da sie offenbar fest entschlossen war, zu duschen, half er ihr beim Ausziehen, bevor sie noch mitsamt Kleid in die Duschkabine stieg.

Valentina beugte sich vor, fasste in die Dusche und drehte das Wasser an, schrie dann erschrocken auf. »Kalt!«

Sedan schob sie zur Seite und drehte das Thermostat auf 37 Grad, dabei versuchte er, die Tatsache zu ignorieren, dass Valentina nur noch BH und Slip trug. Normalerweise konnte er sich prima beherrschen, schließlich rannten in L.A. genug Frauen am Strand herum, die Bikinis trugen, die den Namen kaum noch verdienten, doch aus irgendeinem Grund turnte Valentina ihn unglaublich an. Wahrscheinlich lag das an ihren sinnlichen Kurven und diesem spektakulären Hintern. »Okay, das Wasser ist warm.«

»Geh raus. Ich will mich ausziehen«, befahl sie.

Sedan seufzte. Die Unterwäsche verdeckte nicht viel, sie könnte sie genauso gut auch ausziehen und schnell unter die Dusche schlüpfen, aber gut, wenn sie jetzt plötzlich ihre Scham entdeckt hatte, sollte es ihm recht sein. Es wäre sowieso ziemlich unpassend, wenn er einen Steifen bekommen würde, obwohl sie betrunken war.

Im Wohnbereich blieb er in Nähe der Badezimmertür und lauschte auf ungewöhnliche Geräusche, denn es lag durchaus im Bereich des Möglichen, dass sie ausrutschte und fiel. Wenige Minuten später sah er seinen Verdacht bestätigt. Er hörte einen Schlag, gefolgt von einem Aufschrei. Besorgt stürmte er ins Badezimmer. Valentina kniete vor der Dusche auf den Fliesen und versuchte vergeblich, sich hochzuhieven. Er fasste sie unter den Armen und half ihr auf. Sie war nackt, was ihn von der Tatsache ablenkte, dass sie noch immer nicht nüchtern genug war, um sich auf den Beinen halten zu können. Im Gegenteil. Fast schien es ihm, als würde sich ihr Zustand verschlimmern.

»Hast du dir wehgetan?«

Seine Hände kribbelten, so gerne wollte er sie überall berühren, und wie er befürchtet hatte, spürte er, wie sein Schwanz zum Leben erwachte.

»Ich bin so bescheuert.« Ihre Stimme klang jammervoll, als würde sie gleich anfangen, zu weinen. »Sieh mich nich' an. Ich bin nackt.«

Ach was. Wirklich? Mit einem Augenrollen zerrte er das Handtuch vom Haken und schlang es um ihren Körper, schnappte dann den Pyjama und führte sie zum Bett. Dort angekommen entriss sie ihm den Pyjama und schlüpfte derart umständlich unter die Decke, dass er trotzdem alles sehen konnte. Halb unter der Bettdecke verborgen begann sie, sich anzuziehen. Wasser tropfte aus ihren Haaren. Sedan schnappte das Handtuch, das sie auf den Boden fallen gelassen hatte, und deckte das Kissen ab, damit es nicht komplett durchnässte.

Als sie endlich angezogen war, fiel sie zurück und schloss mit einem gequälten Stöhnen die Augen.

Sedan beugte sich über sie. »Alles in Ordnung?«

Sie stöhnte erneut. »Mir is' schwindlig.«

Er versuchte zu rekonstruieren, wie viel genau sie getrunken hatte. Sechs oder sieben Gläser waren es gewesen. Doch es war Wein und kein hochprozentiger Alkohol. Hatte Simon ihr etwas ins Glas gemischt? Anders konnte er sich ihren Zustand nicht erklären.

»Soll ich lieber einen Arzt rufen?« Besorgt setzte er sich an den Bettrand und tastete nach ihrem Puls. Er war etwas erhöht, aber nicht besorgniserregend.

»Nein. Will schlafen.« Sie rollte seitwärts und grabschte nach seiner Hand. »Danke«, murmelte sie in das Kissen. »Dass du mir geholfen hast.«

»Keine Ursache.« Vorsichtig zog er seine Hand zurück, woraufhin sie ihren Griff verstärkte. Sie ließ ihn nicht los. Er stieß einen ergebenen Seufzer aus. Dann musste er wohl oder übel warten, bis sie eingeschlafen war.

Glücklicherweise dauerte es nur wenige Minuten, bis er an ihren Atemgeräuschen erkannte, dass sie schlief. Oder war sie ohnmächtig? Die Sache war ihm nicht geheuer. Er erwog, Simon anzurufen und ihn zur Rede zu stellen, denn er war sich fast sicher, dass der Kerl ihr etwas ins Glas gemischt hatte.

Niemand reagierte so stark auf Wein.

Er hatte das Smartphone bereits in der Hand, beschloss dann aber, lieber eine Kurznachricht zu senden. Wenn er die Stimme von diesem Arschloch hörte, würde er ihn wahrscheinlich anbrüllen.

Was hast du Valentina ins Glas gemixt?

Sedan wartete. Simon hatte die Nachricht erhalten, aber der feige Hund gab keine Antwort. Wütend warf Sedan das Smartphone zur Seite. Was für eine beschissene Nacht. Er sollte zu Simon fahren, den Mistkerl am Kragen packen und so lange schütteln, bis er ihm verriet, was er Valentina verabreicht hatte, aber er durfte sie jetzt nicht alleine lassen. Er musste sicherstellen, dass sie keine Atemaussetzer bekam.

Er wusch sich schnell, zog sich aus und rutschte neben ihr unter die Decke. Die Wut auf Simon und der Frust über die ganze Situation hielten ihn noch eine Weile wach, doch irgendwann fielen ihm die Augen zu. Im Halbschlaf merkte er irgendwann, wie Valentina sich in seine Richtung drehte und leise schnarchte, doch er wertete das als gutes Zeichen und schlief weiter.

»Sedan?« Valentinas Stimme riss ihn unsanft aus dem Schlaf.

Murrend öffnete Sedan die Augen. »Hm?«

»Was machst du in meinem Bett?«

Den Kopf halb im Kissen vergraben blinzelte er sie an. »Schlafen.«

Valentina saß aufrecht im Bett und presste die Decke gegen ihre Brust. Ihre Haare waren völlig zerzaust. »Das sehe ich. Aber warum?«

»Du warst betrunken. Ich hab mir Sorgen gemacht«, erklärte er und kniff die Augen zusammen, weil ihn die Helligkeit blendete.

Sie rutschte seitlich aus dem Bett, als könnte sie nicht schnell genug von ihm wegkommen. »Warum bist du nackt?«

Shit. Der Morgen fing ja super an. Statt dankbar zu sein, tat Valentina so, als hätte er sie sexuell belästigt. Das war wirklich ein schlechter Witz. Genervt hob er die Decke an.

»Ich bin nicht nackt. Ich trage eine Unterhose. Siehst du?«

Nun starrte sie auf seine Unterhose und wurde rot. Als er nach unten sah, verstand er auch, warum. Er hatte eine Morgenlatte. Verdammt. Schnell bedeckte er sich wieder.

»Sorry. Das passiert manchmal.«

Valentina nickte. »Ich weiß. Haben wir ...?«

Schnaubend verdrehte er die Augen. Sie sah zwar aus wie ein frisch gevögeltes Eichhörnchen, war aber so weit davon entfernt, wie man nur sein konnte. Missmutig setzte er sich auf. »Du warst betrunken, Valentina. Ich gehöre nicht zu den Typen, die sowas ausnutzen.«

Erleichtert ließ sie die Schultern sinken. »Was war letzte Nacht los? Ich kann mich nur bruchstückhaft erinnern.«

Tja. Du hast gekotzt, bist nackt vor mir herumgestolpert und hast meine Hand gehalten. »Simon Weisz hat dich abgefüllt und wollte dir an die Wäsche«, fasste er knapp zusammen.

Sie setzte sich und wirkte plötzlich bedrückt. »Der Mann ist widerlich.«

Sedan nickte wortlos. Was sollte er auch dazu sagen? Sie hatte ja recht. Simon Weisz war widerlich, das war er schon immer gewesen.

Sie sah ihn forschend an. »Hast du es gewusst?«

»Was?«

»Dass er mich anbaggern würde?«

Das Thema war Sedan unangenehm. Fünf Jahre lang war Simon sein Klient gewesen, er hatte ihn in dieser Zeit nicht nur einmal an seine moralischen Grenzen gebracht. Immer wieder hatte er beträchtliche Summen zahlen müssen, damit Frauen den Mund hielten. Die Leute behaupteten, Sedan hätte kein Gewissen, und damit lagen sie gar nicht so falsch, aber Simon war eine ständige Herausforderung für seine Integrität gewesen. Nur seinen stetigen Unschuldsbeteuerungen und dem Geld, das er bezahlte, hatte Simon es zu verdanken, dass Sedan ihn nicht längst gefeuert hatte. »Zuerst nicht, doch als er uns zum Bleiben einlud, hielt ich es für möglich«, gab er zu.

»Wie kannst du nur für einen solchen Menschen arbeiten?«

Die Frage hatte er sich all die Jahre immer wieder gestellt. »Ich weiß nicht, ob du dich erinnern kannst, aber das tue ich nicht mehr.«

Sie musterte ihn auf eine Weise, die ihm unangenehm war, als versuchte sie herauszufinden, was sich hinter der Fassade des skrupellosen Scheidungsanwalts verbarg, doch da gab es nichts. Privat und beruflich war er derselbe Mann.

»Lass uns frühstücken«, schlug er vor, um die Situation zu entkrampfen. »Soll ich dir eine Kopfschmerztablette mitbestellen?«

Sie verzog den Mund »Ja. Eine Kopfschmerztablette wäre toll. Mein Schädel bringt mich um.«

Barfuß tapste sie ins Badezimmer. Sedan schaute ihr nach. Oh yeah. Dieser Hintern und die schmale Taille. Er wollte sie endlich anfassen dürfen, ihre nackte Haut, ihre Brüste und ihre Pussy. Sie war eine durchgeknallte, übersensible Mimose und genau aus diesem Grund wollte er ihr Laute der Lust entlocken und sie so lange ficken, bis sie ihn anflehte, aufzuhören.

Kapitel 9 - Valentina

Sedans Mutter lebte in Two Harbors, einem kleinen, rustikalen Ort, der auf einer Landenge angesiedelt war. Das strahlende Blau des Himmels wurde nur von dem azurblauen Meer übertroffen, das perfekt mit dem Grün der Palmen und den braunen Felsen harmonierte. Einmal mehr ließ die Insel Valentina all ihre Sorgen vergessen. Sogar Simon Weisz‘ aufdringlicher Flirtversuch und ihr anschließender Blackout schrumpften auf Erbsengröße angesichts dieser Schönheit. Da Sedan das Mandat gekündigt hatte, hatte sie außerdem Genugtuung erhalten.

Seltsam erschien ihr nur eines: Warum nahm Sedan sie mit zu seiner *Mutter*? Sie war nur eine Angestellte und keine Freundin.

Die Antwort bekam sie, als die beiden einander begrüßten.

»Hallo Mutter.« Sedan küsste sie auf beide Wangen, was jedoch nicht vertraulich wirkte, sondern distanziert. Als würden die beiden nur vorgeben, sich zu mögen. Seine Mutter war schlank, hatte einen perfekt geschnittenen weißgrauen Pagenkopf und die stechenden Augen ihres Sohnes. Sie trug eine weiß umrandete Brille und dezentes Make-up. Für ihr Alter war sie noch sehr attraktiv.

»Sedan. Ich möchte dich nicht tadeln«, sagte sie. »Aber warum hast du mich so lange nicht besucht? Die Insel ist nur wenige Stunden von L.A. entfernt.«

Der Besuch war nur eine lästige Pflicht für Sedan und Valentina war sein Puffer, das wurde ihr in diesem Moment bewusst.

Sedans Mutter streckte ihr die Hand hin und stützte sich mit der anderen auf einer Kommode ab, als fiele ihr das Stehen schwer. »Hallo. Ich bin Louise. Es freut mich, Sie kennenzulernen.«

Louise‘ Händedruck war kraftlos und kühl, doch ihr Lächeln wirkte echt. Sie schien sich ehrlich über den Besuch zu freuen. »Ich bin Valentina, die Assistentin Ihres Sohnes«, stellte Valentina sich vor.

Überrascht hob Louise die Augenbrauen und wandte sich an ihren Sohn. »Tatsächlich? Seit wann hast du eine Assistentin?«

»Seit zwei Wochen«, gab er knapp zurück. Die Frage behagte ihm offenbar nicht. »Wir sind geschäftlich hier.«

»Aha.« Louise nickte.

Valentina hatte das unbestimmte Gefühl, als würde es sie verletzten, dass ihr Sohn sie nur besuchte, weil er geschäftlich auf der Insel zu tun hatte. »Na gut, dann kommt mal rein«, sagte sie, nahm eine Gehhilfe, die Valentina bisher nicht bemerkt hatte, und führte sie ins Haus.

Ihre Kleidung war tadellos. Sie trug eine hellgraue Stoffhose zu einer lavendelfarbenen Bluse, dazu eine schmale Goldkette und passende Ohrringe. Einen Ehering sah Valentina nicht.

Durch einen schmalen Flur gelangten sie in das lichtdurchflutete Wohnzimmer, das mit dunklen Holzmöbeln, diversen Bronzeskulpturen und einem cremefarbenen Sofa eingerichtet war. Die komplette Vorderseite war verglast, die Terrassentür stand offen, sodass eine angenehme Brise hereinwehen konnte.

Ein junger Mann betrat das Wohnzimmer, in der Hand hielt er ein Tablett, auf dem eine Karaffe und mehrere Gläser standen.

»Selbstgemachte Zitronenlimo. Ich weiß doch, wie sehr du sie liebst«, sagte Louise an Sedan gewandt. Trotz ihrer Distanziertheit bemühte sie sich, das Eis zwischen sich und ihrem Sohn zu brechen. Der junge Mann stellte das Tablett ab. Valentina schätzte ihn auf Mitte dreißig. Er wirkte sympathisch, doch Sedan beäugte ihn wie eine geflügelte Riesenkakerlake.

»Das ist Ricardo«, stellte Louise ihn vor.

»Hola Señorita.« Strahlend reichte der Mann Valentina die Hand.

»Freut mich. Ich bin Valentina.« Da er ihr nicht verriet, in welcher Funktion er hier war, sah sie keine Veranlassung, sich als Assistentin vorzustellen. Die Frage blieb allerdings nicht lange unbeantwortet, denn er half Louise dabei, sich hinzusetzen, nahm dann neben ihr Platz und legte einen Arm um ihre Schultern.

»Ricardo ist der Lebensgefährte meiner Mutter«, erklärte Sedan mit frostiger Stimme.

Hitze schoss in Valentinas Wangen. Hoffentlich wirkte sie nicht allzu überrascht. Ricardo war bestimmt dreißig Jahre jünger als Louise, deshalb hatte sie nicht erwartet, ihn als ihren Lebensgefährten vorgestellt zu bekommen. Sie nickte nur und grinste verkrampft.

Wie sich herausstellte, war Sedans Verhältnis zu seiner Mutter überaus schwierig. Ob es an dem jungen Freund oder noch an etwas anderem lag, konnte Valentina nicht beurteilen, aber ihre Neugier war geweckt. Sedan war ihr Boss, bisher hatte sie ihn für herzlos gehalten und sich immer wieder gefragt, warum er so skrupellos geworden war. Seit sie auf der Insel waren, erhaschte sie hin und wieder einen Blick auf einen anderen Sedan und nun fand sie vielleicht sogar heraus, was ihn zu dem gemacht hatte, der er heute war.

Louise schlug vor, auf die Terrasse umzuziehen und verschwand dann mit Ricardo in der Küche, um Häppchen vorzubereiten, wie sie sagte.

»Deine Mutter ist sehr nett«, stellte Valentina fest, während sie ihr Glas nahm und auf die Terrasse stapfte.

Sedan zuckte mit den Schultern. »Ja. Das kann sie wirklich gut.«

Seine lässige Kleidung stand komplett im Gegensatz zu seiner verkrampften Haltung. Obwohl niemand ihm etwas getan hatte, wirkte er regelrecht wütend.

Valentina setzte sich auf einen Rattanstuhl. »Ihr habt kein besonders gutes Verhältnis oder?«

Er bedachte sie mit einem finsteren Blick. »Es geht.«

Missmutig und wortkarg, so versuchte er, sie zu demotivieren, damit sie keine Fragen mehr stellte. »Was ist passiert?«

»Ich will jetzt nicht darüber reden, okay? Meine Mutter kommt gleich mit ihren bescheuerten *Häppchen*.« Er schnaubte. »Als wüsste ich nicht, dass sie noch schnell ihren Lover instruieren muss.«

Valentina nahm einen Schluck Zitronenlimonade. Sie schmeckte wirklich lecker. »Deine Eltern sind also geschieden.«

Sedan nickte. »Offensichtlich.«

»Wie lange schon?«

Genervt stieß er den Atem aus. »Seit zwanzig Jahren. Was soll die Fragerei?«

»Ich weiß nicht, es interessiert mich einfach, vor allem, weil du Ricardo offenbar nicht leiden kannst.«

Sein Blick wurde spöttisch. »Wirklich scharfsinnig. Wie hast du das gemerkt?«

Sie ignorierte seinen Spott. Natürlich wusste sie, dass er Ricardo für zu jung hielt, aber weil er schon wieder herablassend war, würde sie so tun, als hätte sie keine Ahnung. »Warum kannst du ihn nicht leiden? Auf mich wirkt er sehr nett.«

Sedan setzte sein Glas an die Lippen und trank. »Meine Mutter ist krank. Verrat mir Valentina, was will ein Kerl wie Ricardo mit einer kranken Sechzigjährigen?«

Das war natürlich ein Argument. »Wie ...«, sie räusperte, sich. »Wie lange sind die beiden denn schon zusammen?«

»Seit vier Jahren. Meine Mutter ... sie mag junge Männer.« Sedan verzog den Mund, als hätte er in etwas Ekliges gebissen. »Ihre erste Affäre mit einem zwanzig Jahre jüngeren Mann war auch der Scheidungsgrund für meine Eltern gewesen.«

Interessant. Langsam rückte er mit der Sprache raus. Sedan Guillaumes Leben schien also nicht nur eitel Sonnenschein gewesen zu sein. Bevor Valentina jedoch weiter in ihn dringen konnte, kamen seine Mutter und Ricardo zurück. Louise humpelte auf ihren Gehstock gestützt zu dem Rattansitz, Ricardo stellte das Tablett mit den Häppchen ab und richtete ihr schnell das Kissen im Rücken, dann setzte er sich neben sie auf die Lehne, einen Arm um ihre Schultern gelegt. Ein Bild wie ein royales Gemälde, nur dass sie aussahen wie Mutter und Sohn und nicht wie ein Paar. Der spießige Teil von Valentina konnte Sedan verstehen. Es passte einfach nicht, aber seine Mutter war eine intelligente Frau und erschien ihr alles andere als leichtgläubig. Wenn sie Ricardo liebte, dann musste Sedan das akzeptieren.

Ricardo deutete auf das Tablett. »Bitte. Greift zu.«

Valentina beäugte die Häppchen. Salzcracker mit Frischkäse, Baguettebrot mit Gurke und Lachs und Melonenspieße mit Parmaschinken. Lecker. Da sich trotz der Einladung niemand bediente, beschloss sie, den Anfang zu machen, schon allein aus Höflichkeit, weil sich Ricardo solche Mühe gegeben hatte. Sie nahm einen kleinen Teller und lud sich von jedem Häppchen eines auf. Ricardo lächelte sie dankbar an. Louise musterte ihren Sohn, der schweigend dasaß und aussah, als würde er gleich zu Eis gefrieren.

Louise beugte sich vor und nahm sich ein Lachsbrot, biss aber nicht hinein. Ihre Hand zitterte, während sie das Häppchen in ihren verkrampften Fingern hielt. »Ich bin froh, dass du heute gekommen bist, Sedan, denn ich habe etwas Wichtiges mit dir zu besprechen.«

Sedans Miene verdüsterte sich noch mehr. Ricardo strich über Louise' Schultern, als würde er sie beruhigen und zugleich ermuntern wollen. Die beiden sahen sich an. Es war ein warmer Blick, leidenschaftslos aber vertrauensvoll. Falls Ricardo kein großartiger Schauspieler war, dann standen die beiden einander nahe, das war deutlich zu sehen.

»Um was geht's?«, fragte Sedan, wahrscheinlich nur, um den intimen Blickkontakt der beiden zu unterbrechen.

Louise' Hände zitterten, ihr Körper wirkte zerbrechlich wie Glas, doch wenn man sich nur auf ihr Gesicht konzentrierte, wirkte sie stolz und schön wie eine Königin. »Ich möchte mein Testament ändern.«

Die Worte hingen in der Luft wie ein schlechter Geruch, gefolgt von Sekunden des Schweigens, die sich anfühlten wie eine Ewigkeit. Der Bissen in Valentinas Mund schien anzuschwellen und sie hatte Mühe, ihn hinunterzuschlucken. Sie war eine Fremde und wollte nicht Teil einer solchen Unterhaltung sein, ganz abgesehen davon, dass das Thema nach Streit klang.

»Inwiefern möchtest du es ändern?«, fragte Sedan kalt. »Beim Aufsetzen habe ich alles bedacht. Da bin ich mir sicher.«

Louise legte das Lachsbrot ab und griff Ricardos Hand. »Ricardo und ich sind nun seit vier Jahren zusammen, aus diesem Grund würde ich ihn gerne testamentarisch bedenken.«

War die Stimmung zuvor bereits angespannt gewesen, so schien sie nun zu implodieren. Sedan ballte die Fäuste. »Ich bitte dich Mutter. Tu mir das nicht an«, stieß er zwischen zusammengebissenen Zähnen hervor.

Valentina schwankte zwischen dem Drang, sein Knie zu tätscheln, um ihn zu beruhigen und auf die Toilette zu flüchten. Da sie jedoch keine Aufmerksamkeit erregen wollte, saß sie stumm da, knabberte an dem Cracker und wünschte sich ein Loch, in das sie sich verkriechen konnte.

»Meine Entschluss steht fest«, sagte Louise. »Ich habe lange und gründlich darüber nachgedacht und mit Ricardo darüber gesprochen. Ich möchte es tun, Sedan.«

Unvermittelt sprang Sedan auf, er wirkte angriffslustig, als würde er am liebsten jemanden schlagen. Ricardo fühlte sich offenbar bedroht, denn er zuckte zurück und ließ Louise los. Angst flackerte in seinem Blick.

»Komm mit. Ich will mit dir reden«, befahl Sedan an Ricardo gewandt.

Ricardo schluckte. Offenbar hatte er ziemlichen Respekt vor Sedan, was Valentina durchaus verstehen konnte. Wie er da stand, groß, breitschultrig mit geballten Fäusten, war er eine beeindruckende Erscheinung.

»Das ist nicht nötig, Sedan. Wir können alles hier bereden«, warf Louise ein.

»Nein!«, knurrte Sedan. »Wir reden drin und du wartest hier, *Mutter*.«

Louise stieß einen Seufzer aus. Im Gegensatz zu ihrem Lebensgefährten, schien die bedrohliche Ausstrahlung ihres Sohnes sie nicht zu beeindrucken. Sie nickte Ricardo aufmunternd zu, woraufhin er sich erhob und Sedan widerwillig ins Haus folgte. Geräuschvoll schluckte Valentina den Cracker, griff nach ihrem Glas und spülte Zitronenlimonade nach. Sie spürte Louise' kühlen Blick auf sich ruhen. Fieberhaft suchte sie nach einem unverfänglichen Gesprächsthema. Etwas, das nichts mit Testamenten, Krankheiten und dem schwierigen Verhältnis zu ihrem Sohn zu tun hatte.

»Die Limonade ist wirklich sehr lecker. Haben Sie sie mit braunem Zucker gesüßt?« Eine dämliche Frage, aber irgendwas musste sie ja sagen.

Eine Antwort bekam sie allerdings nicht. Ein derartiges Verhalten kannte Valentina bereits von Sedan, der ebenfalls alle Fragen, die er als unwichtig empfand, überging.

»Wie lange arbeiten Sie schon für meinen Sohn?«, wollte Louise stattdessen wissen.

Valentina räusperte sich. »Seit zwei Wochen.«

»Haben Sie ein Verhältnis miteinander?«

Die Frau nahm kein Blatt vor den Mund. Wieder eine Gemeinsamkeit mit ihrem Sohn. »Nein. Ich arbeite nur für ihn.« Wie kamen nur alle darauf, dass sie ein Verhältnis mit Sedan haben könnte?

Louise' Augenbrauen zuckten überrascht in die Höhe. »Interessant und ... ungewöhnlich.«

Ungewöhnlich? Eine Affäre mit dem Chef war ungewöhnlich und nicht umgekehrt. Bevor Valentina sich überlegen konnte, was sie entgegnen sollte, stieß Louise einen tiefen Seufzer aus. »Ich weiß nicht, ob Sedan es Ihnen gesagt hat, aber ich habe multiple Sklerose.«

»Das tut mir leid«, sagte Valentina. Zu ihrem Leidwesen schnitten sie sämtliche Themen an, die sie hatte vermeiden wollen. »Wie geht es Ihnen damit?«

Louise zuckte mit den Schultern. Sie wollte kein Mitleid, die Information war nur eine Einleitung für das, was sie zu sagen hatte. Sie suchte Valentinas Blick. »Ich bin weder dumm noch naiv. Ich weiß, dass Ricardo ...«, sie zögerte, »nun ja ... dass er andere Möglichkeiten hätte. Jüngere. Und dass er nur wegen des Geldes mit mir zusammen ist.« Sie hob die Hand. »Verstehen Sie mich nicht falsch, Valentina, wir mögen einander, aber Liebe ist es von seiner Seite aus ganz sicher nicht, dessen bin ich mir bewusst.«

Valentina schluckte nervös. Das Gespräch nahm eine Richtung, die ihr mehr als unangenehm war. »Und warum wollen Sie ihn dann in Ihr Testament aufnehmen?«

Louise lächelte traurig. »Wenn er bis zu meinem Tod bei mir bleibt, hat er einen finanziellen Ausgleich verdient, finden Sie nicht? Immerhin hat er dann seine besten Jahre mit mir verbracht.«

Valentina nickte anerkennend. Sie kannte niemanden, der so pragmatisch und offen über Tatsachen sprach, die den meisten Menschen peinlich wären oder die sie vor sich selbst verleugnen würden.

»Mein gesamtes Erwachsenenleben lang war ich eine Geschäftsfrau«, fuhr Louise fort. »Eine äußerst erfolgreiche Geschäftsfrau. Meine Karriere ging stets bergauf. Mit Mitte vierzig erkannte ich dann meine Vorliebe für jüngere Männer und lebte sie nach einigem Zögern aus. Warum auch nicht, sagte ich mir? Erfolgreiche Männer taten das schon seit Jahrhunderten.«

Valentina überspielte ihr Unbehagen angesichts des Geständnisses und nickte verständnisvoll. Warum erzählte Louise ihr das alles? Ihr - einer Fremden?

Louise nahm ein Glas und führte es an ihre Lippen, auch dabei zitterten ihre Hände und Valentina hoffte, sie würde nichts verschütten. Nachdem Louise das Glas abgestellt hatte, lächelte sie entschuldigend. »Es ist erbärmlich, wie der Körper zerfällt. Ich schätze, auf diese Weise soll einem der Tod schmackhaft gemacht werden.«

»Sie sterben noch lange nicht«, gab Valentina beklommen zurück. Zwar kannte sie sich mit multipler Sklerose nicht aus, aber soweit sie wusste, führte die Krankheit nicht zum Tod.

»Das stimmt. Wenn ich Glück habe, erwarten mich noch ein paar halbwegs gute Jahre, bis meine Bewegungsfähigkeit signifikant eingeschränkt ist oder ich unter einer Folgeerkrankung leide. Doch diese Zeit möchte ich nicht damit verbringen, auf Partnersuche zu gehen.« Wieder sah sie Valentina durchdringend an, als wäre sie gespannt auf ihre Reaktion. »Niemand ist gerne allein, ich bilde da keine Ausnahme. Deshalb werde ich mein Testament ändern. Damit Ricardo bei mir bleibt, auch wenn sich mein Gesundheitszustand verschlechtert.«

»Das kann ich verstehen«, sagte Valentina. »Vor allem wenn sich sonst niemand um Sie kümmert.« Im Grunde kaufte Louise sich einen persönlichen Pfleger, der keinen Feierabend hatte und niemals kündigen würde.

Louise lächelte bitter und schaute in ihren Schoß auf ihre zitternden Hände. »Ich war keine gute Mutter.« Sie sah auf. »Deshalb kann ich Sedan verstehen. Warum sollte er sich um eine Mutter kümmern, die immer nur mit ihrer Karriere beschäftigt gewesen ist?«

»Sie waren bestimmt nicht so schlimm, wie sie jetzt denken.« Eine dämliche Phrase, etwas anderes fiel Valentina nicht ein. Die Situation überforderte sie. Was sollte eine Kleinstadtpflanze wie sie einer lebenserfahrenen Frau wie Louise Guillaume auch raten?

»Doch, Valentina. Ich war sogar noch schlimmer«, gab Louise zu. »Ich habe meinem Sohn die Kindheit genommen.«

Oha. Es wurde wieder interessant. »Inwiefern?«

Louise stieß einen Seufzer aus. »Einzelheiten würden zu weit führen, außerdem ist es etwas, was Sedan Ihnen erzählen sollte. Ich möchte mich nicht rechtfertigen. Was ich eigentlich sagen will, ist, dass mein Sohn eine Frau braucht, die ihn aufrichtig liebt. Die nicht nur seinen Erfolg, das Geld oder sein gutes Aussehen sieht. Eine Frau, die hinter die Fassade blickt und das sieht, was er sein könnte, aber leider nicht ist.«

»Ich verstehe.« Valentina nickte bekräftigend, dabei verstand sie nicht das Geringste. Wollte Louise, dass sie für Sedan eine Frau suchte, weil sie seine Assistentin war?

»Sedan ist kein netter Mensch, das ist mir bewusst«, fuhr Louise bedauernd fort, als würde sie sich für ihren Sohn entschuldigen wollen.

Valentina lächelte unverbindlich. Auch wenn sie Louise recht gab, würde sie ihr gewiss nicht zustimmen, immerhin war sie Sedans Mutter. Wenn eine Mutter schlecht über ihren Sohn redete, war das okay, aber nicht, wenn seine Assistentin es tat.

Plötzlich schmunzelte Louise verschmitzt und vermittelte einen Eindruck von der hinreißenden Frau, die sie einst gewesen sein musste. »Ich habe bemerkt, wie er Sie angesehen hat, Valentina. Er hat eindeutig Interesse an Ihnen. Hat er Ihnen noch keine Avancen gemacht?«

»Nein, das hat er nicht.« Diese Information war ihr völlig neu und zudem völlig absurd. Sedan hatte allerhöchstens sexuelles Interesse an ihr, ansonsten konnte sie von Glück reden, dass sie einigermaßen miteinander auskamen. »Unsere Beziehung ist rein beruflich«, behauptete sie.

Louise legte nachdenklich den Kopf schief. »Seltsam. Normalerweise habe ich ein Gespür für sowas.«

Ein Scheppern und Brüllen erklang. Etwas fiel klirrend zu Boden. Erschrocken fuhr Valentina hoch. »Was war das?«

»Oh nein.« Louise rappelte sich auf ihren Gehstock gestützt auf.

Sedan stürmte wutentbrannt auf die Terrasse, gefolgt von Ricardo, der sich die blutende Nase hielt.

Sedan griff nach Valentinas Arm. »Komm. Wir gehen.«

»Um Gottes willen. Was ist passiert?« Entsetzt schaute Louise von einem zum anderen.

»Sedan?« Valentina rührte sich nicht. Er konnte sie doch nicht einfach schnappen und abhauen, ohne seiner Mutter eine Erklärung zu liefern.

»Dein Sohn ist ein brutaler Schläger«, jammerte Ricardo an Louise gewandt. »Ich kann sagen was ich will, er kann unsere Beziehung einfach nicht verstehen.«

»Das will ich nicht und das werde ich auch nicht«, stieß Sedan hervor.

»Bitte. Lass uns darüber reden«, bat Louise. Sie streckte den Arm aus, um Sedan zu berühren, doch der zuckte wütend zurück.

»Da gibt es nichts zu reden«, stieß er hervor. »Amüsier dich mit deinem Toy Boy, so wie du es immer tust. Ich bin raus und diesmal für immer.« Abrupt wandte er sich um und stürmte davon.

Hilflos stand Valentina da. Sie sollte ihrem Boss folgen, doch Louise tat ihr leid. Kraftlos sackte die arme Frau auf den Rattansessel. »Gehen Sie nur, Valentina. Er braucht jetzt jemanden, der ihn beruhigt.«

Sedan zu beruhigen wollte sie gewiss nicht, das war nicht ihre Aufgabe, aber hierzubleiben stand ihr genauso wenig zu. Sie hatte mit dieser Familie nichts zu tun.

»Es tut mir leid«, sagte sie. »Ich rede mit ihm.«

Louise nickte matt. Ricardo zupfte Taschentücher aus der Spenderbox auf dem Tisch und presste sie gegen seine Nase. Valentina wandte sich um und folgte Sedan.

Kapitel 10 - Sedan

Die Wut und der Schmerz waren unerträglich, sie zerrissen Sedan innerlich. Die Ankündigung seiner Mutter hatte alles zurückgebracht. Die Enttäuschung, die Wut, das Gefühl der Machtlosigkeit, das er als pubertierender Junge verspürt hatte. Unbeherrscht stieß er die Tür zur Hotelsuite auf und stürmte zur Minibar. Er brauchte jetzt unbedingt einen Drink. Valentina beobachtete ihn, als befürchtete sie, er würde sie anschreien, einfach nur um irgendwen anschreien zu können. Die Sorge war nicht unbegründet. Was im Haus seiner Mutter vorgefallen, was Valentina mitbekommen hatte, war ihm unendlich peinlich. Und dass er nun durch seinen Wutanfall Schwäche zeigte, machte die Sache noch schlimmer.

Er öffnete den Scotch und trank ihn direkt aus der Flasche, dann griff er nach dem Whiskey.

»Willst du dich jetzt betrinken?«, fragte sie.

»Du hast es erfasst.« Er öffnete den Schraubverschluss.

»Damit löst du keine Probleme. Das solltest du wissen.« Nervös knetete sie ihre Finger. »Was ist zwischen Ricardo und dir vorgefallen?«

Gottverdammt, das war genau das, was er nicht gewollt hatte. Dass eine verdammte Frau sich in seine verdammten Privatangelegenheiten einmischte. Valentina sollte sich in ihn verlieben, ihn anhimmeln, weil er reich und erfolgreich war. Stattdessen löcherte sie ihn mit Fragen. Er fuhr zu ihr herum und leerte provokativ die Flasche, doch alles, was er dafür bekam, war ein vorwurfsvolles Kopfschütteln.

Nach einem beschissenen Tag reagierte er sich normalerweise mit Sport oder Sex oder beidem ab. Wenn er Valentina so vor sich stehen sah mit ihrem tief ausgeschnittenen, sonnengelben Sommerkleid, verspürte er den Drang nach Letzterem. Ihre Füße stecken in goldenen Zehensandalen, die Zehnägel waren rosa lackiert, genau wie ihre Fingernägel. Ihre vollen Lippen nahmen den natürlichen Rosaton auf und luden ihn förmlich ein, sie zu küssen. Gottverdammt, mit diesen Lippen könnte sie ihn in den 7. Himmel blasen und ihn diesen Scheißtag vergessen lassen.

»Was zwischen Toy Boy und mir vorgefallen ist, ist eine Familienangelegenheit«, sagte Sedan und trat näher. »Als meine Assistentin solltest du dich um andere Dinge sorgen.«

Herausfordernd schaute sie zu ihm auf. »Soweit ich weiß, kümmert sich eine Assistentin um alle Belange ihres Arbeitgebers.«

Sedan spürte, dass sie vor ihm zurückweichen wollte. Warum tat sie es nicht? Um keine Schwäche zu zeigen? Auf jeden Fall lieferte sie ihm gerade die perfekte Steilvorlage.

Er warf das leere Fläschchen auf das Sofa und grinste sie an. »Ach wirklich. Um *alle* Belange?«

Sie kniff die Augen zusammen, offenbar merkte sie, dass sie gerade einen Fehler begangen hatte. »Im Grunde ja.«

»Gut.« Er trat so nah an sie heran, dass er die dunklen Sprenkel in ihrer Iris sehen konnte. »Dann habe ich jetzt eine Aufgabe für dich.«

Sie schluckte nervös, wich aber immer noch nicht zurück. »Welche Aufgabe?«

Die Anziehungskraft war so stark, dass sich die Haare in seinem Nacken aufstellten und er das warme Kribbeln fühlte, das einer Erektion voranging, dabei hatte er sie noch nicht einmal berührt. Er wollte diese Frau und er würde sie auch bekommen.

»Wenn ich nicht trinken soll, brauche ich eine Ablenkung«, sagte er. Ihr Blick versank in seinen. Er sah, wie sich ihre Pupillen weiteten. Sie wusste, worauf das hinauslief und sie wusste, dass sie ihn eigentlich zur Vernunft bringen müsste. Doch das tat sie nicht. Sie stand nur da.

»Und was stellst du dir vor?«, fragte sie mit leiser Stimme.

Besitzergreifend legte er eine Hand an ihre Taille und zog sie zu sich heran, bis sie gegen seinen Körper stieß. »Das werde ich dir zeigen.«

Sie hatte ihre Chance gehabt und sie nicht ergriffen, also hatte er jetzt freie Bahn. Er beugte sich vor und küsste sie. Küsste ihre weichen, vollen Lippen, die süßer schmeckten als alles, was er zuvor gekostet hatte. Aufreizend strich er mit der Zunge über ihren Mund und drang dann in ihre Mundhöhle ein. Spätestens ab diesem Punkt hätte er mit Gegenwehr gerechnet, doch je forscher er den Kuss vorantrieb, umso williger schien sie zu werden. Sie schmolz förmlich dahin. *Ja Baby, du kannst mir nicht widerstehen.*

Er hatte sie bereits nackt gesehen, hatte sie angefasst, doch das war etwas völlig anderes gewesen. Er wollte ihren Körper auf sinnliche Weise erkunden, wollte sie in Besitz nehmen, in sie eindringen, sie zum Stöhnen bringen. Er vertiefte den Kuss und drängte sie währenddessen rückwärts, bis sie gegen die Wand stieß. Dort presste er sich an sie, ließ sie spüren, wie sehr sie ihn erregte.

Sie wollte die Arme um seinen Hals legen. Er fing sie ab, hob sie über ihren Kopf und hielt sie fest. Keine Schmuserei. Er wollte es hart und wild. Seine tastenden Hände begaben sich auf Wanderschaft, erkundeten die weichen Rundungen, mit der freien Hand umfasste er ihre Brust, spürte ihre harten Nippel durch den Stoff hindurch. Oh ja, Valentina war nicht nur optisch ein sinnlicher Leckerbissen. Sie reagierte so intensiv auf ihn, als hätte sie auf diesen Moment gewartet.

Gierig riss er die Knöpfe an ihrem Kleid auf und legte ihre Brüste frei. Valentina keuchte, als er seine Hand in ihren rosafarbenen BH schob und an ihrem Nippel zupfte. Hastig öffnete er den BH und ließ ihre Arme los, damit sie das verdammte Ding abstreifen konnte. Als junger Student hatte er BHs öffnen mit Steven zusammen geübt und das kam ihm jedes Mal aufs Neue zugute. Er liebte Frauen und ihre fantastischen Körper, liebte es, wenn sie unter ihm zerflossen, weil sie ihn begehrten und alles taten, was er von ihnen verlangte. Genau dahin wollte er Valentina bringen. Sie sollte seinen Namen rufen und um mehr betteln.

Aufreizend zupfte und rieb er an ihren Brustwarzen, sein Schwanz war so hart, dass es fast wehtat. Wie lange hatte er keine Frau mehr so sehr begehrt? Das war fast schon unheimlich. Ihr Duft, ihr sinnlicher Körper, ihr Kuss entfachte ihn wie ein Feuerwerk. Ungeduldig raffte er ihr Kleid nach oben und krallte sich in ihren Hintern. Ein pralles Paradies, das sich willig an ihn drückte, dann schob er seine Hand zwischen ihre Beine.

Auch das ließ sie zu. Mehr noch, sie spreizte die Schenkel ein wenig, um ihm den Zugang zu erleichtern. Wenn er gewusst hätte, wie bereit sie schon war, hätte er viel früher einen Vorstoß gewagt. Wie hatte sie das vor ihm verbergen können?

Seitlich schob er seine Finger in ihren Slip, tastete über die zarte Haut und stupste gegen ihren Kitzler. Sie war heiß und verdammt feucht. Seine Finger glitten über ihre Nässe. Das entlockte Sedan ein Keuchen, das sie mit einem leisen Stöhnen erwiderte. Ihre Hände tasteten nach seinem Schritt, umfassten seine Erektion durch den Stoff seiner Hose hindurch.

Sein Smartphone klingelte. Noch nie hatte er sein Smartphone ignoriert, denn sein Geschäft ging immer vor. Doch diesmal verfluchte er das verdammte Ding und überlegte ernsthaft, es klingeln zu lassen. Es fiel ihm unendlich schwer, sich von Valentina zu lösen und da sie ebenfalls keine Anstalten machte, küsste er sie noch ein paar Sekunden weiter, bis sie ebenfalls nervös zu werden schien. Atemlos sahen sie einander an. Valentinas Wangen waren gerötet, genau wie ihre Lippen, ihre Augen glänzten feucht, als würde sie gleich weinen, doch es war Verlangen,das sie glänzen ließ.

Valentina war das sinnlichste Geschöpf, das er je zu Gesicht bekommen hatte.

»Entschuldige«, sagte er dumpf und zog das Smartphone aus der Hosentasche.

Es war tatsächlich ein geschäftlicher Anruf. Stacy Pearl, ein Pornostar, der auf der Insel lebte und arbeitete, zumindest wenn sie kein Engagement auf dem Festland hatte.

»Hallo Stacy«, sagte er freundlich, während er versuchte, seinen Schwanz in eine angenehmere Position zu bringen. Seine Erektion wollte einfach nicht nachlassen. »Wie geht es dir?«

»Könnte nicht besser sein.« Sie sprach mit dieser zarten, erotischen Stimme in dem Tonfall, den sie normalerweise anschlug, wenn sie am Set war oder mit Kunden redete. »Sedan, Süßer. Ich hab schlechte Nachrichten. Morgen hab ich keine Zeit. Können wir unseren Termin auf heute Abend vorverlegen?«

Nach dem Kuss hatte er für den Abend eigentlich etwas ganz anderes im Sinn. Aber das Business ging vor. »Du hast Glück. Das geht.«

Sie lachte lieblich. »Perfekt. Morgen muss ich für eine kranke Darstellerin einspringen. Drei Szenen, ohne anal. Das ist leicht verdientes Geld, das ich mir nicht entgehen lassen will.«

Natürlich nicht. Stacy gehörte zu den bestbezahltesten Pornodarstellerinnen des Landes, sie war das Werbegesicht einer Sextoyfirma, die ihr Exmann gegründet hatte, machte Lifesex, den sie filmen ließ und anschließend auf ihrer Webseite hochlud. Jeder Download brachte ihr Bares. Auf diese Weise war sie zu einer reichen Frau geworden. Sedan hatte ihre Scheidung zu ihrem Gunsten entschieden, deshalb wollte sie, dass seine Kanzlei sich auch um alle anderen rechtlichen Probleme kümmerte. Aktuell war das ihr Exmann, der sie aus der Firma haben wollte. Stacy sah das natürlich nicht ein, denn an jedem verkauften Sextoy verdiente sie mit.

Als Sedan auflegte, sah er zu Valentina. Sie stand noch immer gegen die Wand gelehnt und schaute ihn an. Ihren Blick konnte er nicht deuten, aber das wollte er auch nicht. Er hoffte nur, sie würde ihm jetzt nicht mit Fragen und Interpretationsversuchen kommen und über den Kuss reden wollen. Sowas hasste er. Andererseits kannte er nun eine sichere Methode, wie er sie mundtod machen konnte. Wirklich schade, dass sie mittendrin aufhören mussten, aber wie hieß es so schön? Aufgeschoben war nicht aufgehoben und Vorfreude steigerte bekanntlich den Genuss.

»Wir müssen los. Stacy Pearl hat den Termin vorverlegt«, sagte er in möglichst geschäftigem Tonfall. »Such die Unterlagen raus und stelle sicher, dass wir alles dabei haben.«

Ohne ein weiteres Wort stapfte er ins Bad und schnitt damit jeden möglichen Gesprächsversuch ab.

Kapitel 11 - Valentina

Stacy Pearl wohnte in Hamilton Cove, einer Ansiedlung luxuriöser Villen, die sich terrassenförmig in die Hügellandschaft schmiegte. Auch bei diesen Immobilien war der Meerblick selbstverständlich. Gab es auf dieser Insel überhaupt hässliche Flecken? Valentina bezweifelte es.

Leider konnte sie weder die Fahrt noch die schöne Landschaft genießen. Die Erinnerung an den Kuss schwebte in ihrem Kopf herum. Noch nie hatte sie so stark auf einen Kuss reagiert. Das war total verrückt. Vor allem, weil es sich dabei um Sedan Guillaume handelte, ihr Boss und Oberarschloch in einer Person. Und nachdem, was Marc ihr angetan hatte, hatte sie immer geglaubt, dass es schwer bis unmöglich sein würde, jemals wieder etwas zu empfinden. Dass sie sich nie wieder würde fallenlassen können, doch ausgerechnet bei Sedan war ihre Erregung von null auf hundert geschossen. Das war verwirrend.

Sie warf Sedan einen verstohlenen Seitenblick zu. Er hatte sich lässig zurückgelehnt und tippte irgendwas in sein Smartphone, während der Golfwagen über die Straße holperte. Wind zerzauste sein Haar. Ihn hatte der Kuss scheinbar beruhigt, nachdem er zuvor so wütend gewesen war. Valentina dagegen saß aufgewühlt neben ihm und hielt den blöden Ordner in ihren verkrampften Fingern.

Am Schlagbaum, der den Eingang zu Hamilton Cove Siedlung markierte, hielt der Fahrer inne. Stacy Pearl hatte ihr Kommen bereits angemeldet und so wurden sie von dem Pförtner sofort durchgelassen. Im Gegensatz zu den anderen Häusern, lag die Villa etwas außerhalb, als würde ihr Besitzer sich absondern wollen. Ein Mann mittleren Alters öffnete die Tür und führte sie in den Wohnbereich. Der Kerl war ein richtiger Stiernacken, hatte millimeterkurz geschnittene, schwarze Haare und olivfarbene Haut, was auf seine südamerikanische Abstammung hindeutete.

»Stacy arbeitet noch«, sagte er, ohne sich namentlich vorzustellen. »Wollt ihr was trinken?«

Sedans Lächeln glich einem Zähnefletschen. Es passte ihm nicht, das seine Mandantin ihn warten ließ. »Wie lange wird es noch dauern?«

Stiernacken runzelte die Stirn und horchte. In der Stille hörte man ein Stöhnen, gefolgt von einem Klatschen. »Nicht mehr lang«, sagte er. »Sie sind schon voll dabei.«

Hitze stieg in Valentinas Wangen. Hatte Stacy etwa gerade Sex? Entsetzt sah sie Sedan an. Der grinste nur. »Hat sie eine Lifesex Session?«

Stiernacken nickte. »Wollt ihr zusehen?«

Hastig schüttelte Valentina den Kopf. »Oh Gott nein.« Sie wandte sich an Sedan. »Arbeitet sie etwa hier im Haus?«

Sedan nickte. »Wenn sie gerade keinen Außendreh oder einen Fototermin hat.«

Valentina stieß den Atem aus. Du lieber Himmel. Wo war sie da bloß hineingeraten? Es schien, als würde Sedan die verrücktesten Mandanten um sich scharen.

Sie nahmen auf dem schneeweißen Ledersofa platz. Valentina schaute sich um. Offenbar stand Stacy Pearl auf Prunk. Alles erstrahlte in Gold. Goldene Zierleisten, goldene Bilderrahmen, goldfarbene Zierkissen. An der Wand hing ein überlebensgroßes Bild in Schwarzweiß, das offenbar die nackte Stacy in Rückansicht zeigte, die über die Schulter hinweg in die Kamera blickte. Dunkle Haut, lange, schwarze Haare, ein lasziver Blick und ein knackiger Hintern. Sie war hübsch und sehr sinnlich. Valentina war gespannt, wie sie in echt aussah.

Während Stiernacken Wasser, Bier und Zitroneneistee brachte, schwoll das Stöhnen an. Ein Mann stieß irgendwelche Worte aus, die Valentina glücklicherweise nicht verstand, gefolgt von kräftigen Schlägen auf den Po. Plötzlich öffnete sich eine Tür und eine junge Frau trat heraus. Hinter ihr offenbarte sich die Szene, die sie bisher nur gehört hatten. Stacy auf allen Vieren, hinter ihr ein muskulöser Mann. Er hielt sie an den Hüften und stieß hart in sie. Neben ihnen stand eine Kamera auf einem Stativ. Schon schloss sich die Tür wieder. Die Frau kam auf sie zu. Sie hatte pink gefärbtes Haar, trug eine Brille mit pinkfarbenem Gestell und einen Minirock in derselben Farbe. Dazu Flipflops und ein weißes Top.

»Hi. Ich bin Tamara. Stacys Assistentin.« Sie reichte Valentina und Sedan die Hand. »Stacy kommt gleich.«

Schmutzig grinsend zwinkerte Sedan ihr zu. »Das will ich hoffen.«

Wie das gemeint war, verstand Valentina nicht auf Anhieb, und als sie es verstand, merkte sie, wie sie schon wieder errötete.

»Das ist Valentina, meine Assistentin«, stellte Sedan sie vor.

Tamara rückte ihre Brille gerade und musterte Valentina. »Ich wusste nicht, dass du jemanden mitbringst. Weiß Stacy davon? Was sie mit dir zu besprechen hat, ist sehr persönlich.«

»Keine Sorge. Valentina ist vertrauensvoll«, versprach Sedan.

»Wenn du das sagst.« Erneut musterte sie Valentina und grinste dann. »Von Assistentin zu Assistentin. Wenn du mal genug davon hast, sein Mädchen für alles zu sein oder dir was dazu verdienen willst, komm zu Stacy. Für ihre Webcamauftritte sucht sie ständig nach neuen Gesichtern. Du hast genau das, was ihr noch fehlt.«

Was genau das sein wollte, erklärte sie nicht. Valentina lachte gekünstelt, als hätte Tamara einen Scherz gemacht. Aus den Augenwinkeln bemerkte sie, wie Sedan sie amüsiert angrinste. Er weidete sich an ihrem Unbehagen. Innerlich stöhnte sie genervt. Von der Assistentin zum Sexobjekt, was für ein Abstieg.

Nebenan kamen Stacy und der Mann laut stöhnend zum Höhepunkt, wobei Valentina annahm, dass Stacys Orgasmus vorgetäuscht war. So wie der Kerl in sie reingestoßen hatte, wie ein Presslufthammer, war ein Orgasmus technisch gesehen nicht möglich. Außerdem war da noch die Kamera. Keine Frau der Welt könnte sich fallenlassen, während sie gefilmt wurde, oder?

Endlich gesellte sich Stacy zu ihnen. Auch wenn sie in natura kleiner und zierlicher wirkte, als auf dem Bild, war sie sehr hübsch. Optisch erinnerte sie Valentina ein wenig an die Sängerin Rihanna, nur ihr Busen war wesentlich größer und passte kein bisschen zu ihrem zierlichen Körper. Auch ihre Lippen sahen aufgespritzt aus. Mit wiegenden Hüften kam Stacy auf sie zu. Sie trug einen altrosafarbenen Morgenmantel und die schwarzen, hochhackigen Schuhe vom Dreh.

»Sorry, Leute. Heute hat es länger gedauert. Ethan kam nicht so recht in Fahrt. Sedan, wie ich hörte, bist du heute nicht allein.«

Stiernacken öffnete eine Flasche Isodrink und reichte sie ihr. Während sie trank, musterte sie Valentina. Sedan hatte Valentina erzählt, Stacy wäre erst vierundzwanzig und damit sogar ein Jahr jünger als sie, doch die Willenskraft und Autorität, die sie ausstrahlte, ließen sie wesentlich erwachsener wirken.

Nachdem sie die Flasche in einem Zug geleert hatte, wandte sie sich ihrer Assistentin zu. »Tamy, zeig Sedans Begleitung das Haus.«

»Alles klar.« Tamara bedeutete Valentina, ihr zu folgen.

Die Villa war kleiner als die von Simon Weisz, doch mindestens genauso schön. Zur Seeseite hin war auch dieses Haus komplett offen. Die Küche mit der Kochinsel hatte Mahagoni Einbauschränke und Türen, dem Bad mit den handbemalten Fliesen war der mexikanische Einschlag anzusehen. Im Schlafzimmer stand ein riesiges Himmelbett, um das sich transparente Vorhänge bauschten. Überall war es sauber und aufgeräumt, fast wie in einem Ausstellungshaus.

Tamara führte Valentina auf die Terrasse, die den vorderen Bereich der Villa umfasste, lehnte sich über das Geländer und atmete tief ein. »Fantastisch oder? Von diesem Ausblick bekomm ich nie genug.«

Valentina stellte sich neben sie und ließ ihren Blick schweifen. Wind wirbelte durch ihr Haar. Palmen, sanfte Hügel, weiße Boote, die auf den Wellen schaukelten und ein endloser azurblauer Himmel, der sich am Horizont mit dem Meer vereinte. »Ja. Wunderschön und so still.«

Tamara reckte den Kopf und schloss für einen Moment die Augen, als würde sie die untergehende Sonne genießen, die ihr Gesicht mit rotgoldenen Strahlen überschüttete. »Ich genieße die Stille. Auf Catalina kann man absolut nichts tun und das meine ich nicht negativ. Hier fällt der ganze Alltagsstress von einem ab.«

»Das kann ich mir vorstellen. Ist das der Grund, warum du für Stacy arbeitest?«

»Zum Teil, ja. Wer hier lebt, hat etwas erreicht. Das bewundere ich, und indem ich für Stacy arbeite, werde ich Teil davon. Ich bin vier Jahre älter als sie und werde nie erreichen, was sie erreicht hat, aber das ist okay, solange ich wenigstens zuschauen darf.«

»Warum solltest du das nicht erreichen können? Alles ist möglich, oder?«

»Das stimmt nicht.« Sie bedachte Valentina mit einem mitleidigen Blick, als würde sie naiven Mädchenträumen nachhängen. »Manche haben das Zeug zum Erfolg, andere nicht. Wer es nicht hat, wird es nie zu mehr als einem durchschnittlichen Leben bringen. Mir zum Beispiel fehlen der Ehrgeiz und die erotische Ausstrahlung, die Stacy von Mutter Natur gegeben worden ist. Außerdem möchte ich meine Geschlechtsteile nicht in eine Kamera halten.«

»Es gibt auch noch andere Wege als die Pornoindustrie«, wandte Valentina ein.

»Stimmt. Man kann sich auch einen reichen Kerl angeln.« Sie grinste. »Leider steh ich nicht auf Männer.«

»Ich meine damit, dass man sich nicht prostituieren muss, um etwas zu erreichen.«

Tamara lachte schnaubend. »Ich bitte dich. Das ist so naiv. Als ich achtzehn war, stand ich auf der Straße, ohne Geld und mit einem mittelmäßigen Schulabschluss. Selbst mit finanzieller Unterstützung hätte ich höchstens Rechtsanwaltsgehilfin, Friseurin oder Bankkauffrau werden können und ohne wäre ich in einer Bar oder in einem abgewrackten Diner gelandet. Das war mir zu stumpfsinnig und viel zu schlecht bezahlt. Deshalb habe ich mich entschieden, für Stacy zu arbeiten.« Sie stieß Valentina in die Seite. »Warum arbeitest du für den Typen da drin, obwohl du einen netteren Boss haben könntest?«

Aus irgendeinem Grund wollte Valentina ehrlich antworten, obwohl das Tamaras Argumente bekräftigte. »Er bezahlt mich gut.«

»Wie gut?«

Valentina seufzte. »Richtig gut. Ich war baff, als sein Partner mir die Summe genannt hat.«

Tamara kniff die Augen zusammen. »Vögelst du mit ihm?«

»Nein.« Valentina dachte an den Kuss und daran, was er in ihr ausgelöst hatte. Sie ‘vögelte‘ nicht mit Sedan, aber wenn sie nicht gestört worden wären, wäre sie sicher schwach geworden. So gesehen war ihre Antwort eine halbe Lüge.

»Aber er will mit dir vögeln, hab ich recht? Warum sonst sollte er dich besser bezahlen, als du es verdienst?«

Himmel, aus ihrem Mund klang das so, als hätte Sedan sie gekauft, als wäre sie seine Hure.

»Ich ... ich weiß nicht. Kann sein«, gab sie zu und nach kurzem Zögern: »Er hat mich geküsst.«

»Und du hast es zugelassen?«

Valentina nickte zerknirscht.

»Siehst du. Auch du prostituierst dich. Jeder tut das.«

»Ich muss Rechnungen bezahlen und mein Vater ist arbeitslos«, versuchte sie sich zu rechtfertigen. »Außerdem würde ich nie des Geldes wegen mit meinem Boss schlafen.«

»Irgendeinen Grund hat jeder, es ist eine Frage von Prioritäten, Valentina. Was willst du erreichen und welchen Preis bist du bereit, dafür zu bezahlen?« Grinsend deutete Tamara Richtung Wohnzimmer. »Deinen Boss ranzulassen, wäre für die meisten Frauen wohl eher eine Belohnung als eine unliebsame Notwendigkeit. Würde ich auf Männer stehen, fände ich ihn ziemlich heiß, auch wenn er immer leicht gereizt wirkt.«

Sedan war heiß, aber er war auch ein Arschloch. »Es ist egal, ob er gut aussieht oder nicht, wenn ich des Geldes oder der Karriere wegen mit jemandem schlafe, prostituiere ich mich.«

Tamara drehte sich um und lehnte sich mit dem Rücken gegen das Geländer. »Und weil du die Männer umsonst ranlässt, hältst du dich für moralisch überlegen?«

»Sex ist ein Ausdruck von Gefühl und kein Werkzeug.«

Tamara verdrehte die Augen. »In erster Linie dient Sex der Fortpflanzung, danach der Befriedigung unserer Triebe. Mit Liebe hat das nichts zu tun.« Sie lachte schnaubend. »Gott, du bist wirklich naiv. Wo hat dein Boss dich bloß aufgegabelt? Bei den Amish?«

Ihre Worte verletzten Valentina. Sie war nicht naiv, sie hatte einfach nur Prinzipien und eine davon war, sich nicht zu verkaufen. Streng genommen hatte sie ihre Prinzipien gebrochen, als sie den Job als Sedans Assistentin angenommen hatte, trotzdem war das etwas anderes, als seinen Körper zu verkaufen und zu versuchen, andere mit Sex zu manipulieren.

Stacys Filmpartner trat auf die Terrasse. »Hey Tam. Hier steckst du. Ich hab dich gesucht.«

Im Gegensatz zu Stacy hatte er sich angezogen. Er trug eine Jeans und ein weißes T-Shirt mit der Aufschrift *Pussy Lover*. Bei einem normalen Mann wäre ein Spruch wie dieser sexistisch und lächerlich, in seinem Fall passte es irrwitzigerweise.

»Valentina, das ist Ethan, Stacys Lover und Drehpartner«, stellte Tamara ihn vor. Er war braungebrannt und muskulös und sah von Nahem verlebt und mindestens fünfzehn Jahre älter aus als Stacy.

Er reichte Valentina die Hand. »Hi. In der Branche nennt man mich Toni Long. Ethan klingt so spießig.«

»Freut mich.« Valentina überlegte, ob sein Künstlername wohl Programm war, und musste grinsen. Toni *Long*. Auf jeden Fall gefiel ihr der Name Ethan tausendmal besser. Sie hatte sich nie für verklemmt gehalten, doch in Stacy Pearls Haus wurde sie eines Besseren belehrt. Scheinbar war sie verklemmter als sie geglaubt hatte.

»Warum hast du mich gesucht?«, wollte Tamara wissen.

»Ich brauch die Abrechnung für letzten Monat. Ich glaub, Stacy hat mir einen Tag zu wenig berechnet. Sie meinte, ich solle dich nachsehen lassen.«

»Okay. Sobald sie mit der Besprechung fertig ist, schau ich drüber.« Sie deutet auf Valentina. »Bis dahin muss ich mich um unseren Gast kümmern.«

»Oh, kein Problem, das übernehme ich für dich. Geh nur.«

Oh nein. Wenn Valentina auf eines keine Lust hatte, dann mit *Toni Long* alleine zu sein. Über was sollte sie mit ihm reden? Über seinen Job wohl kaum. »Ich kann auch alleine bleiben«, sagte sie schnell. »Ich brauche keinen Babysitter.«

»Keine Sorge, das macht Ethan nichts aus.« Tamara klopfte auf seinen Rücken und verschwand. Ethan stellte sich neben Valentina und stützte sich auf das Geländer. Stille breitete sich aus.

»Sind Stacy und du ein Paar?«, fragte sie um irgendwas zu sagen.

»Sowas in der Art, ja.«

Sehr ergiebig war die Antwort nicht. Wenn er so einsilbig blieb, würde sich die Wartezeit wie Kaugummi ziehen. »Glaubst du, die Besprechung dauert noch lang?«

Ein Schatten huschte über Ethans Gesicht. »Ich hoffe nicht.«

Er klang genervt, als würde es ihn stören, dass Stacy mit Sedan redete. »Du bist doch seine Assistentin. Warum bist du nicht bei deinem Boss geblieben?«, fragte er.

»Stacy wollte lieber alleine mit ihm reden«, erklärte sie.

Ethan schnaubte und krampfte seine Hände um das Geländer, als wollte er es erwürgen. Seine Kiefermuskeln zuckten.

»Ist das ein Problem?« Valentina wollte wissen, was ihn störte.

»Beruflich ist Ficken mit anderen okay, aber nicht privat«, erklärte er, dabei starrte er auf das Meer hinaus, als hoffte er, im Wasser eine Antwort zu finden.

Valentina durchfuhr es kalt. »Die beiden schlafen miteinander?«

Sie musste wirklich entsetzt geklungen haben, denn Ethan ließ sich dazu herab, sie anzusehen. Sein Gesichtsausdruck war spöttisch.

»Ich meine, ihr hattet doch gerade erst Sex«, fügte Valentina schnell hinzu, um nicht ganz so dämlich rüberzukommen.

Fragend zog er eine Augenbraue hoch. »Bist du eifersüchtig?«

»Nein. Aber du bist es.« Angriff war die beste Verteidigung. Außerdem war sie selbstverständlich nicht eifersüchtig. Wäre ja noch schöner. Sie fände es nur mehr als unpassend, wenn die beiden es zwei Zimmer weiter miteinander treiben würden.

»Das bin ich«, gab er zu. »Aber nur, weil Stacy heute noch nicht auf ihre Kosten gekommen ist.«

»Ich verstehe nicht.« Wie konnte Stacy nicht auf ihre Kosten gekommen sein, nachdem Ethan sie derart heftig rangenommen hatte?

Er rollte mit den Augen. »Sie hatte keinen Orgasmus, verstehst du?«

Ha! Valentina hatte es gewusst. In dieser Situation konnte eine Frau einfach nicht kommen. Das Triumphgefühl, das sie durchströmte, verschwand ebenso schnell, wie es gekommen war. Würde sich Stacy wirklich auf den nächstbesten Mann stürzen, nur weil sie keinen Orgasmus gehabt hatte? Würde Sedan mitmachen, obwohl er kurz zuvor Valentina geküsst hatte?

Es war nur ein Kuss, du Idiotin. Für einen Mann wie ihn ist das gar nichts.

Sie musste der Sache auf den Grund gehen, und zwar sofort! Ohne zu überlegen, fuhr sie herum und stürmte ins Wohnzimmer, doch da war niemand. Dann hörte sie das Lachen. Offenbar war die *Besprechung* zu Ende und die beiden waren in den Aufnahmeraum gegangen. Wütend riss Valentina die Tür auf. Sedan stand über das Kamerastativ gebeugt und versuchte, es in die Höhe zu schrauben, was ihm aber offenbar nicht gelang. Stacy lachte ihn aus.

Die beiden fuhren zu Valentina herum. Sie stand da wie ein begossener Pudel. »Äh ... Entschuldigung ... ich wollte fragen, ob die Besprechung zu Ende ist?«

Einen Moment lang wirkte Sedan überrascht, doch dann grinste er wissend. »Das ist sie. Stacy hat mir auf meinen Wunsch hin das Aufnahmezimmer gezeigt.«

»Ah gut ...« Eine Ausrede musste her, und zwar schnell. »Ich habe Hunger. Es ist schon spät.«

Fragend zog Sedan die Augenbrauen hoch.

»Ihr könnt mit uns zu Abend essen«, schlug Stacy vor. »Ethan freut sich immer über Besuch.«

»Nein danke. Wir haben eine Reservierung im Bluewater Grill«, stieß Valentina hervor. Das war eine glatte Lüge und sie hoffte, dass Sedan sie ihr jetzt nicht in den Rücken fallen würde, weil er unbedingt mit dem sexy Pornostar essen wollte.

»Schade«, sagte Stacy.

»Ja, wirklich schade«, stimmte Sedan mit einem belustigten Seitenblick auf Valentina hinzu. »Als wir reserviert haben, wusste ich nicht, dass du den Termin vorverlegen würdest.«

Stacy winkte ab. »Kein Problem. Wir können das nachholen. Ich zitiere dich bestimmt noch öfters zu mir.«

Valentina presste die Lippen zusammen. Sie schämte sich in Grund und Boden. Warum hatte sie gelogen? Bestimmt würde Sedan sich deswegen für den Rest des Abends über sie lustig machen.

❤

»Also«, sagte Sedan, sobald sie die Hotelsuite betraten. »Ich wusste gar nicht, dass du einen Tisch reserviert hast. Wie aufmerksam von dir.«

Er zog sein Jackett aus und warf es über den Sessel, dann grinste er sie hinterlistig an.

Die Scham brannte auf Valentinas Wangen. Ihr Verhalten war so peinlich gewesen. »Das hab ich nicht. Ich hatte nur keine Lust darauf, einen weiteren Abend mit deinen komischen Mandanten zu verbringen. Ich mag sie nicht.«

Unprofessionell. Das Wort hämmerte in ihrem Kopf. Sie verhielt sich absolut unprofessionell.

Lässig löste Sedan seine Krawatte. »Es ist unwichtig, ob du sie magst oder nicht. Sie bezahlen dein Gehalt.«

»Ich weiß. Tut mir leid. Ich habe einen Fehler gemacht.«

Krampfhaft versuchte sie, ihrer Stimme einen professionellen Klang zu verleihen. *Er ist mein Boss*, die drei Worte betete sie sich wie ein Mantra vor. »Ethan hat mich angefleht, nach euch zu sehen, deshalb bin ich einfach aufgetaucht.« Himmel, jetzt tischte sie ihm auch noch eine Lüge auf.

»Warum sollte Ethan dich um so etwas bitten?« Noch immer wirkte Sedan amüsiert.

»Er war eifersüchtig«, sagte Valentina. »Hör zu. Mein Verhalten war falsch. Es wird nicht wieder vorkommen. Das verspreche ich dir.«

Sedan trat auf sie zu. »Stimmt. Das wird es nicht. Weil ich dich zu diesen Terminen nicht mehr mitnehmen werde.«

Wofür brauchte er eine Assistentin, wenn er sie nirgendwo mit hinnehmen konnte? Dann könnte er sie auch gleich kündigen. Kalter Schrecken sackte in Valentinas Bauch. Oh Gott. Wollte er sie feuern? »Es tut mir wirklich leid. Das nächste Mal verhalte ich mich professioneller.«

Er trat noch ein Stück näher. In seinen Augen funkelte Belustigung gemischt mit ein wenig Ärger. Valentinas Knie wurden weich.

»Ich bin mir nicht sicher, ob dir das gelingt«, sagte er. »Zuerst betrinkst du dich, was man bei einem Mandanten nie tun sollte, und dann stürmst du mitten in eine Besprechung hinein und verlangst, zu gehen, weil du angeblich Hunger hast. Und nicht nur das, du lügst die Mandantin und deinen Boss auch noch an.«

Oh Mann. Er hatte recht. Trotzdem verspürte sie den Drang, sich zu verteidigen. »Für mich hatte es den Anschein, als wäre eure Besprechung zu Ende.«

Er kniff die Augen zusammen. »Gib es zu. Du warst eifersüchtig.«

»So ein Quatsch. Warum sollte ich eifersüchtig sein? Ethan war der Eifersüchtige. Er glaubte doch tatsächlich, Stacy würde mit dir schlafen wollen.« Sie lachte gekünstelt.

»Mach dir nichts vor, Valentina. Du bist nicht wegen Ethan gekommen.« Der tiefe Klang seiner Stimme vibrierte durch ihr Inneres und entfachte ein wohliges Kribbeln in ihrem Bauch. Nervös wich sie zurück, versuchte, Abstand zwischen sich und ihn zu bringen. Sedan folgte ihr. Sein Gesicht war wie gemeißelt, kantige Wangen, ein kräftiges Kinn und graublaue Augen, in denen bernsteinfarbene Sprenkel funkelten wie winzige Edelsteine. Warum war der Kerl nur so unverschämt attraktiv? Leider wusste er das ganz genau. Eine sehr lange Zeit hatte Valentina nicht geglaubt, jemals wieder einen Mann anziehend finden zu können und hier stand sie nun und begehrte ausgerechnet einen Mistkerl wie Sedan Guillaume.

»Du bist ganz schön eingebildet«, gab sie so fest wie möglich zurück.

Er zuckte nur mit den Schultern und grinste. Sein Blick heftete sich auf ihre Lippen, die prickelten, als ersehnten sie einen Kuss.

»Hör auf.« Ihre Stimme war alles andere als fest, aber sie meinte es ernst, sie musste nur noch ihren Körper davon überzeugen, diesen Verräter.

»Mit was soll ich aufhören?« Sedan schnurrte wie ein Kater und wickelte sie damit ein.

»Du bist mein Boss«, stieß sie kläglich hervor und räusperte sich. »Unser Verhältnis sollte professionell sein und nicht so ... intim.«

»Also willst du unseren Kuss nicht wiederholen?« Sein Mund war nur noch Zentimeter von ihrem entfernt, sie fühlte, wie sein Atem über ihre Lippen strich. Warm und verführerisch.

Sie schüttelte den Kopf. Das Nein erstickte in ihrer Kehle.

»Bist du dir sicher?« Näher konnte er wirklich nicht kommen, ohne ihre Lippen zu berühren. Seine Wärme kroch über ihre Haut wie eine Berührung, sein Blick lähmte sie. Schon spürte sie seine Lippen an ihrer Wange, seine Hände auf ihrer Taille. Fest und besitzergreifend. Das heftige Verlangen, das sie dabei durchfuhr, ließ sie erschauern.

Warum ausgerechnet er? Sie brauchte einen netten, zuverlässigen Kerl, der ihre verletzte Seele streichelte und nicht diesen selbstsüchtigen, sexbesessenen Kerl, der für verachtenswerte Menschen arbeitete und dem Erfolg und Geld mehr bedeuteten als seine Familie.

»Ja.« entschlossen schob sie ihn zurück und trat schnell zur Seite. Sich von ihm zu entfernen kostete Überwindung, doch mit jedem Schritt spürte sie die zunehmende Erleichterung. Distanz lautete das Zauberwort. Sie durfte ihn nicht so nahe an sich heranlassen. »Ich muss mich duschen und fürs Abendessen umziehen«, sagte sie.

Sedan stieß einen Seufzer aus, doch er trug die Abfuhr mit Humor, wie sein Zwinkern verriet. »Wo hast du nochmal reserviert?«

Valentina ignorierte die Beule in seiner Hose und bedachte ihn mit einem vorwurfsvollen Blick. »Sehr witzig. Sicher werden wir auch ohne Reservierung einen Tisch bekommen.«

Sedan

Fasziniert beobachtete Sedan, wie Valentina an ihrem Weinglas nippte. Dank einer großzügigen Spende und einer Stunde an der Bar hatten sie einen Tisch mit Meerblick bekommen. Das Restaurant war das, was Frauen als romantisch bezeichneten. Fackeln erhellten die Terrasse, das Rauschen der Wellen bildete eine stimmungsvolle Kulisse, die sanfte Brise, die vom Meer aus zu ihnen herüberwehte, kühlte ihre erhitzten Körper. Die Klaviermusik im Hintergrund rundete das Gesamtbild perfekt ab. Heute Nacht würde er ans Ziel gelangen, das hatte er im Gefühl.

Valentina machte ihn verrückt. Er wollte sie nicht mehr nur wegen des Deals mit Amanda, er wollte sie, weil sie ein heißes Luder war. Er musste nur noch ihre letzten Vorbehalte zerstreuen, dann hatte er freie Fahrt. Und es würde eine rasante Fahrt werden, dafür würde er sorgen. Es war unglaublich. Seit seiner Jugend hatte er nicht mehr dieses drängende Verlangen gespürt und sich so sehr auf Sex gefreut. Er wollte diese Frau. Nackt und willig. Wollte sie ficken und dafür sorgen, dass sie sich rettungslos in ihn verliebte.

Letzteres natürlich wegen der Challenge.

Es war nicht der Kuss, der ihm bewiesen hatte, dass er das Spiel gewann, es war der Moment gewesen, als sie in Stacys Arbeitszimmer gestürmt war. Sie war eifersüchtig gewesen und angesichts ihrer glühenden Wangen und ihres zornerfüllten Blicks hatte er innerlich triumphiert. Besser hätte er die Sache nicht planen können. Zuerst hatte er Bedenken gehabt, sie zu dem Termin mitzunehmen, weil er befürchtete, die Lebensweise eines Pornostars könnte sie abstoßen, doch mit ihrer Eifersucht hatte er nicht gerechnet. Das war genial.

Lächelnd erhob er sein Weinglas. »Trinken wir auf einen entspannenden Abend.«

»Oh ja, den kann ich gut gebrauchen.« Valentina strich sich eine Haarsträhne aus dem Gesicht und erwiderte sein Lächeln. Sie war noch nicht so entspannt, wie er es gerne hätte, aber eine Flasche Chardonnay würde das Problem lösen.

Während sie einander in die Augen blickten, legte sie ihre wundervollen Lippen an den Glasrand. Sie trug roten Lippenstift, was ihren sinnlichen Mund auf fast schon unanständige Weise betonte. Sie war keine Frau, die sich viel schminkte. Mehr als Wimperntusche und einen feinen Lidstrich konnte Sedan nicht an ihr erkennen, und tagsüber trug sie nicht mal das. Aber das brauchte sie auch nicht. Sie war eine der wenigen Frauen, die über eine natürliche Schönheit verfügte. Das rote Kleid passte zum Lippenstift und zu ihrem seidig glänzenden Haar. Der zarte Stoff schmiegte sich an ihre wundervollen Rundungen, verführerisch wie Erdbeeren mit dunkler Schokolade.

»Ich wollte mich nochmal für mein Verhalten bei Stacy entschuldigen«, sagte sie. »Das war wirklich dumm.«

Sedan winkte ab. »Schon gut. Keine Gespräche über die Arbeit. Heute Abend lassen wir alle negativen Gefühle hinter uns, okay?«

Sie nickte. »Okay. Wenn du mir versprichst, dass du mich deswegen nicht feuerst, entspanne ich mich.«

Er grinste. Feuern würde er sie, aber nicht wegen der Sache mit Stacy Pearl. Ihr Rausschmiss war von Anfang an geplant. »Ich werde dich nicht entlassen, Valentina. Wenn du in diesem Business bestehen willst, solltest du allerdings lernen, deine Emotionen unter Kontrolle zu halten und Situationen und Menschen besser einzuschätzen. Sowohl bei Simon als auch bei Stacy hast du dich falsch verhalten.«

Nachdenklich drehte sie das Weinglas in ihren Fingern. »Ich weiß. Aber um ehrlich zu sein, frage ich mich, ob ich zu diesen Dingen überhaupt fähig bin. Ich bin nicht berechnend oder manipulativ. Und natürlich will ich Geld verdienen, aber nicht um jeden Preis.«

»Dann solltest du ein anderes Berufsfeld wählen. Wie wäre es mit sozialer Arbeit?«

Sie schaute ihn vorwurfsvoll an. »Als Anwalt muss man nicht zwangsläufig eiskalt werden. Man kann sich auch für normale Menschen oder Benachteiligte einsetzen.«

Er schnaubte. Mit solchen Argumenten brauchte sie ihm nicht zu kommen. »Das ist typisches Gutmenschgerede. Ich hielt dich für intelligenter als das. Du kannst die Welt nicht retten, nur versuchen, dich bestmöglich zu positionieren.«

Sie wirkte entrüstet. »Das ist zynisch und ungerecht denjenigen gegenüber, die es von Geburt an nicht so gut getroffen haben wie du.«

Ihm war bewusst, dass er ihr hätte zustimmen sollen, doch er war vieles, aber kein Heuchler. Seine ehrliche Meinung hielt er nur vor seinen Mandanten zurück. Um Valentina milder zu stimmen, füllte er ihr Glas auf und suchte ihren Blick. Wenn er sie mit seinem Verführerblick ansah, fielen seine Worte vielleicht nicht so sehr ins Gewicht, weil sie abgelenkt war.

»Eigentlich solltest du wissen, dass reiche Eltern nicht zwangsläufig glücklichere Kinder produzieren. Eher das Gegenteil ist der Fall.«

Sie nickte und erwiderte seinen Verführerblick überraschend unbeeindruckt. »Sprichst du aus eigener Erfahrung?«

Mist. Es wurde wieder persönlich. Das behagte ihm genauso wenig wie die Diskussion über ihre Weltanschauung. Er musste ehrlich genug antworten, um ihre Neugier zu befriedigen, aber ausweichend genug, um so schnell wie möglich aus der Nummer wieder rauszukommen. »Du hast meine Mutter kennengelernt. Ihr Verhältnis zu Männern ist ... sagen wir eigenwillig. Als sie noch mit meinem Vater zusammen gewesen ist, waren beide nur auf ihre Karrieren fixiert und lebten nebeneinander her. Sie gingen höflich miteinander um und stritten nie, ihre Ehe glich einer Geschäftsbeziehung. Ich glaube, sie waren froh, als sie mich mit zehn Jahren in ein Internat stecken konnten, denn dann mussten sie nicht mehr so tun, als würde ihnen Familienleben irgendwas bedeuten.«

»Sie waren deine Vorbilder«, stellte Valentina fest. »Genau wie sie lebst auch du nur für deine Karriere.«

»Was spricht dagegen?«, gab er zurück.

»Du gibst dich mit schrecklichen Menschen wie diesen Simon Weisz ab und verpasst dabei das, was das Leben lebenswert macht. Nicht alle Menschen sind wie deine Mandanten. Es gibt freundliche und liebenswerte Menschen, die deine Freunde werden könnten.«

Aus irgendeinem Grund machten ihn ihre Worte wütend. Was wusste sie schon über das Leben und die wahre Natur der Menschen? Sie lebte in ihrem Wolkenkuckucksheim und urteilte über Dinge, von denen sie keine Ahnung hatte.

»Erstens glaube ich kaum, dass du entscheiden kannst, was das Leben lebenswert macht. Ich finde, das ist eine individuelle und persönliche Entscheidung. Und zweitens *gebe* ich mich nicht mit Menschen wie Simon Weisz *ab*. Ich *bin* wie sie. Wir wollen Geld, Macht. Wir wollen auf der Siegerstraße gehen. Für mich gibt es kein nein, Valentina, nur Wege, wie ich aus einem Nein ein Ja machen kann.«

Sprachlos starrte sie ihn an. Es war ein Wagnis, doch seines Empfindens nach war es der richtige Augenblick, einen Schritt weiter zu gehen. Er wollte sie auf die dunkle Seite ziehen, ihr zeigen, wie erregend es sein konnte, etwas Unanständiges zu tun.

Er schob seine Hand vor und strich mit den Fingerspitzen über ihren Handrücken, währenddessen hielt er ihren Blick. Sie wirkte verunsichert, doch sie zog ihre Hand nicht weg.

»Du solltest dich öffnen, Valentina. Die Welt ist nicht nur schwarz oder weiß, sie ist voller Farben und Möglichkeiten.«

Er sah, wie sie schluckte. »Aber es gibt so etwas wie eine moralische Verpflichtung.«

Er strich zwischen ihren Fingern hindurch, sie spreizte sie kaum merklich. »Unmoralisch zu sein ist sehr inspirierend.« Er schaute sie an. »Aber wollten wir nicht entspannen?«

»Ist ein Meinungsaustausch etwa nicht entspannend für dich?«, gab sie zurück.

Seine Finger lagen nun auf ihrer Hand, nicht besitzergreifend, es war eher eine Einladung, eine Frage. *Wie sehr willst du mich Valentina? Bist du bereit, deine Prinzipien über Bord zu werfen, um mit mir zu ficken?*

»Ich würde lieber über angenehmere Dinge reden«, sagte er mit seiner tiefen Schlafzimmerstimme, die er nur anschlug, wenn er eine Frau verführen wollte.

Sie zog ihre Hand weg. »Zum Beispiel?«

Mist. Die Schlafzimmerstimme kam zu früh. Zeit für Privates, aber nichts zu Intimes, um sie wieder aus ihrem Schneckenhaus zu locken. »Was machst du in deiner Freizeit? Hast du Hobbys?«

Sie musterte ihn mit zusammengekniffenen Augen, als würde sie sich fragen, warum ihn das plötzlich interessierte.

»Ich jogge gerne, wie du weißt und ich lese gerne.« Ein Schmunzeln kräuselte ihre Lippen. »Du wirst jetzt wahrscheinlich lachen, aber ich stricke auch viel.«

»Stricken?« Das war tatsächlich das seltsamste und unerotischste Hobby, das er sich vorstellen konnte. »Im Ernst? Wie alt bist du? Achtzig?«

Sie zuckte mit den Schultern. »Es entspannt mich und in Montana konnten wir Schals und Wollsocken gut gebrauchen.«

»Es entspannt dich? War dein Leben denn so stressig?«

»Während des Studiums schon.« Sie nahm einen großen Schluck Wein. »Als meine Mutter gestorben ist, hat es mir gutgetan, etwas mit meinen Händen zu machen und mich auf etwas anderes zu konzentrieren als die Trauer.« Sie lachte humorlos auf. »Ich glaube, mein Vater hat einen lebenslänglichen Sockenvorrat.«

Er stellte sich vor, wie sie auf einem Sessel saß und strickte. Nackt. Hm. Entgegen seiner Behauptung war die Vorstellung sexy. Doch solche Gedanken musste er sich vorübergehend verkneifen, denn sie hatte gerade über ihre Mutter gesprochen. Wenn er sie für sich gewinnen wollte, durfte er das nicht einfach übergehen. »Wann ist deine Mutter gestorben?«

»Vor zwei Jahren.«

»Standet ihr euch nahe?«

Sie nickte und nahm einen weiteren Schluck Rotwein. Offenbar war das Thema kein Einfaches für sie. »Sehr nahe. Sie war wie eine Freundin für mich. Für meinen Vater brach eine Welt zusammen. Er hat sie sogar noch mehr geliebt als mich oder meine Schwester, glaube ich. Seit ihrem Tod kommt er nicht mehr auf die Beine.«

Unwillkürlich musste Sedan an seine Mutter denken. Warum wurden Eltern zur Belastung? Selbst diejenigen, die man aufrichtig liebte? Ab dem Augenblick, wo man offiziell Alkohol trinken durfte, sollte man sich von ihnen lossagen und sein eigenes Leben leben.

»Bist du deshalb nach L.A. gezogen? Weil er eine Belastung für dich war?«

Geschockt riss sie die Augen auf. »Nein. Sowas würde ich niemals tun.«

Sie hatte recht. Egoistisches Verhalten passte nicht zu ihr. Das wäre eher etwas, was er tun würde. »Warum bist du dann weggezogen? Noch dazu so weit weg?«

Sie schaute Richtung Meer. Das Wasser floss über den Strand, die klare Nachtluft duftete nach Salz und warmem Sand. »Wegen meinem Exfreund.«

Sedan betrachtete sie, ihre gerade Nase, die vollen Lippen, der sehnsüchtige Blick. Er hatte keine Ahnung, warum er ausgerechnet auf sie so scharf war, warum sie ihn reizte, aber es war auf jeden Fall besser, als wenn er sie abstoßend gefunden hätte. Es fiel ihm leicht, sie zu umgarnen, sie zu locken, bis sie sich in seinem Netz verfing. Keine Frau konnte ihm widerstehen. Keine!

»Hat er dir das Herz gebrochen?«

Sie lächelte traurig, als würde sie sagen: Schön wär's. »Sowas in der Art.«

Das war eine seltsame Antwort. Er beugte sich vor. »Erzähl mir mehr.«

Sie wandte sich ihm wieder zu. »Warum interessiert dich das?«

Sehr gut. Eine weitere Steilvorlage. »Weil du mich interessierst.«

»Sedan ...«, begann sie.

Kopfschüttelnd hob er die Hand. »Ich weiß, was du sagen willst. Ich bin dein Boss. Unser Verhältnis sollte auf einer professionellen Ebene bleiben, aber wir arbeiten sehr eng zusammen. Da fällt es schwer, Privates und Berufliches komplett voneinander zu trennen.«

Dass sie daraufhin lachen würde, damit hatte er nicht gerechnet. »Nichts für ungut, Sedan, aber das nehme ich dir nicht ab. Du bist der Letzte, der sich für das Privatleben seiner Untergebenen interessiert, es sei denn, es beeinflusst ihre Arbeit.«

Voll erwischt. Ihr konnte er nichts vormachen. Er musste sich ein anderes Argument einfallen lassen. Er stieß einen Seufzer aus. Zeit, die Karten auf den Tisch zu legen. »Also gut«, sagte er. »Um ehrlich zu sein, gefällst du mir und ich würde unser Verhältnis gerne ausweiten.«

Sie hob die Augenbrauen. »Das halte ich für keine gute Idee.«

»Warum nicht?«

»Wie schon gesagt. Weil du mein Boss bist. Affären mit Vorgesetzten enden niemals gut.«

Wie nebenbei füllte er ihr Weinglas auf. »Gründet sich deine Behauptung auf eigenen Erfahrungen oder auf einen dämlichen Ratgeber in irgendeiner Frauenzeitschrift?«

»Haha. Sehr witzig«, schnappte sie.

»Also?«, hakte Sedan nach.

»Es ist allgemein bekannt.«

»Ich behaupte das Gegenteil.«

»Für dich würde ja auch kein Nachteil entstehen. Sobald du genug von mir hast, feuerst du mich einfach.«

»Das würde ich nicht tun.« Doch. Genau das würde er. Aber ihre Tage als seine persönliche Assistentin waren sowieso gezählt, also war es völlig egal, ob sie eine Affäre mit ihm haben würde oder nicht.

Das Gespräch wurde durch den Kellner unterbrochen, der das Essen servierte. Sedan war erleichtert, denn je länger er mit Valentina redete, umso mehr hatte er das Gefühl, sich auf einem Mienenfeld zu bewegen. Sie ging einen Schritt auf ihn zu, nur um ihm im nächsten Augenblick wieder zu entgleiten und er hatte keine Ahnung, wie er das verhindern konnte.

Außerdem verspürte er ein nagendes Gefühl in sich. Ein Unbehagen, das seine Laune zu verschlechtern drohte. Dabei konnte er nach dem Besuch bei seiner Mutter dringend eine Ablenkung gebrauchen. Eine willige Frau, die es ihm richtig gut besorgte. Stacy hätte er sicher überzeugen können, doch er wollte ja unbedingt Valentina.

Das Essen schmeckte gut und auch Valentina schien es zu genießen, wenn er ihren Lauten des Behagens und dem verzückten Gesichtsausdruck glauben durfte. Immer wieder füllte Sedan ihr Glas und bestellte zwischendurch eine neue Flasche. Persönliche Themen mied er und konzentrierte sich stattdessen auf neutrale Themen wie die schönsten Urlaubsorte, gute Restaurants und sogar Strickmuster. Dabei wurde Valentina immer ausgelassener und entspannter, was er mit berechnender Zufriedenheit zur Kenntnis nahm. Der Abend war noch nicht verloren.

Nach dem Dessert schlug er einen Strandspaziergang vor. Romantischer als am Crescent Beach konnte man einen Abend nicht ausklingen lassen. Valentina war sofort dabei. So viel hatte Sedan bereits festgestellt: Wenn sie etwas wollte, dann zierte sie sich nicht und sie gab auch nicht vor, etwas anderes zu wollen. Sie sagte einfach Ja.

Valentina

Kichernd stolperte Valentina zwischen den Liegestühlen hindurch zum Strand. Ganz standfest war sie nicht mehr, aber es war nichts im Vergleich zum vergangenen Abend. Eigentlich hätte sie gar keinen Alkohol trinken dürfen. Egal. Dieser Abend fühlte sich richtig und gut an und schließlich war sie nur beschwipst und nicht volltrunken. Sie streifte ihre Sandalen ab und lief barfuß weiter. Der Sand war unglaublich weich und warm.

Lässig schlenderte Sedan hinter ihr her, dabei ließ er sie nicht aus den Augen. Unter normalen Umständen hätte sie das sicher gestört, doch sie fühlte sich entspannt und freute sich über die ungeteilte Aufmerksamkeit ihres attraktiven Chefs. Die Wellen spülten über den Strand, umschmeichelten ihre Füße. Lachend plumpste Valentina in den Sand. Sedan setzte sich neben sie.

»Sei ehrlich«, begann sie. »Warum arbeitest du für diese Arschlöcher? Es gibt doch sicher auch anständige Reiche auf der Welt.« Normalerweise hätte sie sich das nicht zu fragen getraut, aber der Alkohol verlieh ihr Mut.

Sedan schaute auf das Meer, in den dunklen Himmel, an dem die Sterne leuchteten, unberührt von den Dramen, die sich auf der Erde abspielten. »Sie bezahlen gut.«

Sie umschlang ihre Knie und sah ihn an. »Aber du bist reich. Warum hast du das nötig?« Das war keine Frage, selbst ein Blinder merkte, das Sedan Geld besaß. Alles an ihm strahlte das aus. Sein Verhalten, seine Kleidung, seine Autos, seine Wohnung.

»Ich bin reich, weil ich für Männer wie Simon Weisz arbeite. Sie bezahlen mir absurd hohe Stundensätze.«

»Nette Menschen bezahlen auch gut.«

»Richtig. Sie bezahlen *gut*, aber nicht am besten.«

»Brauchst du denn so viel Geld?«

»Ich will Macht und schöne Dinge. Ich will mir was leisten können. Das hatte ich dir bereits während des Essens erklärt, erinnerst du dich?« Er sah sie an. Seine Augen funkelten wie dunkle Perlen.

Valentina warf sich rücklings in den Sand und schaute zum Sternenhimmel hinauf. Dieser Ort war sogar nachts wunderschön. Sie seufzte. Ganz sicher war es keine gute Idee, sich neben Sedan in den Sand zu werfen, weil er sie verführen wollte und der unvernünftige Teil von ihr sich nur allzu gerne verführen lassen wollte, doch sie fühlte sich ausgelassen und absolut sicher, obwohl sie im Freien lag, und hatte keine Lust, sich ständig zurückzuhalten. In L.A. würde der Alltag schnell genug zurückkehren und mit ihm die Ängste und Sorgen. Diesen Abend wollte sie mit allen Sinnen genießen.

Sedan beugte sich über sie. Er gab nicht mal vor, zu zögern. »Du bist betrunken«, stellte er schmunzelnd fest.

»Nur ein wenig angeheitert.« Sie stellte sich vor, wie er sie küssen würde, und spürte bei dem Gedanken sofort wieder das heftige Kribbeln in ihrem Bauch.

Langsam fuhr er mit dem Zeigefinger über ihren Hals und ihr Schlüsselbein. »Hast du keine Angst, ich könnte das ausnutzen?«

Ihre Haut prickelte, überall dort, wo er sie berührte, ihre Nippel stellten sich auf. Ihr verräterischer Körper reagierte auf ihn. *Na und? Du hast seit einem Jahr keinen Sex gehabt. Lass dich einfach fallen.* Betont unschuldig sah sie zu ihm auf. »Ich weiß nicht. Würdest du meine Hilflosigkeit denn ausnutzen?«

»Oh ja. Das würde ich.« Seine Finger fuhren am Ausschnitt ihres Kleides entlang. Valentina stoppte ihn nicht. Ihre Blicke verfingen sich.

Mit einem winzigen Schmunzeln auf den Lippen, streifte Sedan die Träger ihres Kleides von ihren Schultern und zog den Stoff über ihre Brüste nach unten, dann schlüpfte seine Finger in ihren BH, strichen über ihre harten Nippel. Ein erregender Blitz schoss in Valentinas Unterleib, ihr Atem ging schwerer.

»Soll ich weitermachen?«, fragte Sedan.

Oh, das war gemein. Wenn sie nickte, konnte sie hinterher nicht behaupten, er hätte sie überrumpelt.

»Ja«, hauchte sie.

Sedan grinste, strich über ihren Bauch und ihre Schenkel hinab bis zum Saum ihres Kleides. Langsam streifte er den Rock nach oben, ließ sie dabei nicht aus den Augen. Valentina bekam eine Gänsehaut und musste sich beherrschen, um nicht ihre Schenkel einladend zu spreizen. Mehr als alles andere wollte sie, dass er das Feuer stillte, das in ihr aufgeflammt war und nun lichterloh brannte. Sie wollte Sedan. Der ihr Boss war. Und ein Schwein. Verrückt.

Aber was war schon dabei? Viele Frauen hatten Affären mit ihren Chefs. Solange sie sich nicht in ihn verliebte, war alles im grünen Bereich. Seit Marc hatte sie sich keinem Mann öffnen können, weder körperlich noch seelisch, hatte niemanden an sich herangelassen, denn niemand sollte den schwarzen Fleck auf ihrer Seele entdecken, die Verunreinigung. Doch hier lag sie nun, im warmen Sand, über ihr der heißeste Kerl, der ihr je über den Weg gelaufen war und zugleich die Verkörperung dessen, was ihr Kopf nicht wollte, ihr Körper aber scheinbar schon.

Sie spürte, wie die kühle Nachtluft über ihre Schenkel strich und Sedans Hand, die sich tastend höher schob, bis sie am Saum ihres Slips verweilte. Sie hielt den Atem an. Er sah sie unverwandt und sehr aufmerksam an und sie fragte sich, was er wohl in ihrem Gesicht sah. Ob es die gleiche Begierde war, die sie auch in seinem Blick erkannte?

Aufreizend fuhr er den Rand ihres Slips nach, strich dann kurz über ihre Mitte. Valentina keuchte. Sie öffnete ihre Beine ein wenig, erlaubte ihm damit, weiterzugehen, doch er blieb außerhalb des Stoffes und brachte sie damit fast um den Verstand. *Fass mich an*, hätte sie ihn am liebsten aufgefordert. *Schenk mir Erleichterung*.

Doch Sedan dachte gar nicht daran. Ein paar Mal rieb er mit den Daumen über ihren Kitzler und es durchzuckte sie jedes Mal wie ein Blitz, wenn er das tat.

»Willst du mich, Valentina?« Seine Stimme klang rau und tief, das war das einzige Zeichen dafür, dass ihn das, was gerade geschah, nicht unberührt ließ.

Valentinas Fingerspitzen kribbelten, weil sie ihn so gerne anfassen wollte. Spüren wollte, wie er sich anfühlte, doch sie wagte nicht, sich zu rühren. Er hatte ihr eine Frage gestellt und sie musste sich entscheiden.

Für die Affäre oder dagegen.

»Ja«, presste sie hervor und schämte sich zugleich dafür, weil sie sich von ihm so leicht um den Finger wickeln ließ. »Ich will dich.«

Er grinste siegesgewiss, als hätte er soeben feindliches Gebiet erobert, was ihre Scham noch verstärkte, doch bevor sie es sich anders überlegen konnte und ihre Vernunft eine Stimme fand, schlüpfte er mit seinen Fingern unter den Stoff ihres Slips. Ihr stockte der Atem. Seine Finger glitten über ihre Feuchtigkeit, die dem Grad ihrer Erregung nach zu urteilen sicher beträchtlich war. Er küsste sie nicht, berührte sie nirgendwo sonst, nur zwischen ihren Beinen. Das war unanständig, gegen alle Verführungsregeln und trotzdem oder gerade deshalb lechzte ihr Körper nach mehr.

»Spreiz deine Beine für mich«, forderte er.

Gehorsam stellte sie ihre Füße auseinander. Er schob ihren Slip zur Seite und strich über ihre Perle, was ihr ein leises Stöhnen entlockte. Sie war empfindsam und gespannt wie eine Bogensehne kurz vor dem Schuss. Mit insgesamt drei Männern hatte sie in ihrem Leben geschlafen. Keiner von ihnen hatte es geschafft, sie auf diese Weise zu berühren. Manchmal war es sogar regelrecht unangenehm gewesen. Sedan dagegen wusste, was ihr gefiel. Er kreiste und rieb genau mit dem richtigen Druck. Valentinas Erregung schoss in schwindelnde Höhen und das, obwohl er sie die ganze Zeit betrachtete. Normalerweise würde sie das verunsichern, doch seltsamerweise genoss sie es, sich ihm auszuliefern, ihm offen ihre Lust zu zeigen.

Sie stöhnte.

»Ja Valentina. Lass es raus«, knurrte er. »Zeig mir, wie sehr es dir gefällt.«

Sie schloss die Augen und konzentrierte sich auf das Gefühl seiner Finger, spürte, wie er zwei davon tief in sie hineinschob, nur um dann wieder über ihre Perle zu kreisen. *Oh Gott, das ist so gut.* Sie tastete nach seiner Erektion. Sein Schwanz war steinhart. Der letzte Rest Vernunft verließ sie, ließ nur das Rauschen der Wellen und das Gefühl seiner Berührung zurück, wie er sie gekonnt zum Höhepunkt trieb. Sie vergaß sogar die Möglichkeit, dass sie ertappt werden könnten.

Gierig warf sie sich ihm entgegen.

»Was denn, Valentina«, hörte sie Sedan sagen. »Warum so begierig? Willst du mehr?«

»Ja«, keuchte sie. »Ich will mehr.«

Sie stöhnte ihre Lust über den menschenleeren Strand. Sedan stieß seine Finger in sie, beugte sich vor und küsste sie, vielleicht um ihr lautes Stöhnen zu unterdrücken, vielleicht wollte er sie damit auch zusätzlich reizen. Was auch immer seine Intention war, es gelang. Gierig teilte er ihre Lippen und stieß mit seiner Zunge in ihren Mund. Die Empfindungen überrollten Valentina und sie kam, während er sie küsste und seine Finger in sie stieß. Keuchend warf sie den Kopf in den Nacken und klammerte sich haltsuchend an seine Schultern.

»Ja Baby, komm für mich«, wisperte er in ihr Ohr.

Als sie sich beruhigt hatte, richtete er sich auf. Atemlos lag Valentina im Sand, überwältigt von ihrem unerwartet intensiven Höhepunkt, aber auch beschämt, weil sie sich hatte mitreißen lassen.

Da es peinlich wäre, seinen Blick zu meiden, zwang sie sich, ihn anzusehen. Sein Gesichtsausdruck lag irgendwo zwischen selbstgefällig und lüstern. »Warum hast du mich die ganze Zeit angesehen?«, fragte sie.

Das Mondlicht meißelte sein Gesicht aus den Schatten und verlieh seinem Lächeln etwas Geheimnisvolles. »Ich wollte herausfinden, was dir gefällt. Außerdem genieße ich es, dir Lust zu bereiten und dich dabei zu beobachten.«

Valentina schluckte. Sedan war ein Mann, der genau wusste, was er wollte und wie er es bekam und der dummerweise auch noch gut war in allem, was er tat. »Und was ist mit dir?«

Er richtete ihren Slip, zog dann ihr Kleid nach unten und strich es gerade. »Ich werde später auf meine Kosten kommen.«

»Aha. Bist du dir da sicher?« Valentina grinste ihn an.

Er nickte in gespieltem Ernst. »Oh ja. Dafür werde ich sorgen.« Er kam näher und stoppte nur Zentimeter vor ihren Lippen. »Ich will mir sehr viel Zeit lassen. Das ist der einzige Grund, warum ich dich nicht hier am Strand gefickt habe.«

Gefickt. Wie vulgär, dass er dieses Wort benutzte, zugleich verursachte es ein aufgeregtes Flattern in ihrem Bauch. Sedan war anders, als die Männer, mit denen sie bisher geschlafen hatte. Er war überlegen, bestimmend und wesentlich erfahrener. Konnte sie seinen Ansprüchen überhaupt genügen? Sie war keine zierliche Elfe oder sexy Verführerin und auch keine

Bettakrobatin. Sie war ein Mädchen aus Montana, das zum ersten Mal nach einer traumatischen Erfahrung mit einem Mann schlafen wollte.

Bevor sie sich eine passende Antwort überlegen konnte, nahm das Meer ihre Entscheidung ab. Eine ungestüme Welle spülte über den Strand, erreichte ihre Beine und durchnässte den Saum ihres Kleides. Mit einem spitzen Schrei sprang sie auf.

Sedan lachte. »Das heißt wohl ab in unsere Suite. Das Meer ist auf meiner Seite.«

Er legte einen Arm um ihre Taille und zog sie näher. Er war noch immer hart. »Bist du bereit?«

Der Alkohol in ihrem Blut schien sich magischerweise verflüchtigt zu haben, deshalb war sie plötzlich wieder befangen. Vor ihr stand Sedan Guillaume. Er schlief mit Frauen, die nicht nur schön, sondern sicher auch erfahren waren, die wussten, wie man einen Mann verführte. Dagegen war sie langweilig.

»Hast du mit Stacy Pearl geschlafen?« Die Frage platzte raus, ohne dass sie darüber nachgedacht hatte.

Überrascht hob er die Augenbrauen. »Warum interessiert dich das?«

»Ich will es einfach wissen. Sei ehrlich.«

Er nickte. »Ja. Einmal. Dann habe ich herausgefunden, dass sie hypersexuell ist, und es nie wieder getan. Und keine Angst, ich habe ein Kondom benutzt.«

Es ging Valentina nicht um das Kondom, obwohl das natürlich wichtig war, es ging ihr um Stacy, um ihren Traumkörper und darum, dass sie wahrscheinlich eine Granate im Bett war, immerhin machte sie das beruflich und kannte sicher alle Tricks. »Was bedeutet hypersexuell?«

»Es bedeutet, sie hat ihren Geschlechtstrieb nicht unter Kontrolle. Es ist eine psychische Störung«, erklärte Sedan. »Auf sowas lasse ich mich nicht ein.«

Er beugte sich vor und küsste sie. Valentina versteifte sich. War sie überhaupt eine gute Küsserin? Außerdem war sie mit ihren Panikattacken und ihrem Verfolgungswahn auch nicht gerade geistig gesund, oder? Würde er sie wie Stacy einfach entsorgen, wenn er das herausfand?

Sie zuckte zurück. »Lass uns gehen.«

Sedan runzelte die Stirn, er spürte ihre Veränderung, doch er sagte nichts. Wortlos legte er eine Hand auf ihren Rücken und führte sie zum Golfwagen.

Kapitel 12 - Sedan

Was war Valentinas verdammtes Problem? Warum ging sie ihm plötzlich aus dem Weg? Er verstand es nicht, ganz abgesehen davon, dass ihm sowas noch nie passiert war.

In der Suite war sie sofort ins Badezimmer gestürmt mit der Entschuldigung, sie hätte Sand in den Haaren. Gut, das konnte er verstehen, doch sie war bereits seit zwanzig Minuten im Bad und machte keine Anstalten, wieder rauszukommen. Wie ein Idiot lief er im Wohnzimmer herum und überlegte, ob er an die Tür klopfen und sie zur Rede stellen oder die Sache auf sich beruhen lassen sollte. Das war so verdammt anstrengend.

Frustriert stapfte er zur Minibar und nahm sich eine Flasche Whiskey. An der Hotelbar würde er innerhalb von dreißig Minuten eine willige Dame finden, die bereit war, ihm die Nacht zu versüßen. Vielleicht sollte er das tun. An die Bar gehen und auf Valentina pfeifen. Doch dafür stand zu viel auf dem Spiel. Seitdem er sie am Strand zum Höhepunkt gebracht hatte, war er außerdem noch viel schärfer auf sie als zuvor. Sie war so erregt gewesen und in Rekordgeschwindigkeit gekommen. Allein der Gedanke daran ließ ihn schon wieder hart werden. Er wollte diese Frau und würde sie verdammt nochmal bekommen.

Aus dem Badezimmer hörte er Wasser rauschen. Badete sie etwa? Um sich abzulenken, nahm er seinen Laptop und checkte seine E-Mails. Eine mit Ausrufezeichen versehene Nachricht von Steven sprang ihm ins Auge. Er öffnete sie.

Lies das! Scheinbar verhandelt Amanda Hope mit Matthew Silverstone.

Darunter war ein Link, den Sedan sofort anklickte. Er führte ihn zu einem online Artikel, der sich mit Amanda Hopes Trennung befasste. Das allein war nichts Besonderes. Ihre Trennung ging derzeit durch sämtliche Medien. Doch auf dem Bild sah man Amanda mit dem Staranwalt Matthew Silverstone, ein Mittvierziger, der durch die Vertretung des kalifornischen Gouverneurs, der von seiner Exfrau bezichtigt worden war, gewalttätig zu sein, in die Presse gelangt war. Es war ein spektakulärer Fall gewesen, der in den Medien bis ins Detail ausgeschlachtet worden war und Silverstone als top Anwalt etabliert hatte. Und allem Anschein nach traf sich Amanda mit dem Kerl.

Heiße Wut stieg in Sedan empor. Es war fast Mitternacht, aber die Sache konnte nicht bis zum Morgen warten. Das musste er klären. Er schnappte das Smartphone, stapfte ins Schlafzimmer und rief Amanda an. Sie war ein Nachtmensch und um diese Zeit sicher noch wach. Nach dem dritten Klingeln hob sie ab.

»Sedan, Liebling. Bin gerade unterwegs. Was gibt's?«

Im Hintergrund hörte er laute Musik und Gelächter. »Ich habe gelesen, du triffst dich mit Matthew Silverstone.«

Jemand rief etwas im Hintergrund und Sedan hörte ein Klirren. »Was hast du gesagt? Ich hab dich leider nicht verstanden«, rief Amanda und dann zu jemand anderem: »Seid doch mal leise, ich telefoniere.«

Sedan wiederholte seinen Satz.

»Moment. Ich geh raus.« Er hörte ein Rascheln, die Stimmen entfernten sich, bis sie nur noch gedämpft an sein Ohr drangen.

Sedan hatte keinen Nerv mehr, den Satz zu wiederholen. »Hast du dich für Silverstone entschieden?«

»Och Schade«, gurrte Amanda. »Ich habe gehofft, du hättest mich vermisst und wolltest meine Stimme hören.« Sie kicherte.

»Das ist nicht witzig, Amanda.«

Sie stieß einen Seufzer aus. »Warum bist du nur immer so grantig? Nein. Ich habe ihn nicht engagiert.«

»Warum hast du dich dann mit ihm getroffen?« Er klang wie ein eifersüchtiger Freund, doch die Sache machte ihn wütend. Er hatte bereits so viel Zeit und ein hohes Maß an Engagement in den Fall gesteckt, dass eine Absage mehr als ärgerlich wäre.

»Das hab ich nur zur Sicherheit getan, falls du unseren kleinen Deal nicht hinbekommst.« Amanda klang amüsiert. Das Spielchen, das sie mit ihm trieb, gefiel ihr.

Zorn kochte in Sedan hoch. »Abgesehen davon, dass ich nicht verstehen kann, warum ich Valentina unbedingt in mich verliebt machen soll, finde ich die Abmachung entwürdigend. Ich bin dein Anwalt und kein Pausenclown.«

»Ach Schatz, werd doch nicht gleich zickig. Du bist und bleibst meine Nummer eins.« Sie kicherte. »Ganz abgesehen davon ist Matthew ein totaler Langweiler im Bett.«

»Du hast mit ihm gefickt?« Meine Güte, diese Frau ließ wirklich nichts anbrennen. Wenn sie das auch schon während ihrer Ehe getan hatte, dann war die Trennung keine Überraschung.

»Natürlich hab ich das.« Sie sagte das so, als wäre es das Selbstverständlichste auf der Welt, mit jedem Kerl ins Bett zu steigen, bevor er für sie arbeiten durfte.

»Warum?«, stieß er hervor.

»Das hilft mir bei der Entscheidung.«

»Du verarschst mich.«

»Jetzt tu doch nicht so entrüstet, Sedan. Garantiert fickst du auch jede halbwegs attraktive Mandantin.«

Damit hatte sie nicht unrecht. Trotzdem war es eine Sache, scheidungswillige Frauen zu beglücken und eine ganz andere, seinen Anwalt sexuell zu erpressen. Denn nichts anderes tat Amanda.

Sie kicherte albern. »Sei froh, dass ich ihn gefickt habe, denn dadurch ist dein Vorsprung gewaltig gestiegen. Ich will keinen Anwalt, dem man erst stundenlang einen blasen muss, bevor er einen hochkriegt und der dann nach fünf Minuten abspritzt.«

Genervt rollte Sedan mit den Augen. Auf diese Details hätte er gerne verzichtet. »Die Potenz deiner Bettgefährten interessiert mich nicht, Amanda. Sag mal, bist du high?«

»Also bitte. Ich konsumiere keine Drogen. Das weißt du genau«, wehrte sie entrüstet ab. »Sex ist meine Droge. Nichts ist geiler als ein geiler Kerl.«

Sedan hörte, wie die Badezimmertür geöffnet wurde und sich nähernde Schritte. Scheinbar hatte Valentina sich endlich dazu bequemt, das Badezimmer zu verlassen. Er sollte das Thema wechseln, bevor sie mitbekam, über was er mit Amanda sprach. »Also darf ich davon ausgehen, dass ich noch dein Anwalt bin?«

»Natürlich. Apropos Anwalt: Wie läuft‘s mit Valentina?«

»Könnte nicht besser sein«, gab er zurück und spähte durch den Türspalt, ob sie in der Nähe war. Den Geräuschen nach zu urteilen, war sie in ihr Zimmer gegangen. »Wir sind auf Catalina und sie schmilzt dahin«, sagte er mit gesenkter Stimme.

»Ich liebe Catalina Island«, gab Amanda verträumt zurück. »Wenn du sie dort nicht rumbekommst, dann nirgendwo. Hast du sie schon gefickt?«

»Ja«, log er, da Amanda sich ansonsten wahrscheinlich über ihn lustig machen würde, weil er es noch nicht geschafft hatte, ein dämliches Landei zu verführen.

»Hm. Ich muss zugeben, dass mich die Vorstellung von dir und einer anderen Frau ein wenig eifersüchtig macht. Wie ist sie?«

Das sollte sicher ein Scherz sein, aber wie Sedan die Frauen kannte, lag auch ein Funken Wahrheit darin. Da er Amanda nicht vor den Kopf stoßen wollte, hielt er seine Antwort vage. »Kein Vergleich zu dir.«

Amandas Lachen klang erleichtert. Die Doppeldeutigkeit seiner Antwort erkannte sie nicht, denn Valentina war wirklich kein Vergleich, weil sie nämlich so viel sinnlicher und schöner und hingebungsvoller war. Wie erwartet hatte Amanda seine Antwort in ihrem Sinne interpretiert. Sie zog nicht mal in Erwägung, dass eine andere Frau begehrenswerter sein könnte als sie.

Hinter ihr rief jemand ihren Namen. »Ich muss auflegen«, sagte sie. »Wann kommst du zurück?«

»Morgen Abend.«

»Fein, wir seh'n uns dann. Ich warte auf dich.« Damit legte sie auf.

Wut ballte sich in Sedans Bauch zu einem harten Knoten. Er war doch kein Schoßhund, der angehechelt kam, sobald Amanda nach ihm schnipste und auch wenn er normalerweise nichts dagegen einzuwenden hatte, das Objekt weiblicher Begierde zu sein, widerstrebte es ihm in diesem Fall enorm. Er wollte sich auf Valentina konzentrieren.

Apropos Valentina. Was machte sie?

Er legte das Smartphone zur Seite und rutschte vom Bett. Das Wohnzimmer war leer, genau wie der Balkon. Valentinas Zimmertür war geschlossen. Wie es aussah, hatte sie sich ohne ein Wort der Erklärung zurückgezogen. Oder wartete sie auf ihn? Beflügelt durch diesen Gedanken klopfte er an.

»Valentina? Darf ich reinkommen?«

»Lieber nicht«, kam ihre Stimme von drinnen. »Mir ist schlecht. Hab zu viel Wein getrunken.«

Das hielt er für eine glatte Lüge. »Soll ich dir einen Tee bestellen?«

»Nein danke«, ihre Stimme klang regelrecht panisch. »Ich will einfach nur schlafen.«

Das war das seltsamste Verhalten, das er je bei einer Frau beobachtet hatte. Aus Valentina wurde er einfach nicht schlau. Sich ihr aufzudrängen, war unter seiner Würde, also blieb ihm nichts anders übrig, als sich zurückzuziehen.

Frustriert schnappte er sich einen Bourbon aus der Minibar und verschwand in seinem Zimmer. Wohin mit seiner unbefriedigten Lust? Er hatte sich auf eine leidenschaftliche Nacht gefreut, stattdessen starrte er den schwarzen Fernsehbildschirm an. Vor dem Schlafengehen musste er es sich wohl oder übel selbst besorgen.

Das war lächerlich und ebenfalls unter seiner Würde, aber er musste unbedingt den Druck loswerden.

Er schaltete das Deckenlicht aus und das Nachtlicht an, holte dann mit wütenden Bewegungen seinen Schwanz heraus und begann, ihn zu reiben. *Valentina. Breitbeinig mit hochgeschobenem Kleid im Sand. Ihre enge Pussy. So heiß und feucht. Gierig nach seinem Schwanz.* Er stöhnte. Die ganze Nacht würde er es ihr besorgen, wenn sie ihn nur ließe.

Das leise Klopfen hörte er erst, als im nächsten Moment bereits die Tür geöffnet wurde. Ein Stück nur, doch weit genug, um Valentinas Umrisse zu erkennen, die sich undeutlich vor dem dunklen Hintergrund abzeichneten.

»Sedan? Ich wollte ...« Sie stoppte abrupt.

Sein erster Impuls war, erschrocken aufzuhören und seine Erektion zu bedecken, doch dann hielt er einfach inne, mit seinem harten Schwanz in der Hand.

Sie sollte sehen, wozu sie ihn zwang. Er starrte sie an. Sie wich einen Schritt zurück, doch sie ging nicht. Er konnte ihre Umrisse noch immer sehen. Sie beobachtete ihn.

Er stellte sich vor, wie sie ihren winzigen Pyjama abstreifen und nackt zu ihm aufs Bett klettern würde. Wie sie seinen Schwanz in den Mund nehmen würde. Ihre vollen Lippen über seine gesamte Länge stülpen und ihn verwöhnen würde, bis er kam. *Fuck.*

Stöhnend ergoss er sich in seiner Hand.

Schnell schnappte er die Taschentücherbox vom Nachttisch und zupfte ein paar Tücher heraus. Als er wieder aufblickte, war sie verschwunden. Fluchend reinigte er sich von den Spuren seiner Selbstbefleckung. Er hatte sich einen runtergeholt. Vor Valentina. Das war eine Premiere. Aber sie war nicht abgehauen, sondern hatte zugesehen, bis zum Schluss.

Er grinste leise in sich hinein. Sie konnte versuchen, es zu leugnen, doch sie wollte ihn mindestens genauso sehr wie er sie, vielleicht sogar noch mehr. Was auch immer sie bisher zurückgehalten hatte, würde sie bei der Schnorcheltour am nächsten Tag überwinden. Dafür würde er sorgen.

Kapitel 13 - Valentina

Nach einer unruhigen Nacht wurde Valentina von einer Nachricht ihrer Schwester geweckt.

Eben stand Marc vor meiner Tür. Ruf mich bitte an.

Sofort fuhr ein Schrecken durch ihren Bauch. Den Tag mit Neuigkeiten von Marc zu beginnen, war so ziemlich das Letzte, was sie wollte. Dazu kam das schlechte Gewissen wegen ihres Rückzugs am Abend zuvor. Die Sache hatte ihr keine Ruhe gelassen und schließlich hatte sie mit Sedan reden und ihm alles erklären wollen. Dass sie ihn beim Masturbieren ertappt hatte, war ihr unendlich peinlich gewesen und nun, bei Tageslicht betrachtet, war es noch viel peinlicher, weil sie nicht weggegangen war, wie es sich gehört hätte. Nein. Sie war geblieben und hatte ihn beobachtet.

Was hatte sich dabei gedacht?

Sie hatte gar nicht gedacht, nur das Verlangen gespürt, einfach zu ihm zu gehen und ihn zu erlösen.

Einen weiteren Verführungsversuch seinerseits würde es sicher nicht geben, denn sie fuhren am Abend zurück. Zurück in die reale Welt, wo Marc das Schreckgespenst lauerte.

Er war bei ihrer Schwester gewesen. Warum?

Bevor sie Beatrix anrief und sich damit der Wirklichkeit stellte, wollte sie jedoch einen Kaffee trinken, der bereits gebracht worden war, wie ihr der Duft aus dem Wohnzimmer verriet. Sie schlüpfte aus dem Bett und tapste barfuß in den Wohnbereich. Offenbar hatte Sedan die gleiche Idee gehabt, denn er stand nur mit engen Boxershorts bekleidet neben dem Tisch und goss sich eine Tasse Kaffee ein. Sein Haar war zerzaust, was ihn in Valentinas Augen noch attraktiver machte. Sein Körper war ... oh Gott. Er war heiß. Anders konnte sie es nicht beschreiben. Sportliche Figur, mit breiten Schultern und schmalen Hüften, am Bauch die Andeutung eines Sixpacks. Dazu muskulöse Beine und, um alles noch perfekter zu machen, das markante Gesicht, das am Morgen ein Bartschatten zierte, der ihm unglaublich gut stand. Sedan ließ jedes Frauenherz höher schlagen und war definitiv viel zu attraktiv für sie. Er brauchte einen Hollywoodstar oder ein Model mit endlos langen Beinen und keinem Gramm Fett am Körper. Der Himmel wusste, warum er sie hatte verführen wollen.

»Guten Morgen«, sagte sie und spürte die Hitze in ihren Wangen, die ihr verriet, dass sie rot wurde. In seiner Gegenwart wurde das langsam zur Normalität.

Sie schämte sich für die vergangene Nacht und für den Pyjama mit dem Spagettiträgertop und den kurzen Hosen, die ihr kaum bis über den Hintern reichten. Sie war quasi halbnackt und kam sich unglaublich fett vor. Bevor sie schnell wieder verschwinden konnte, drehte Sedan sich zu ihr um, eine Tasse dampfenden Kaffee in der Hand. Als ihre Blicke sich trafen, durchzuckte sie ein Blitz, die Schmetterlinge in ihrem Bauch drehten durch.

»Guten Morgen«, sagte er. »Geht es dir besser?«

Er musterte sie ungeniert. Die nächtliche Masturbieraktion schien ihm kein bisschen peinlich zu sein.

»Ja danke, es geht mir wieder gut.« Sie trat an den Servierwagen heran und versuchte, einen entspannten Eindruck zu vermitteln, während sie sich eine Tasse Kaffee einschenkte.

»Haben wir heute einen Termin?«, fragte sie, ganz um Professionalität bemüht.

»Kein Termin.« Er ließ sie nicht aus den Augen, während er trank und sie über den Tassenrand hinweg beobachtete. »Aber ich habe eine Überraschung für dich.«

Oh nein. Bitte keine Freizeit. »Ach ja? Was denn?«

»Wir gehen schnorcheln.« Sein Schmunzeln und das amüsierte Blitzen in seinen Augen ließen ihr Herz höher schlagen.

Schnorcheln bedeutete Bikini und eine Fahrt aufs offene Meer. »Hast du ein Boot gemietet?«

Er nickte. »Das hab ich. Samt Kapitän.«

»Ich dachte, wir fahren heute zurück«, sagte sie.

»Erst heute Abend, bis dahin ist noch eine Menge Zeit.« Er kniff die Augen zusammen und fixierte sie, als würde er herauszufinden versuchen, ob er sie bis dahin noch rumkriegen würde, dann nahm er die Speisekarte vom Servierwagen und klappte sie auf. »Was möchtest du frühstücken?«

Das Frühstück war Valentina völlig egal, in seiner Gegenwart tanzte ihr Magen Tango und das verdarb ihr den Appetit. »Egal. Such du etwas aus. Ich muss mich anziehen.«

Mit dem Kaffee in der Hand verschwand sie in ihrem Zimmer. Dort erinnerte sie sich daran, dass sie ihre Schwester anrufen musste. Kaum zu glauben, dass sie nach der WhatsApp nicht komplett in Panik geraten war. Im Gegenteil. Sedan dominierte mittlerweile ihre Gedanken und drängte Marc zurück.

»Gott sei Dank, Val«, begrüßte Beatrix sie. »Ich sitze hier auf heißen Kohlen. Wo bist du? Ich hab dich zuhause angerufen, aber du gehst nicht dran.«

»Ich bin auf Catalina Island. Mit meinem Boss«, erklärte sie.

»Welcher Boss? Der sexy Typ oder der Dicke?«

Innerlich stöhnte Valentina auf. Woher wusste Beatrix, wie Sedan aussah? »Ich arbeite für Sedan Guillaume. Das weißt du doch. Woher kennst du die beiden Chefs?«

Beatrix stieß einen Seufzer aus. »Ich hab mir die Webseite der Kanzlei angesehen. Sedan Guillaume. Wow. Ich glaube, in seiner Nähe könnte ich keinen klaren Gedanken fassen. Charles meinte, er würde mich nicht für den Kerl arbeiten lassen.«

»Das geht schon. Der Kerl ist nicht gerade charmant«, sagte Valentina. »Also. Was ist mit Marc?«

»Ich hab dir ja geschrieben, dass er bei mir gewesen ist. Natürlich während Charles auf der Arbeit war.« Beatrix machte eine bedeutungsvolle Pause. »Er wollte wissen, wo du jetzt wohnst.«

Ein kalter Stich jagte durch Valentinas Bauch. »Hat er gesagt, warum er das wissen will?«

»Er meinte, er wolle sich bei dir entschuldigen.«

Valentina schnaubte verächtlich. Eine läppische Entschuldigung machte das, was er ihr angetan hatte, nicht wieder gut. Nichts konnte das wieder gutmachen. »Sag ihm, das ist nicht nötig. Er soll mir einfach für den Rest meines Lebens fernbleiben, das reicht.«

»Das hab ich ihm gesagt«, gab Beatrix zurück. »Daraufhin hat er so komisch geguckt. Ich will nicht zu viel hineininterpretieren, aber einen

Moment lang sah es so aus, als wäre er wütend. Dann hat er genickt und gemeint, das wäre okay.«

»Glaubst du, er hat sich geändert?«, wagte Valentina zu fragen. Zwar war ihre Schwester nicht gerade feinfühlig, aber ihre Einschätzung war immer noch besser, als völlig im Dunkeln zu tappen.

»Ganz ehrlich? Ich weiß es nicht, Val. Er wirkte normal, aber trotzdem verursacht er mir eine Gänsehaut, verstehst du?«

Ja, das verstand Valentina nur zu gut. Mit seinem jungenhaften Charme und den wuscheligen Haaren war Marc der freundliche Kerl von nebenan, doch in seinen Augen war dieses unheilvolle Funkeln, der Hauch von Irrsinn, den er auch mit größter Mühe nicht verbergen konnte.

Sie redeten noch ein wenig über ihren Vater, über mögliche Besuche und legten dann auf. Nachdenklich trat Valentina ans Fenster und schaute auf das endlose Meer. Die Nachricht von Marc hatte sie weniger aufgewühlt, als sie befürchtet hatte. Vielleicht lag es an diesem Ort, der beruhigend wirkte, vielleicht kam sie auch tatsächlich langsam über ihn hinweg.

Als sie angezogen aus dem Zimmer kam, saß Sedan auf dem Balkon neben einem gedeckten Tisch. Frühstück mit Blick über Avalon und das Meer wäre ein Traum, wenn Sedan sie mit seiner Nähe nicht völlig aus dem Konzept bringen würde. Sie wollte ihn nicht aus Versehen berühren oder etwas Falsches sagen oder unvorteilhaft aussehen. Es war ein einziger Krampf. Noch vor wenigen Tagen war ihr das alles egal gewesen. Jetzt warf sie ihm immer wieder verstohlene Blicke zu und benahm sich wie ein verliebter Teenager.

❤

Ein einheimischer Kapitän namens Tim fuhr sie mit seinem Motorboot zu einer felsengesäumten Bucht, in der das Schnorcheln angeblich besonders lohnenswert sei. Unbehaglich zog Valentina sich aus. Ihr Bikini verdeckte alles Wichtige, trotzdem fühlte sie sich nackt, vor allem, weil sie die beiden Männer dabei ertappte, wie sie sie begafften.

Sie hasste ihren prallen Hintern, der bekleidet bereits Männerblicke auf sich zog und den kein Bikini der Welt verhüllen konnte. Sie fand ihn dick, doch ihre Exfreunde hatten gerade den Po an ihr geliebt. Zumindest hatten sie das behauptet. Sie selbst konnte das nie so recht glauben.

Sedan reichte ihr die Schnorchelausrüstung und erklärte ihr, wie sie die Schwimmflossen anziehen musste. Angesichts seines Traumkörpers und der Erinnerung an die vergangene Nacht, wo er sie erst zum Höhepunkt gebracht und sich dann vor ihren Augen einen runtergeholt hatte, fiel es ihr schwer, sich auf seine Ausführungen zu konzentrieren und sie war froh, als er endlich aufhörte zu reden und stattdessen die Flossen über seine Füße stülpte.

Das Wetter war ein Traum. Ein wolkenloser Himmel, der so blau war, dass er als Motiv für jede Postkarte taugen würde. Sogar ohne Photoshop Bearbeitung. Das Meer plätscherte in sanftblauen Wellen gegen den Bootsrumpf und kräuselte sich am Strand zu weißen Schaumkronen auf. Schroffe Felsen begrenzten die Bucht und über allem lag der anregende Dufte von Sonne und Salzwasser.

Valentina stellte sich an den Bootsrand und sog tief den Atem ein, das Gesicht der Sonne zugewandt. So schön. Dann spürte sie ein Kribbeln im Rücken und eine Wärme, die nicht von der Sonne herrührte. Sedan stand hinter ihr und legte eine Hand auf ihren nackten Rücken. Seine Berührung bescherte ihr eine Gänsehaut, die sich von den Zehen bis unter die Haarwurzeln zog. Sie wollte sich an ihn lehnen, in seine Umarmung hinein, seine Lippen auf ihrem Hals spüren. Ein Windstoß wehte ihre Haare zur Seite, sodass ihr Hals freilag, wie eine Einladung an Sedan.

»Ist dir kalt?«, wisperte er dicht neben ihrem Ohr.

Sie schüttelte den Kopf. »Nein. Wieso?«

Warum klang ihre Stimme so piepsig, als hätte sie einen Frosch im Hals?

»Weil du eine Gänsehaut hast.« Seine Hand wanderte ihren Rücken hinab bis zu der Kuhle direkt über ihrem Po.

»Das liegt am Wind.« Himmel, dieser Mann raubte ihr den Verstand. Sie wollte sich rühren und konnte es nicht, stattdessen merkte sie, wie Sedan näher rückte und sich gegen ihren Rücken presste. Er umfasste sie und legte eine Hand auf ihren Bauch.

»Der Bikini steht dir«, sagte er mit seiner tiefen Verführerstimme, die Valentina direkt zwischen die Schenkel fuhr und dort ein heftiges Kribbeln auslöste.

Sie schluckte. »Danke.«

»Weißt du eigentlich, wie scharf du bist?«, fuhr er fort und tastete am Rand ihres Bikinislips entlang, schob die Finger nur eine Winzigkeit unter den Saum.

Ihre Knie wurden weich. Sie musste das stoppen. Irgendwo hinter ihnen stand der Kapitän. Sicher beobachtete er sie und amüsierte sich über den Flirt.

Sie räusperte sich. »Wollen wir ins Wasser?«

»Okay.« Ein letztes Mal presste Sedan sie an sich, wandte sich dann um und nahm seine Schnorchelausrüstung.

Valentina zog ihre Taucherbrille auf, die sich prompt in ihren Haaren verhedderte. Kapitän Tim eilte herbei und half ihr, sie zu richten, dabei grinste er sie wissend an. Sedan beobachtete sein Tun mit deutlichem Missfallen im Gesicht, als wäre er eifersüchtig.

Der Gedanke gefiel Valentina, auch wenn er völlig absurd war.

Als die Taucherbrille saß, half Tim ihr dabei, die Flossen anzuziehen und stützte sie auf dem Weg zur Leiter. Während sie vorsichtig ins Wasser kletterte, sprang Sedan einfach vom Bootsrand hinein. Ein paar Sekunden lang blieb er verschwunden, bis er direkt neben ihr auftauchte. »Bist du bereit?«

Da sie den Schnorchel bereits im Mund hatte und nicht sprechen konnte, hielt sie den Daumen hoch. Sie entfernten sich vom Boot. Auf Sedans Zeichen hin hielt Valentina den Kopf unter Wasser und nahm einen vorsichtigen Atemzug. Sie war noch nie Schnorcheln gewesen und entsprechend aufgeregt, doch es klappte auf Anhieb. Gemächlich schwammen sie Richtung Felsen.

Eine faszinierende Unterwasserwelt tat sich vor Valentina auf. Ein ausgedehntes Riff mit zahlreichen Unterwasserpflanzen, bunten Fischen, Krabben und sogar Seesternen. Sie war fasziniert und vergaß über ihre Begeisterung sogar die Befangenheit gegenüber Sedan. Gemeinsam erkundeten sie die Unterwasserlandschaft. Sedan zeigte ihr immer wieder neue Dinge, die sie entzückt betrachtete. Armlange Fische, die ungerührt von ihrer Gegenwart unter ihnen hindurchschwammen, Rochen, die flach auf dem Boden lagen und die man nur bemerkte, wenn man genau hinschaute, Felsen und Korallen. Und alles war so nah und lebensecht, nicht etwas, was sie im Fernsehen oder in einem Aquarium sah. Sie war so gebannt von dem Anblick, dass sie kaum bemerkte, wie die Zeit verging.

Irgendwann dirigierte Sedan sie zum Boot zurück. Tim hatte einen Snack vorbereitet. Salat und Sandwiches. In ein großes Handtuch gehüllt saß Valentina auf dem sich sanft in den Wellen wiegenden Schiffsheck und genoss den Ausblick.

»Es ist so schön hier. Ich will gar nicht mehr weg.« Seufzend schaute sie Sedan an. »Danke für diesen tollen Ausflug.«

»Keine Ursache. Ich hielt die Schnorcheltour für einen positiven Abschluss.« Sein Lächeln wirkte entspannt und vor allem ehrlich.

Eine Wolke schob sich vor die Sonne. Valentina schauderte unter der kühlen Brise, die vom offenen Meer her zu ihnen herüberwehte. Sedan rückte näher und rieb ihr über den Rücken, dabei hielt er ihren Blick. Die Schmetterlinge in ihrem Bauch erwachten flatternd zum Leben.

»Sedan ...«, begann sie, doch er legte einen Finger auf ihre Lippen und schüttelte den Kopf.

»Nein. Du bist jetzt still.« Sein Mund war nur noch Zentimeter von ihrem entfernt. »Ich werde dich jetzt küssen und du wirst aufhören, dir Sorgen zu machen und es genießen.«

Valentina schluckte nervös. Keine Sorgen. Das wollte sie nur zu gerne. »Okay.«

Sedan küsste sie. Der Kuss war anders als der am Strand, ruhiger und sinnlicher, doch nicht weniger fordernd. Er schaffte es, ihr nur durch diesen Kuss zu zeigen, was er wollte und was zwischen ihnen möglich wäre. Wahrscheinlich hätte Valentina sich ihm hier auf dem Boot hingegeben, doch glücklicherweise war Tim an Bord und im Hotel blieb nicht mehr genug Zeit. Für den Augenblick konnte sie sich gefahrlos küssen lassen.

Er zog sie näher, schob eine Hand unter ihr Handtuch und legte sie auf ihre Taille. Valentina vergaß alles um sich herum und versank in seinem Kuss, der eine Begierde in ihr entfachte, die sie bisher nicht kannte. Sedans Hand tastete zu ihrer Brust hinauf und stahl sich unter das Bikinioberteil.

Ihre Nippel richteten sich auf. Erregt strich Valentina über seinen Rücken und wünschte sich, sie wären allein.

Tims Räuspern holte sie in die Wirklichkeit zurück.

»Ich störe ungern, aber wenn ihr Turteltäubchen noch einen zweiten Tauchgang einlegen wollt, müsst ihr euch beeilen.«

Unwillig schaute Sedan auf. Offenbar nervte ihn die Unterbrechung. Tim deutete auf den Horizont, der sich unheilvoll verdunkelte. Die Luft hatte sich merklich abgekühlt. »Da zieht ein heftiger Sturm auf.«

Sedan stutzte. »Ein Sturm? Wie lange haben wir noch?«

Tim schaute zum Horizont und zuckte mit den Schultern. »Drei bis vier Stunden würd ich sagen.«

Sedan stand auf, ließ das Handtuch aber um seine Hüfte geschlungen, und blickte ebenfalls zum Horizont. »Das ist nicht gut. Wir wollen in fünf Stunden abreisen.«

Tim lachte auf. »Ne. Das wird nix. Heute Abend fährt garantiert niemand mehr raus. Vielleicht könnt ihr einen Hubschrauber nehmen, aber nur, wenn ihr euch beeilt.«

Beklommen betrachtete Valentina den sich verdunkelnden Himmel. Noch war der Sturm fern, die Bucht in Sonnenlicht getaucht, doch der Wind, der vom offenen Meer aus herüberwehte, kündigte das Unwetter bereits an.

Sedan machte eine finstere Miene. »Wir müssen noch unser Gepäck holen. Wir können frühstens in zwei Stunden übersetzen.«

Das schien Tim nicht zu beeindrucken. »Ich würde in zwei Stunden nicht mehr übersetzen. Manchmal kommen die Stürme auch schneller.« Er grinste anzüglich. »Bleibt doch einfach hier. Die Zeit könnt ihr euch sicher auf angenehme Weise vertreiben.«

Es war klar, was er damit meinte. Sedan stieß schnaubend den Atem aus. »Wenn wir sofort zurückfahren, könntest du uns aufs Festland bringen? Ich zahle auch extra.«

Tim winkte ab. »Keine Chance. Ich verlier bestimmt nicht meinen Lebensunterhalt für ein paar Dollar, aber wenn ihr wollt, bring ich euch auf die Insel zurück. Vielleicht findet ihr noch jemanden, der verrückt genug ist und dem eine Nacht auf dem Festland nichts ausmacht.«

Zwanzig Minuten später standen sie am Pier, das heißt Valentina stand am Pier, während Sedan versuchte, ein Boot zu chartern, doch niemand wollte sie fahren. Auch die Hubschrauber waren alle unterwegs. Also mussten sie wohl oder übel auf Catalina bleiben. Valentina war es egal, ihr gefiel das Gefühl der Sicherheit, dass sie auf der Insel verspürte, doch Sedan schien die Verzögerung mächtig aufzuregen. Kaum in der Hotelsuite angekommen, rief er seinen Geschäftspartner an und verschwand dann in seinem Zimmer. Seufzend hängte Valentina ihren Bikini zum Trocknen ins Badezimmer. Im Grunde war sein Ärger gut, denn so dachte er nicht daran, seine Verführungsversuche fortzusetzen und Valentina konnte einmal mehr darüber nachgrübeln, warum sie diesem Mann einfach nicht widerstehen konnte.

Das Aussehen alleine konnte es nicht sein. Es gab viele gut aussehende Männer und Anzugträger fielen eigentlich nicht in ihr Beuteschema. Vielleicht waren es seine beharrlichen Verführungsversuche oder dass er zu wissen schien, wie er sie küssen und anfassen musste, als hätte er vorher einen Lehrgang besucht.

Da sie nun alle Zeit der Welt hatte, kramte sie ihren E-Book-Reader aus dem Koffer und ließ sich ein Bad ein. Ein wenig Entspannung war genau das, was sie brauchte, anschließend ein leckeres Essen, mit oder ohne Sedan. Sollte er sich ruhig aufregen und hektisch mit seinem Geschäftspartner telefonieren, sie würde die geschenkte Zeit sinnvoll nutzen. Der Sturm bedeutete Sicherheit, denn niemand würde während eines Unwetters auf die Insel kommen, auch nicht Marc. An sowas zu denken, war albern, sie wusste das, aber sie genoss die seltenen Momente, wo sie sich absolut sicher fühlte.

Sedan

Sedan stöhnte genervt. Auf Catalina festzusitzen war Scheiße. Den Gerichtstermin am nächsten Morgen würde Steven übernehmen, doch dafür musste der einen von seinen eigenen Terminen verschieben, was ihm verständlicherweise gegen den Strich ging. Außerdem würde es dem Mandanten nicht gefallen, wenn der falsche Anwalt auftauchte. Alle anderen Termine würde Sybille absagen. Nach den Tagen auf der Insel hatte Sedan außerdem jede Menge Papierkram nachzuholen, dazu gehörten drei Anträge, die er dringend verfassen musste. Dummerweise brauchte er dazu die Akten, sonst könnte er schon damit beginnen.

Na gut. Die Sache war nicht zu ändern. Es war sinnlos, sich darüber zu ärgern. Dann würde er eben einen weiteren Vorstoß bei Valentina wagen. Auf dem Boot war sie bereits gehörig in Fahrt gekommen, der finale Schritt war sicher ein Kinderspiel.

Er bestellte eine Flasche Hennessy, ging damit auf den Balkon und schaute über die Bucht. Der Himmel hatte sich unheilvoll verdunkelt, der Wind zerrte an den Palmen, Wellen peitschten gegen Avalon Harbor und ließen die Segelboote und Yachten wild schaukeln. Der Anblick hatte seinen ganz eigenen Reiz.

Er setzte sich in einen Liegestuhl und beobachtete den Sturm, der sich unaufhaltsam auf das Land zuwälzte und die Insel trotz der frühen Stunde in Dunkelheit hüllte. Gerade noch rechzeitig erinnerte er sich daran, Amanda Hope eine WhatsApp zu schicken, damit sie am Abend nicht auf ihn wartete. Das war das einzig Positive an seiner erzwungenen Ruhepause. Er musste nicht die unersättliche Amanda beglücken. Objektiv betrachtet war der Sex mit ihr gut. Wild und hart, so wie er es mochte, doch sein Verlangen nach ihr war komplett versiegt.

Eine halbe Stunde später kam Valentina aus dem Bad. Nur in einen Bademantel gehüllt spähte sie auf den Balkon. »Warum sitzt du hier draußen?«

»Ich musste runterkommen«, erklärte er und deutete auf das Meer hinaus. »Außerdem ist der Ausblick spektakulär.«

Sie trat an das Geländer und lehnte sich nach vorne. Der Bademantel bedeckte alle interessanten Stellen ihres Körpers, doch da er annahm, dass sie keine Unterwäsche trug, erschien ihm selbst das flauschige Teil sexy. Er bräuchte nur den Bindegürtel zu öffnen und schon wäre sie nackt.

Verdammt! Er wollte diese Frau endlich haben.

Abrupt stand er auf und stellte sich neben sie. Ihre feuchten Haare flatterten im Wind, wehten den Duft des Badeschaums in seine Nase. Vom heißen Wasser waren ihre Wangen gerötet. Genussvoll hob sie den Kopf und atmete tief ein, als würde sie den Anblick des Sturms genießen.

»Dir gefällt das Unwetter«, stellte Sedan fest.

Sie nickte. »Du hattest recht. Der Anblick ist wirklich spektakulär. Außerdem verschafft mir der Sturm eine Auszeit. Wir sind abgeschnitten von der Welt. Das bedeutet keine Termine, keine Anrufe, keine Verpflichtungen, und niemand gelangt auf die Insel.«

Seltsam, dass ihr sowas gefiel, ihn machte das nervös.

»Wird dir nicht langweilig?«, hakte er nach.

Sie schmunzelte. »Nein. Ich könnte ja stricken.«

Gott, diese Lippen. Den Kuss von zuvor musste er unbedingt wiederholen, und zwar sofort. »Ich wüsste da noch etwas Besseres als Stricken.«

Besitzergreifend zog er sie zu sich heran. Sie stieß einen überraschten Laut aus. Um ihr erst gar keine Gelegenheit zum Nachdenken zu geben, presste er seinen Mund auf ihren und merkte, wie sie sich sofort entspannte. Willig schmiegte sie sich in seine Arme.

Gier überflutete ihn wie das tosende Meer, eine Lust, die sich wochenlang aufgebaut hatte und die sich in diesem Augenblick entlud. Er hielt sie fest und nestelte an ihrem Gürtel herum. Der verdammte Knoten war ziemlich fest, doch seinem entschlossenen Reißen und Zerren hielt er nicht lange stand. Endlich war er auf. Der Bademantel klaffte auseinander.

»Sedan, bitte«, keuchte Valentina in seinen Mund. »Wir sollten das nicht tun.«

Er legte eine Hand an ihren Hinterkopf und fixierte ihren Kopf, damit sie ihn ansehen musste. »Vielleicht nicht, aber wir werden es tun. Ich will nicht länger warten.«

Das lustvolle Aufblitzen in ihren Augen konnte sie nicht verbergen. Sie wollte es genauso sehr wie er. Frech fasste er ihr zwischen die Beine und ließ seine Finger über ihre Mitte gleiten. So feucht und heiß. Sie stöhnte unterdrückt. Geschickt streifte er den Bademantel über ihre Schultern. Er glitt ab und fiel zu Boden. Nackt stand Valentina vor ihm. Es war kühl, der Wind blies immer heftiger, sie bekam eine Gänsehaut. Sein Blick glitt über ihren Körper. Oh ja. Er liebte ihre Rundungen, die üppigen Brüste mit den steifen Nippeln, die sich ihm auffordernd entgegenreckten, die kräftigen Schenkel, die schmale Taille. Valentina war eine Göttin. Mit vor Lust verschleiertem Blick sah sie ihn an, während er erneut die Hand zwischen ihre Schenkel schob und ihre Perle reizte. Mit der anderen strich er über ihren Nippel.

Ihr Atem ging schwer.

»Du hast mich letzte Nacht beobachtet«, knurrte er.

Sie nickte. »Ja.«

»Das war nicht fair.« Mit zwei Fingern kreiste er um ihren Kitzler. »Du hast mich eiskalt im Regen stehengelassen.«

»Es ... tut mir leid.« Erregt rollte sie ihre Hüfte auf seiner Hand.

»Das sollte es auch, Valentina.« Er beugte sich vor und schob zwei Finger in sie hinein. Sie stöhnte auf. Er fickte sie mit seinen Fingern, beobachtete, wie ihr Atem immer heftiger ging. Als sie aufkeuchte, entzog er sich ihr abrupt.

»Vielleicht könntest du es wieder gutmachen«, wisperte er in ihr Ohr.

Sie riss die Augen auf und starrte ihn an. Obwohl er sie am liebsten gegen das Geländer drücken und ficken würde, hielt er sich zurück, grinste stattdessen böse und wartete.

Sie schluckte, ging dann langsam in die Knie und öffnete seine Hose. Fuck ja, das war es, was er wollte.

Sie befreite seinen Schwanz. Zögerlich leckte sie über die Spitze, umkreiste sie mit ihrer Zunge, bevor sie seinen Schaft entlangfuhr.

»Genau das hättest du letzte Nacht tun sollen«, keuchte Sedan.

Sie stülpte ihre Lippen über seine Erektion und nahm ihn in den Mund. Tief. Immer tiefer, bis er gegen ihren Rachen stieß.

»Du wirst mich nie wieder unbefriedigt lassen«, stieß er hervor und vergrub seine Hände in ihrem Haar. »Hast du das verstanden?«

Mit seinem Schwanz in ihrem Mund nickte sie. Sedan bewegte sich, stieß langsam in ihren göttlichen Mund. Der Anblick war grandios und so geil, dass er nach einer Minute bereits den nahenden Höhepunkt spürte. Zu früh. Er wollte noch nicht kommen.

»Steh auf, ich will dich ficken«, knurrte er.

Sie erhob sich. Er wirbelte sie herum und presste sie gegen das Geländer, dann drang er in sie ein. Endlich. Sie war eng, ihr Inneres gab nur langsam nach, als hätte sie eine ganze Weile keinen Sex gehabt. Das turnte ihn noch mehr an. *Fuck*. Er wollte nicht kommen, aber Valentina machte ihn so unglaublich scharf, dass er sich nicht zurückhalten konnte. Es gar nicht wollte. Ein paar Mal stieß er zu, dann zog er seinen Schwanz raus und kam auf ihrem Hintern.

Das war kurz gewesen, vor allem für ihn, doch die erste Runde war nur ein Vorgeschmack.

»Keine Angst«, sagte er. »Das war erst der Anfang.«

Valentina hob den Bademantel auf und wischte sich damit die Spuren seiner Lust ab, dann drehte sie sich um. Er schlang die Arme um ihre Taille und küsste sie, dirigierte sie währenddessen durch die Schiebetür in Richtung seines Schlafzimmers. Küssend stolperten sie zu seinem Bett, bis sie rücklings auf die Decke fiel.

Er legte sich zwischen ihre gespreizten Beine und genoss das Gefühl, sich nun Zeit lassen zu können, ohne dass die Lust sein Denken übernahm.

Wie sehr er es liebte, dass Valentina endlich nackt und willig unter ihm lag, bereit, sich ihm hinzugeben. Und ihr sinnlicher Körper war mehr als bereit. Sie warf sich ihm förmlich entgegen, während er mit zwei Fingern in sie eindrang und sich vorstellte, es wäre sein Schwanz. Es würde nicht lange dauern, bis er wieder hart wurde, doch zuvor würde er sie zum Höhepunkt bringen.

Er küsste über ihren Hals und ihre Brüste abwärts bis zu ihrer Pussy. Er wollte sie schmecken. Während er sie fingerte, leckte und saugte er an ihrer Perle. Valentina spreizte ihre Beine und stöhnte gegen den heulenden Wind. Ihr Höhepunkt kam genauso schnell wie seiner.

Mittlerweile war er wieder hart.

»Fick mich«, stöhnte sie, während seine Finger noch immer in ihr steckten.

Teufel nochmal, diese Bitte konnte er unmöglich abschlagen. Eilig zerrte er seine Kleider aus. Valentina spreizte die Beine, bis ihre Pussy offen vor ihm lag. Was für ein Anblick. Er setzte seinen Schwanz an und schob ihn langsam in sie hinein. Der Höhepunkt hatte ihr Fleisch weich und nachgiebig gemacht, trotzdem war sie noch immer verdammt eng. Wahrscheinlich hatte sie einfach noch nicht so viel Erfahrung. Die Vorstellung sandte heiße Wellen durch Sedans Körper, die ihn noch geiler machten, als er sowieso schon war. Verflucht. Er wollte die Sache auskosten und nicht wieder nach drei Minuten kommen.

Was machte dieses Weib nur mit ihm?

Mit einem kräftigen Ruck versenkte er sich vollständig in ihr. Plötzlich fiel ihm etwas ein. Verhütung. Er hatte nicht an Verhütung gedacht. Wie hatte das passieren können? Er dachte sonst immer daran.

Ächzend hielt er inne. »Fuck, Valentina. Nimmst du was?«

Es dauerte einen Augenblick, bis sie aus ihrer Lustblase auftauchte. »Ja«, keuchte sie. »Spirale.«

Gut. Wenigstens konnte sie nicht schwanger werden. Auch wenn das leider der einzige Schutz für sie war, aufhören konnte er jetzt nicht mehr. Langsam stieß er zu, so tief es ging, nur um sich dann wieder vollständig aus ihr zurückzuziehen. Diesen Moment, wenn er in sie eindrang, wollte er wieder und wieder erleben. Valentina bäumte sich auf und stöhnte laut. Seine Wahrnehmung reduzierte sich auf ihre Lust, ihre Hitze, ihre Feuchtigkeit. Er hatte schon viele Frauen gehabt. Sehr viele. Doch während er sie mit tiefen Stößen dem nächsten Höhepunkt entgegen trieb, glaubte er, den Sex noch nie so sehr genossen zu haben wie mit ihr.

»Baby, ich komme«, stöhnte er.

Valentina kam seinen Stößen entgegen. Er nahm ihre Schenkel und drückte sie nach oben, stieß härter und tiefer zu. Sie erklommen die höchste Lust und kamen gemeinsam.

Während Sedan noch schwer atmend auf ihr lag, schaute er zur Uhr. Acht verdammte Minuten hatte er durchgehalten. Was zur Hölle war mit ihm los? Das war ihm das letzte Mal mit Anfang zwanzig passiert.

Valentina hatte ihn von Anfang an gereizt. Beim Joggen war sie ihm bereits aufgefallen, und selbst nachdem sie ihm Pfefferspray in die Augen gesprüht und er sie beim Vorstellungsgespräch gedemütigt hatte, hatte er neben der Wut auch dieses Kribbeln gespürt und sich später vorgestellt, wie sie ihm anbieten würde, ihre Verfehlung wieder gutzumachen, indem sie unter den Schreibtisch kroch und ihm einen blies.

Kapitel 14 - Valentina

Der Sturm hielt unvermindert an. Nachdenklich blickte Valentina in die Finsternis. Das Donnern der Wellen und das Fauchen des Windes drangen durch die geschlossene Balkontür und verursachten ein mulmiges Gefühl in ihrer Magengrube. Überall klapperte und heulte es. Sedan lag hinter ihr, seine regelmäßigen Atemzüge verrieten ihr, dass er den Sturm verschlief.

Sie konnte nicht schlafen.

Das Fauchen und Donnern und die verwirrenden Gefühle hielten sie wach. Einerseits genoss sie Sedans Nähe, seine Aufmerksamkeit und den Sex mit ihm, andererseits wusste sie, dass es ein Fehler gewesen war, sich auf ihn einzulassen. Sie war nicht naiv. Sie wusste, dass er ihr das Herz brechen und sie entlassen würde. Solche Affären endeten immer auf die gleiche Weise. Leider war es für einen Rückzieher zu spät. Sie hatten Sex gehabt. Und was für welchen. Der Mann verschaffte ihr unglaubliche Orgasmen, ohne dass sie ihm sagen musste, was er tun und wie er sie anfassen musste. Ihr Körper reagierte auf ihn wie auf ein Aphrodisiakum, wollte mehr und mehr.

Nach dem Erlebnis mit Marc hatte sie nicht geglaubt, sich je wieder fallen lassen zu können, aber es war passiert. Sedan hatte ihre Bedenken einfach weggeküsst. Und obwohl sie sich ein wenig wund fühlte, verspürte sie schon wieder dieses Kribbeln zwischen ihren Beinen. Sein Körper, sein Duft und sein verlangender Blick brachten sie um den Verstand.

Was wollte Sedan von ihr?

Nur Sex. Mehr konnte es nicht sein. Er war der Typ Mann, der sich mit Hollywoodstars und Supermodels zeigte und nicht mit einer kurvigen Brünetten, die ihr Studium abgebrochen und nichts erreicht hatte, als vor ihrem Stalker Exfreund zu fliehen und in L.A. neu anzufangen.

Bestimmt gab er jeder Frau das Gefühl, wunderschön und begehrenswert zu sein, neben seinem guten Aussehen und seinem Erfolg war das Teil seiner Anziehungskraft.

Seufzend löste sie sich aus seinem Arm, stand auf und huschte ins Badezimmer. Sollte sie lieber in ihr eigenes Bett gehen? Neben Sedan zu schlafen, fühlte sich irgendwie nicht richtig an. Eilig duschte sie sich ab, schlüpfte in ihren Shorty und wollte gerade in ihr Zimmer huschen, als Sedan nach ihr rief.

»Ich hoffe, du willst jetzt nicht verschwinden«, sagte er. »Denn ich bin noch nicht fertig mit dir.«

Die Matratze wölbte sich unter einem Gewicht, ein warmer Körper schmiegte sich an Valentinas Rücken. Der frisch-herbe Duft von Duschgel kroch in ihre Nase. Durch den Nebel ihrer Träume spürte sie eine Hand auf ihrer Hüfte, die sich forsch unter ihr Top schob und sich bis zu ihren Nippeln hinauftastete. Wohlig räkelte sie sich, genoss die erregende Berührung und das Kribbeln, das sie verursachte. Es fühlte sich an wie ein erotischer Traum, nur war sie halbwach und wusste, dass es kein Traum war. Hinter ihr lag Sedan und offenbar hatte er immer noch Lust auf sie, wie seine tastenden Finger und seine Erektion, die er gegen ihren Hintern presste, verrieten.

Die vernünftigen Gedanken, die sie vor dem Einschlafen noch gehabt hatte, verflüchtigten sich. Wenn Sedan in der Nähe war, gab ihr Körper den Ton an.

Als er zwischen ihre Schenkel tastete, rollte sie auf den Rücken, öffnete bereitwillig die Beine und ließ es zu, dass er ihre Lust mit seinem Fingerspiel anstachelte, bis sie stöhnend um Erlösung bettelte.

Sedan zog die Decke fort und sah sie an. Scheinbar war das eine Marotte von ihm, denn das tat er immer, als wäre ihr Körper und ihre Erregung der schönste Anblick für ihn. Seltsamerweise machte Valentina das nichts aus, obwohl sie sicher zerzaust und ungeschminkt war und der Tag ihre Nacktheit ausleuchtete.

»Komm für mich«, wisperte er. Genugtuung klang aus seiner Stimme.

Er nahm ihre Nippel zwischen die Lippen, zupfte und saugte daran. Zusammen mit seinen Fingern, die in sie stießen und auf ihrer Perle kreisten, trug sie das in Windeseile einem Höhepunkt entgegen. Wie viele Male war sie in der Nacht gekommen? Sie wusste es nicht. Sedan hatte sie wieder und wieder genommen, bis sie irgendwann erschöpft eingeschlafen waren.

»Sedan«, hauchte sie gequält und versuchte, ihn auf sich zu ziehen. Sie wollte ihn in sich spüren, während sie kam, doch den Gefallen tat er ihr nicht.

»Nein«, sagte er. »Ich will, dass du zweimal kommst.«

»Das schaff ich nicht«, stieß sie wimmernd hervor.

»Oh doch, das wirst du«, knurrte er. »Sag mir, wenn du kommst.«

Stöhnend öffnete sie die Beine, so weit es ging und überließ sich seinen Fingern. Sedan spielte mit ihrem Körper wie mit einem Musikinstrument, das er meisterhaft beherrschte.

»Ich komme«, hechelte sie kurz darauf.

Er legte sich auf sie, hielt ihre Beine fest und stieß mit einem Ruck in sie hinein. Das Gefühl, das er damit erzeugte, war unglaublich. Ihre Scheidenmuskeln krampften sich gierig um seinen Schwanz. Er keuchte auf und stieß noch einmal fest und tief zu, verlängerte damit Valentinas Höhepunkt. Laut stöhnend warf sie den Kopf in den Nacken. Die Empfindungen überrollten sie. Es war unglaublich. Sedan hielt inne, wartete, bis ihre Erregung abflaute, dann bewegte er sich sachte.

»Jetzt werde ich dich eine Weile ficken«, sagte er. »Bist du bereit?«

Sie war immer bereit. Sie wollte ihn, gierte nach ihm. Sex mit Sedan war wie eine Droge, also nickte sie und hauchte ein »Ja«.

Kraftvoll warf er sie herum und drückte sie ins Kissen. »Gut, denn ich werde dich nicht schonen.«

Mit einem Ruck drang er in sie ein.

❤

Valentina nippte an dem Champagner, den Sedan ihr zum Brunch aufgedrängt hatte, und blickte nachdenklich auf das Meer, über dem sich in Auflösung begriffene Wolkenberge türmten, durch die bereits erste Sonnenstrahlen stachen wie Pfeile aus Licht. Der Wind war noch immer so stark, dass er die Palmen beugte. Am Strand waren zwei Boote gegen den Pier gedrückt worden und hingen nun mit deutlicher Schlagseite im Wasser. Abgebrochene Äste, Müll und Wrackteile lagen auf den Wegen verstreut. Der Sturm war heftig gewesen, so heftig wie der Sex, den sie und Sedan gehabt hatten. Ihre wunde Scham erinnerte Valentina nachdrücklich an die leidenschaftliche Begegnung. Sie hatte nicht gewusst, dass man so oft und ausdauernd Sex haben konnte.

»Wann glaubst du können wir aufs Festland übersetzen?«, fragte sie. Das Schweigen und Sedans forschende Blicke waren ihr unangenehm.

Er musterte sie, als würde er sich fragen, warum er ausgerechnet mit ihr im Bett gelandet war.

»Spätestens heute Nachmittag«, meinte er.

Valentina nickte. »Dann sollten wir nach dem Brunch packen.«

Bei dem Gedanken krampfte sich ihr Magen zusammen. Einerseits sehnte sie sich nach Abstand von Sedan, um in Ruhe über ihr Verhältnis nachdenken zu können, andererseits würde dann wieder der Alltag zurückkehren und mit ihm die Angst und ihre Zwänge. Auf der Insel hatte sie sich sicher gefühlt. Instinktiv rieb sie über die Innenseite ihres Armes, tastete über die feinen Narben.

»Was hast du da an deinem Arm?«, wollte Sedan wissen.

»Ach nichts.« Schnell drehte Valentina ihr Handgelenk nach innen, damit er die Narben nicht sah.

Sedan ließ nicht locker. »Hast du dich geschnitten?«

»Es war eine Jugendsünde«, erklärte Valentina schnell, damit er nicht glaubte, sie hätte versucht, sich umzubringen. »Meine beste Freundin und ich haben uns den Namen unseres Liebsten in den Arm geritzt. Wir hielten das für romantisch.« Sie presste ein Lachen hervor und hoffte, dass es einigermaßen glaubhaft klang.

»Aha.« Sedan musterte sie aus zusammengekniffenen Augen, als würde er herauszufinden versuchen, ob sie log.

»Wovor hast du am meisten Angst?«, stieß Valentina hastig hervor. Sie musste ihn unbedingt ablenken.

Er stutzte. »Komische Frage. Wie kommst du darauf?«

Es war eine spontane Frage gewesen. »Ich weiß nicht, einfach so. Wir hatten Sex, trotzdem habe ich nicht das Gefühl, dich wirklich zu kennen.«

»Und du glaubst, meine Ängste helfen dir, mich besser kennenzulernen?«

Sie nickte. »Wenn du es mir verrätst, bedeutet das, dass du mir vertraust.«

Er musterte sie mit gerunzelter Stirn. »Du zuerst. Wovor fürchtest du dich, Valentina?«

Vor Marc, schoss es ihr durch den Kopf, doch das war nicht die Wahrheit. Die Angst vor Marc war eine vordergründige Angst, die etwas viel tiefer Liegendes verschleierte.

»Vor dem Alleinsein«, sagte sie.

Fragend hob Sedan die Augenbrauen. »Warum bist du dann nach L.A. gezogen? Dorthin, wo dich niemand kennt?«

Unbehaglich rutschte sie auf ihrem Stuhl herum. »Ich ... ich hatte keine Wahl.«

»Warum?«, bohrte Sedan nach. »Familienkrise? Ein eifersüchtiger Exfreund? Hast du was verbrochen?«

Dem schiefen Grinsen nach zu urteilen, sollte es ein Scherz sein, doch er war der Wahrheit näher gekommen, als Valentina lieb war. »Ein wenig von allem«, erwiderte sie ausweichend. »Jetzt du. Wovor fürchtet sich Sedan Guillaume?«

»Vor nichts«, gab er zurück, doch er wich ihrem Blick aus und schaute nachdenklich auf das Meer, genau wie sie zuvor.

»Jeder fürchtet sich vor irgendwas«, behauptete sie.

Sedan schwieg, bis Valentina glaubte, er würde nicht mehr antworten.

»Versagen«, sagte er schließlich, noch immer auf das Meer blickend. »Ich habe Angst vor dem Versagen.«

Das zuzugeben schien ihm schwergefallen zu sein und zugleich wirkte er erleichtert, es ausgesprochen zu haben. Vielleicht zum ersten Mal in seinem Leben. Ihr lag auf der Zunge, dass dies keine Überraschung sei, weil er so karrierebewusst und zielstrebig war, doch wie bei ihr ging seine Angst tiefer. Das Streben nach Erfolg war nur vordergründig.

Sie dachte an seine Mutter, an sein Verhältnis zu ihr. Sicher hatten Sedans Eltern hohe Erwartungen an ihren Sohn gehabt. Er hatte mit einem Richter und einer Vorstandsvorsitzenden konkurrieren müssen. Ein stinknormaler Rechtsanwalt zu werden war deshalb nicht genug. Er musste der erfolgreichste und bekannteste Rechtsanwalt des Landes werden, nur so konnte er mit seinen Eltern mithalten.

»Sind deine Eltern mit deiner Berufswahl zufrieden?«, fragte sie.

Er lachte schnaubend auf. »Nein. Mein Vater wollte, dass ich in seine Fußstapfen trete und Bundesrichter werde. Im Gegensatz zu ihm sollte ich es eines Tages sogar schaffen, für den Supreme Court nominiert zu werden. Meine Mutter dagegen wollte, dass ich eine Ingenieurswissenschaft studiere, meinen Doktor mache und in die Vorstandsetage eines Unternehmens aufsteige. Sie träumte vom jüngsten Vorstandsvorsitzenden Kaliforniens.«

Valentina blieb der Mund offen stehen. »Haben sie das wirklich von dir verlangt?«

»Allerdings.« Sedan sah sie noch immer nicht an, während er sprach. »Als ich dreizehn war, haben sie eine Familienkonferenz einberufen und mich mit meinen *Optionen* vertraut gemacht.« Er spie das Wort Optionen aus, als wäre es etwas Ekliges. »Zu der Zeit war ich in der Schule ein wenig abgerutscht, von einem Einserdurchschnitt auf 2,0. Also glaubten sie wohl, sie müssten mir ins Gewissen reden.«

»Hat es funktioniert?«

»Zuerst nicht, doch als sie sich kurz darauf trennten, wollte ich sie mit meinem Lerneifer beeindrucken, in der Hoffnung, das würde sie wieder zusammenbringen.« Er schnaubte. »Was für ein kindischer Gedanke.«

»Nein gar nicht«, gab Valentina zurück. »Ich finde das Verhalten nachvollziehbar. Das Verhalten deiner Eltern allerdings nicht. Es ist schrecklich, sein Kind dermaßen unter Druck zu setzen. Sie haben dir keine Möglichkeit gegeben, eine eigene Berufswahl zu treffen, dich zu entfalten.«

Er sah sie an und zuckte mit den Schultern. »Sie wollten nur mein Bestes und es ist lange her. Aber seitdem muss ich ein Ziel, das ich mir gesetzt habe, unbedingt erreichen. Versagen kommt für mich nicht infrage.« War sein Blick zuvor nachdenklich und überschattet von Traurigkeit, so wurde er nun hart und abweisend.

»Sie wollten nicht dein Bestes, sie wollten sich durch dich ihre verpassten Träume erfüllen«, gab Valentina zurück.

Sedan lachte bitter. »Verpasste Träume? Das glaube ich kaum. Meine Eltern hätten erfolgreicher nicht sein können.«

»Ein Ziel nicht zu erreichen, ist nicht gleichbedeutend mit Versagen«, meinte sie.

»Für mich schon.«

Valentina stieß einen Seufzer aus. Sedan war mindestens genauso verkorkst wie sie, aber während es bei ihr Hoffnung gab, war er höchstwahrscheinlich verloren. Seine Kindheit hatte ihn zu dem Menschen gemacht, der er heute war. Zielstrebig, entschlossen und unbarmherzig. Sein Beruf hatte sein Wesen leider nicht weicher gemacht. Scheidungen brachten die schlechteste Seite eines Menschen zum Vorschein und er wurde täglich mit diesen Abgründen konfrontiert.

»Gilt das nur für deine Arbeit oder bist du auch privat erfolgsorientiert?«

»Es ist eine Lebenseinstellung, das heißt, das Eine geht nicht ohne das andere.« Sein Blick wanderte über ihren Körper und er grinste schief. Es war klar, dass er vom Thema ablenken wollte.

»Ich bekomme immer, was ich will, Valentina. Das solltest du gemerkt haben.«

Gegen ihren Willen schoss Hitze in Valentinas Wangen. Hochnäsig hob sie den Kopf. »Du bist ganz schön eingebildet.«

»Ich kann es mir erlauben, eingebildet zu sein.« Über den kleinen Tisch hinweg ergriff er ihre Hand. »Komm her.«

»Besser nicht«, gab sie zurück. »Wir müssen bald gehen.«

»Wir haben noch genug Zeit.« Damit zog er sie aus dem Korbstuhl und dirigierte sie auf seinen Schoß. Mit festem Griff hielt er ihre Taille umklammert. Valentina überlegte, ob sie ausnahmsweise eine Hose hätte anziehen sollen, denn wenn sie ein Kleid trug, hatte er sofort freien Zugriff.

»Hast du denn noch nicht genug?«, fragte sie.

»Von dir bekomme ich nie genug.« Frech umfasste er ihre Brust. Zwischen ihren Beinen konnte sie spüren, wie sich sein Schwanz versteifte. Himmel, dieser Mann war unersättlich und sie scheinbar auch, wenn sie das heiße Kribbeln bedachte, das durch ihren Unterleib zog.

»Ich bin ganz wund«, gab sie zu bedenken.

»Ich werde vorsichtig sein.« Eine Hand legte er an ihren Hinterkopf, zog sie zu sich hinab und küsste sie.

Hilflos presste Valentina sich an ihn. Sie begehrte diesen Mistkerl und verstand immer noch nicht, warum. Genauso wenig, wie sie verstand, warum sie sich gegen diese Anziehungskraft nicht wehren konnte. War es der Reiz des Verbotenen?

Sedan schob die Träger ihres Kleides hinab und entblößte ihre Brüste. Auf einen BH hatte sie verzichtet, schließlich hatten sie nur brunchen wollen. Die kühle Brise richtete ihre Nippel auf und Sedans Hände taten ihr Übriges. Aufreizend zupfte er an den empfindlichen Spitzen, während er seinen Kuss vertiefte. Valentinas Atem ging schneller. Schon jetzt war sie unglaublich erregt. Sedan löste sich von ihrem Mund und küsste abwärts bis zu ihren Brüsten. Stöhnend bog Valentina ihm ihren Oberkörper entgegen.

»Verdammt.« Plötzlich schob Sedan sie von seinem Schoß. Verwirrt sah sie ihn an.

»Es hat geklopft«, erklärte er und richtete seine Stoffhose, die sich deutlich ausbeulte.

»Wirklich?« Sie hatte nichts gehört. Eilig schlüpfte Valentina in die Träger ihres Kleides und fuhr sich durch die Haare. »Wer könnte das sein?«

»Keine Ahnung. Vielleicht das Housekeeping.« Mit einer lässigen Handbewegung strich Sedan sich durch die Haare, was unglaublich sexy aussah. Er hatte sich noch nicht rasiert und sein Hemd stand halb offen, was den sexy Look noch verstärkte. Mit weichen Knien strich Valentina ihr Kleid glatt, als es erneut klopfte. Sedan verschwand im Wohnbereich und öffnete die Tür.

»Hallo mein Freund«, hörte Valentina eine tiefe Männerstimme sagen. »Mann oh Mann. Das war vielleicht ein Sturm letzte Nacht. Sowas hatten wir schon lange nicht mehr.«

Sie stockte. Simon Weisz. Was wollte der Kerl hier?

»Hallo Simon«, sagte Sedan mit kühler Stimme. Offenbar war er genauso wenig begeistert über das unerwartete Auftauchen seines ehemaligen Mandanten wie Valentina.

»Ich bin froh, dass du noch da bist. Darf ich reinkommen?«, fragte Weisz.

Valentina spähte um die Ecke. Simon drängte sich an Sedan vorbei und plumpste auf das Sofa.

»Was gibt's?«, fragte Sedan. »Du bist sicher nicht vorbeigekommen, um über den Sturm zu reden.«

»Ich wollte mich bei dir entschuldigen«, sagte Weisz. Er wirkte übernächtigt, seine Augen waren gerötet, als hätte er getrunken, was er Valentinas Einschätzung nach auch hatte.

Sedan starrte ihn schweigend an.

»Hör mal, es war dumm von mir, das Mädel anzubaggern«, fuhr er hastig fort. Sedans Starren schien ihn zu verunsichern. »Aber du weißt doch, wie ich bin. Ich liebe Frauen und deine Assistentin ist ein heißer Feger, das kannst du nicht leugnen.«

Sedan wirkte noch nicht überzeugt. »Ihr Name ist Valentina.«

»Valentina. Ich weiß.«

»Statt bei mir solltest du dich lieber bei ihr entschuldigen.«

Weisz nickte. »Alles klar. Das mach ich. Wo ist sie?«

Valentina rollte mit den Augen. Auf die Entschuldigungen dieses Kerls konnte sie verzichten. Sie wollte nichts mit Simon Weisz zu tun haben und sie wollte ihm auch nicht vergeben. Männer von seinem Schlag änderten sich nicht. Missmutig betrat sie den Wohnbereich. Sofort bemerkte sie Weisz‘ prüfenden Blick, der einen Augenblick zu lang auf ihren nackten Beinen und ihren Brüsten hängenblieb. Doch er riss sich zusammen, stand auf und lächelte sie übertrieben freundlich an.

»Valentina. Guten Tag. Ich hoffe, der Sturm hat dich nicht zu sehr geängstigt.«

Valentina ignorierte die Hand, die er ihr hinstreckte. Er redete mit ihr als wäre sie ein kleines Kind oder ein hilfloses Frauchen, das seine starken Arme brauchte, um sich sicher und geborgen zu fühlen. »Nein. Ich hatte Ablenkung.«

Aus den Augenwinkeln sah sie, wie Sedan grinste.

»Freut mich.« Weisz ließ die Hand sinken und wirkte erneut verunsichert. Offenbar hatte er mit weniger Widerstand gerechnet. Er räusperte sich. »Hör zu. Ich wollte mich bei dir entschuldigen.«

»Danke«, sagte Valentina knapp.

Sie fühlte sich extrem unwohl und hatte keine Lust, sich falsche Entschuldigungen anzuhören. Simon Weisz war aus einem ganz bestimmten Grund gekommen, Reue war es ganz bestimmt nicht.

»Entschuldigt mich, ich muss noch packen«, sagte sie und wandte sich ab, bevor Weisz oder Sedan sie zurückhalten konnten.

Genervt warf sie ihre Zimmertür zu. Hoffentlich ließ Sedan sich nicht von dem Kerl einlullen. Die Gesprächsfetzen, die sie durch die Tür hindurch hörte, verhießen nichts Gutes. Als die beiden schließlich lachten und Weisz

»Hand drauf«, sagte, krampfte sich ihr Magen zusammen. Sedan würde das Mandat doch nicht etwa wieder übernehmen?

Sobald sie die Tür ins Schloss fallen hörte, stürmte sie aus ihrem Zimmer. »Was wollte er?«

Sedan rieb sich über den Nacken. »Er wollte, dass ich die Kündigung zurücknehme.« Missmutig stapfte er zur Minibar und nahm den Bourbon raus. »Die gute Nachricht ist, dass er uns für die Rückfahrt seine Yacht zur Verfügung stellt.«

Valentina schnaubte. »Als könntest du dir nicht selbst eine mieten.«

»Das könnte ich«, gab er zu, während er ein Glas füllte. »Aber ich tue es nicht.«

Herausfordernd stemmte Valentina die Arme in die Hüften. »Also ist er wieder dein Mandant?«

Sedan nahm einen Schluck und sah sie über den Rand des Glases hinweg an. Er musste nichts sagen. Sein Blick war Antwort genug. Fassungslos schüttelte Valentina den Kopf. »Ich glaub‘s nicht. Warum tust du das?«

»Er bringt Geld«, sagte Sedan in einem Tonfall, der keinen Widerspruch duldete. »Und er empfiehlt die Kanzlei anderen Berühmtheiten. Es ist eine Win-win Situation. Er bekommt Verständnis und den rechtlichen Beistand, den er benötigt und ich bekomme neue Mandanten.«

Valentina schnaubte. Wie hatte sie glauben können, er würde sich ändern, nur weil er mit ihr geschlafen hatte? »Wie kannst du Verständnis für diesen Mann haben? Er ist ein schrecklicher Mensch.«

»Ich bin sein Anwalt und nicht sein Freund«, gab Sedan scharf zurück. »Das solltest du unterscheiden lernen, wenn du in diesem Job arbeiten willst.«

Ihre Blicke bohrten sich ineinander, ein wortloses Kräftemessen. Schließlich gab Valentina nach. Nicht weil sie seinen Blick nicht mehr ertragen konnte, sondern weil sie resignierte. Sie konnte Sedan nicht ändern. Entweder akzeptierte sie seine Einstellung oder sie kündigte.

Obwohl sie aus einem Impuls heraus genau das gerne getan hätte, riss sie sich zusammen. Sie wollte nicht kündigen, nur weil er Simon Weisz wieder unter Vertrag genommen hatte, das wäre definitiv unüberlegt.

»Wann werden wir aufs Festland übersetzen?«, fragte sie mit kühler Stimme.

Sedan kniff die Augen zusammen. »In zwei Stunden. Also falls du noch was zu packen hast, dann tu das jetzt.«

Er leerte sein Glas, fuhr herum und verschwand in seinem Zimmer. Valentinas Herz zog sich schmerzhaft zusammen. Sie wollte sich nicht verletzt fühlen, aber sie konnte nichts dagegen tun. Sie waren noch nicht mal zurück in L.A. und schon benahm Sedan sich wieder wie ein Arschloch.

Schnaubend wandte sie sich ab und verschwand ebenfalls in ihrem Zimmer.

Kapitel 15 - Valentina

Besorgt drückte Valentina auf Wahlwiederholung. Zum vierten Mal rief sie ihren Vater bereits an, doch er antwortete nicht, hatte bisher auch nicht zurückgerufen, weder am Abend zuvor noch am Morgen. Das war seltsam. Er verließ seine Wohnung nur zum Einkaufen und seinem täglichen Spaziergang, der jedoch nie länger als eine Stunde dauerte. Er müsste längst zurück sein.

Vielleicht besucht er jemanden, versuchte Valentina sich zu beruhigen. *Und du weißt, dass er immerzu sein Handy zuhause vergisst.* Doch das ungute Gefühl ließ sich nicht abschütteln, genau wie die Beklommenheit, die sie seit ihrer Rückkehr nach L.A. wieder in ihren Klauen hielt. Als sie ihre Wohnung betreten hatte, hatte sie zuerst sämtliche Ecken und Schränke überprüft, um sicherzugehen, dass sich niemand versteckte. Das war natürlich lächerlich. Woher sollte Marc wissen, wann sie zurückkam? Er wusste ja nicht mal, wo sie lebte. Und wie sollte er überhaupt in ihre Wohnung gelangt sein? Ihre Angst war irrational. Das betete sie sich wie ein Mantra immer wieder vor. Trotzdem waren die Ängste mit dem Verlassen des Bootes mit voller Wucht zurückgekehrt. Die Auszeit auf Catalina Island war wunderschön gewesen, aber eben nur eine Auszeit.

Sedan hatte ihr den Tag freigegeben und den wollte sie eigentlich nutzen, um über ihr Verhältnis und ihre berufliche Zukunft nachzudenken. Stattdessen dachte sie ständig an ihren Vater. Da sie sich langsam ernste Sorgen machte, rief sie ihre Schwester an und bat sie, bei ihrem Vater vorbeizuschauen.

Es folgte eine Nachricht von Sedan. Er wollte sie am Abend sehen. Privat. Nicht zu antworten wäre kindisch, also gab Valentina vor, keine Zeit zu haben. Anschließend zwang sie sich zum nächsten Supermarkt, um ihren gähnend leeren Kühlschrank zu füllen und holte sich fürs Abendessen auch gleich eine Sushibox. Der Stadtlärm und die Hitze, die ihr an diesem Tag wie eine Wand entgegenschlug, setzten ihr zu und sie war froh, als sie wieder in ihrer Wohnung war. Mehr denn je sehnte sie sich nach der kühlen, frischen Luft ihrer Heimatstadt. Nach den Wäldern und Bergen und dem See. Nachdem sie die Einkäufe verstaut hatte, rief ihre Schwester an.

»Dad ist im Krankenhaus«, sagte sie.

»Was?« Der Schock sackte wie ein schwerer Brocken in Valentinas Bauch. »Seit wann?«

»Seit gestern früh.«

»Oh mein Gott. Was ist passiert?« *Hoffentlich kein Herzinfarkt. Das wäre so typisch für Menschen mit gebrochenem Herzen*, schoss es ihr durch den Kopf.

»Er hatte wohl starke Schmerzen in der Nierengegend, meinte die Nachbarin. Sie hatte ihm Salat aus ihrem Garten gebracht und ihn blass und schweißüberströmt vorgefunden. Da hat sie ihn ins Krankenhaus gefahren.«

Entrüstet schnappte Valentina nach Luft. »Warum hat mich niemand informiert? Ich bin die Erste auf seiner Notfallliste.«

»Er ist wach und ansprechbar, also gab es keinen Grund, jemanden anzurufen. Er hat auch nicht darum gebeten. Außerdem hätte man mich informiert, weil ich in seiner Nähe wohne.« Sie hatte einen schnippischen Ton angeschlagen, der Valentina klarmachen sollte, dass man auf sie nicht mehr zählen konnte.

»Ich verstehe«, sagte Valentina, aber sie verstand es nicht wirklich. Warum hatte ihr Vater nicht angerufen? Er kam ins Krankenhaus und hielt es nicht mal für nötig, seine Töchter zu informieren. Das war unfassbar. Sie musste unbedingt zu ihm. Es war halb sieben. War Sedan noch in der Kanzlei? Oder hatte er sich den Tag freigenommen?

Nein, das hatte er gewiss nicht. Er war ein Workaholic und würde wahrscheinlich noch mit zwei gebrochenen Beinen arbeiten gehen. Sie schrieb ihn an und bat ihn um eine dringende Unterredung. Sie musste ihn um ein paar freie Tage bitten. Es dauerte eine Weile, bis er antwortete. Nervös tigerte Valentina in ihrer Wohnung herum. Ließ er sie absichtlich warten, weil sie sich nicht hatte mit ihm treffen wollen?

Endlich summte ihr Smartphone.

Komm zu mir. Bin zuhause.

Beklommen klingelte Valentina an Sedans Tür. Ihn einen Tag nach ihrer Rückkehr von Catalina Island zu sehen und dann auch noch außerhalb der Kanzlei, machte sie schrecklich nervös.

Sedan öffnete die Tür. Er trug eine Jogginghose und ein T-Shirt, seine Haare waren feucht. Sein Blick war durchdringend und fesselte sie sofort an sein Gesicht, dazu das umwerfende Lächeln. Gefährlich und verheißungsvoll. Valentina konnte einfach nicht anders, als ihn anzustarren.

»Freut mich, dass du da bist. Komm rein.« Er trat zur Seite und ließ sie ein. Valentinas Herz pochte.

Auch wenn du mit ihm geschlafen hast, er ist dein Boss. Also reiß dich zusammen.

Außerdem lag ihr Vater im Krankenhaus. Angesichts dessen war ihr Techtelmechtel mit Sedan unwichtig. Sie straffte sich und trat ein. Die komplett verglaste Vorderseite des Gebäudes empfand Valentina immer noch als gewöhnungsbedürftig, obwohl es eine Penthousewohnung war, fühlte sie sich dadurch immer ein wenig beobachtet.

Sedan deutete auf das cremefarbene Ledersofa. »Setz dich. Möchtest du was trinken?«

Es fühlte sich komisch an, in seine Privatsphäre einzudringen. Noch komischer als am Anfang, obwohl sie ihn zu der Zeit noch nicht so gut und vor allem intim gekannt hatte.

»Nein danke.« Beklommen verschränkte sie ihre Hände. »Hast du gerade geduscht?«

Mist. Sowas fragte man seinen Boss nicht. Sowas fragte man seinen Liebhaber.

Plötzlich stand er dicht hinter ihr. Durch das dünne Sommerkleid hindurch konnte sie seine Wärme spüren, der Duft nach frisch geduschtem Mann kroch in ihre Nase und löste sofort dieses Kribbeln in ihrem Bauch aus, das ihre Knie weich werden ließ. Seine Hände legten sich auf ihre Hüften, hielten sie fest, damit sie nicht wegzucken konnte.

»Hätte ich mit der Dusche auf dich warten sollen?«, fragte er mit rauer Stimme, mit der er feine Vibrationen in ihrem Inneren auslöste.

Hitze schoss in Valentinas Wangen. Ihr Lachen war viel zu laut, um echt zu wirken. *Konzentrier dich!* »Schon gut. Ich bin nur hier, um dich etwas zu fragen.«

Tief sog er den Atem ein. »Hmmm. Deinen Duft hab ich vermisst.«

Sie versuchte, von ihm abzurücken. »Sedan. Bitte. Wir haben uns gestern erst gesehen.«

»Bist du noch böse auf mich?« Seine Hand wanderte über ihren Bauch nach oben, umfasste ihre Brust. Ein Schauer rieselte durch Valentinas Körper und sie lehnte sich unwillkürlich an ihn. Sedans Atem in ihrem Nacken, sein harter Körper, der sich gegen ihren presste. Zärtlich schob er ihr Haar zur Seite und küsste ihren Hals. Valentinas Knie wurden weich. »Sedan. Hör auf.«

»Wirklich?« Statt innezuhalten, schob er den Träger ihres Kleides von ihrer Schulter, strich dann aufreizend über ihre Brustwarze, die sich gierig durch den dünnen BH drückte. Valentina stöhnte auf. »Wir sollten das nicht tun. Du bist mein Boss.«

»Das bin ich«, hauchte er. »Und als dein Boss befehle ich dir, dich von mir ficken zu lassen.«

Fordernd raffte er ihr Kleid nach oben und strich über ihren Slip. Aufstöhnend legte Valentina den Kopf in den Nacken. Oh Himmel, er wusste einfach, wie er sie anfassen musste, um sie willenlos zu machen.

»Das ist nicht fair«, stieß sie keuchend hervor.

»Das Leben ist nicht fair«, gab er ungerührt zurück. »Und jetzt beug dich vor. Vierundzwanzig Stunden ohne deinen Körper waren mehr als genug.« Entschlossen drückte er sie über die Rückenlehne des Sofas, raffte ihr Kleid und riss mit einem Ruck ihren Slip entzwei. Seine Gier stachelte Valentinas Erregung an. Fast schien es so, als hätte er wirklich sehnsüchtig auf sie gewartet, als würde sie ihn genauso um den Verstand bringen wie er sie. Dabei konnte er hunderte schöne Frauen haben.

Ungerührt trat er ihre Beine auseinander. Valentina stützte sich auf die Kissen, die Lehne bohrte sich in ihren Bauch. Sie spürte seine Finger um ihren Kitzler kreisen und reckte ihm ihren Hintern entgegen. Längst war sie feucht und bereit für ihn. Er umklammerte ihre Hüfte und stieß mit einem Ruck in sie hinein. Valentina stöhnte laut auf.

»Du wolltest mich heute nicht sehen«, stieß Sedan knurrend hervor. »Dafür werde ich dich jetzt ficken, bis du nicht mehr stehen kannst.«

Wie zum Beweis stieß er zu, bohrte sich hart und tief in sie hinein. Valentina ergab sich seinen Stößen, Gier flutete ihren Körper, als hätte sie monatelang auf diesen Moment gewartet. Sie wollte Sedan, liebte es, wenn er sie auf diese Weise nahm. Hart und fordernd. Durch den Nebel ihrer Lust hindurch hörte sie ein Brummen. Ein Hubschrauber flog in einiger Entfernung vorbei. Das machte ihr bewusst, dass sie in einem verglasten Wohnzimmer über einer Sofalehne gebeugt lag und man von draußen alles sehen konnte. Zumindest wenn man in einem Hubschrauber saß.

»Sedan«, keuchte sie. »Die können uns sehen.«

Sedan ließ sich nicht beirren. Fest hielt er ihre Hüften gepackt und stieß zu. »Können sie nicht.«

Sie rutschte zurück. »Doch. Bestimmt.«

Knurrend packte Sedan sie und richtete sie auf. Bevor Valentina merkte, was er vorhatte, schob er sie Richtung Fensterfront.

»Hör auf.« Sie stockte, doch Sedan schob sie unbarmherzig weiter.

»Niemand kann uns sehen«, knurrte er, »und selbst wenn, würden sie nur eifersüchtig werden, weil ich die heißeste Frau der Stadt ficke.«

Fest presste er sie gegen die Scheibe, trat wieder ihre Beine auseinander und drang erneut in sie ein. Ihre Brüste stießen gegen das kalte Glas.

»Sieh nach draußen«, befahl Sedan.

Eine Hand schob er um sie herum zwischen ihre Beine, er stimulierte ihren Kitzler, während er weiter in sie stieß. »Zeig der Welt, wie sehr es dir gefällt, von deinem Boss gefickt zu werden.«

Der Hubschrauber flog eine Schleife, passierte das Gebäude ein weiteres Mal und entfernte sich dann. Hitze strömte durch Valentinas Unterleib. Ihr Höhepunkt war nah. Sie ließ es zu, dass Sedan ihre Arme schnappte und sie auf ihrem Rücken festhielt, sodass sich ihre Brüste noch weiter nach vorne drückten. Das Ausgeliefertsein erregte sie, und auch der Gedanke, dass man sie sehen könnte. Das war völlig verrückt. Der Höhepunkt rollte wie eine riesige Welle über sie hinweg, riss sie in einen Strudel höchster Erregung. Sedan stöhnte ebenfalls laut und ergoss sich in ihr.

»Fuck«, sagte er, nachdem sie wieder zu Atem gekommen waren. »Du bist wie eine Droge.«

Er zupfte ein paar Tücher aus der Spenderbox auf dem Wohnzimmertisch und reichte sie Valentina. Sie tupfte sich ab, richtete ihre Kleider und ihre Frisur. Ihre Beine zitterten. Hatte er das mit der Droge ernst gemeint? Dasselbe hatte sie auch über ihn gedacht. Seltsam.

»Hast du Hunger?«, fragte Sedan in entspannten Tonfall. »Wir könnten uns frisch machen und essen gehen.«

»Ich brauche ein paar Tage frei«, stieß Valentina hastig hervor. »Ich muss meinen Vater besuchen. Er ist im Krankenhaus.«

Sedan stutzte. »Das tut mir leid. Was ist passiert?«

»Ich weiß es nicht genau. Er ist gestern eingeliefert worden. Ich hab es von meiner Schwester erfahren.«

»Natürlich kannst du frei haben. Wie lange willst du in Montana bleiben?« Er wirkte mitfühlend, was Valentina überraschte. Angesichts seines gestörten Verhältnisses zu seinen Eltern hatte sie mit weniger Verständnis gerechnet.

»Es kommt darauf an, wie es ihm geht. Wann brauchst du mich zurück?«

Er grinste schief. »Am besten sofort.«

Ihr vorwurfsvoller Blick ersparte ihr eine Antwort auf diese Bemerkung. »Im Ernst, Sedan. Wann muss ich zurück sein?«

»Am Sonntagabend veranstaltet Amanda Hope eine Party. Sie hat mich eingeladen und bat mich, eine Begleitung mitzubringen. Es wäre nett, wenn du bis dahin wieder zurück sein könntest. Offiziell ist sie immer noch nicht meine Mandantin. Ich will das an diesem Abend ändern.«

Ausgerechnet diese Frau. Hollywoodstar hin oder her, für Valentina war sie kaum besser als Simon Weisz. »Muss das sein? Warum willst du ausgerechnet mich mitnehmen? Sie kann mich nicht leiden.«

Sedan winkte ab. »Blödsinn. Sie ist manchmal ein wenig ruppig, aber so sind Frauen wie sie nun mal. Eine Hollywooddiva durch und durch.« Er umfasste ihre Taille und zog sie näher. »Hör zu. Du kümmerst dich jetzt erstmal um deinen Vater. Den Abend bei Amanda bekommst du dann schon rum. Ich möchte dich wirklich gerne dabei haben.«

Sedan konnte tatsächlich nett und überzeugend sein. Und er wollte sich mit ihr öffentlich zeigen, das bedeutete doch was, oder?

»In Ordnung, ich begleite dich«, willigte Valentina ein. »Und was die freien Tage betrifft: Ich weiß, das kommt überstürzt. Du musst mich für die Fehltage auch nicht bezahlen.«

Er schnaubte. »Blödsinn. Sieh es als Vertrauensvorschuss. Also was ist jetzt? Gehen wir essen?«

»Eigentlich wollte ich heute Abend noch los. Die Busfahrt ist lang«, gab Valentina zurück. Das war keine Ausrede, denn einen Flug konnte sie sich nicht leisten, also musste sie mit dem Bus fahren und der war tatsächlich eine halbe Ewigkeit unterwegs.

Sedan grinste verschmitzt. »Wenn du mit mir essen gehst, lasse ich dir für morgen früh einen Flug buchen. Auf Firmenkosten.«

Sedan

»Wir haben ständig irgendwas angestellt.« Valentina kicherte. »Einmal habe ich die Slips meiner Schwester ins Gefrierfach gestopft und sie am nächsten Morgen schnell in ihre Schublade gelegt. Du hättest ihr Gesicht sehen sollen.«

Sedan fiel in ihr Lachen mit ein. Er konnte sich nicht erinnern, Valentina jemals aus vollem Herzen lachen gesehen zu haben, aber es gefiel ihm. Vor allem die Grübchen auf ihren Wangen, die sich dann bildeten. Kaum zu glauben, aber in Valentina steckte tatsächlich eine humorvolle Frau.

»Was hat deine Schwester gemacht?«, wollte er wissen. »Ist sie ohne Slip in die Schule gegangen?« Das hätte den pubertierenden Jungs sicher gut gefallen.

»Sie hat einen in der Mikrowelle aufgetaut und anschließend trocken geföhnt.« Die Erinnerung brachte sie erneut zum Lachen.

Auf dem Weg zum Restaurant hatte sie endlich ihren Vater erreicht. Er schwebte nicht in Lebensgefahr, es ging ihm den Umständen entsprechend gut. Er hätte Nierensteine, hatte er erzählt. Der Brocken, der ihr vom Herzen gefallen war, musste riesig sein, wenn Sedan ihr verändertes Verhalten bedachte.

Obwohl er sie so oft gevögelt hatte, wie es in dieser kurzen Zeit überhaupt möglich war, hatte er seltsamerweise nicht das Gefühl, ihr nähergekommen zu sein. Ein Teil von ihr blieb ihm verschlossen. Das war neu für ihn und ungünstig, weil sie auf Amandas Party unbedingt verliebt wirken musste. Sie stand auf ihn, das merkte er, aber besonders verliebt wirkte sie nicht. Reichte das, was sie hatten, um Amanda zu überzeugen?

Er hoffte es.

Wenigstens gab ihm der Abend in seinem Lieblingsrestaurant eine letzte Gelegenheit, sich von seiner besten Seite zu zeigen.

»Hast du ebenfalls Streiche gespielt oder warst du zu gut erzogen?«, fragte Valentina.

Tatsächlich erinnerte er sich nur an einen einzigen Streich, der in seinen Augen besonders lustig gewesen war, doch die Reaktion seiner Mutter hatte ihm jede Freude daran genommen.

»Meine Mutter trinkt immer Milchpulver in ihrem Kaffee«, erzählte er. »Frag nicht warum, aber aus irgendeinem Grund mag sie das Zeug. Ein Freund hatte mir den Tipp gegeben, das Milchpulver durch Brausepulver zu ersetzen.«

Grinsend beugte Valentina sich näher. »Coole Idee. Und? Was ist passiert?«

Sedan grinste schief. »Der Kaffee hat geschäumt, und zwar nicht zu wenig. Das ganze Zeug ist auf die Arbeitsfläche geblubbert.«

Valentina kicherte. »Wie hat deine Mutter reagiert?«

Das war der unangenehme Teil des Streichs. Seine Mutter war stets sehr beherrscht und kühl gewesen, doch als ihr Kaffee schäumte wie ein Schaumbad in der Tasse, war sie völlig ausgerastet. Zuerst hatte sie ihm eine Backpfeife verpasst. Eine feste, schmerzhafte Backpfeife. Das allein hatte ihn als Elfjährigen bereits bestürzt, denn seine Mutter schlug ihn sonst nie. Er war sowieso nur an zwei Wochenenden im Monat zuhause und die verliefen üblicherweise ohne Streit. Nach der Backpfeife hatte sie ihn in sein Zimmer geschickt und den Ausflug zum Strand, der für den Tag geplant war, abgesagt. Später hatte Sedan seine Eltern streiten hören, offenbar hatte sein Vater die Reaktion seiner Frau genauso überzogen gefunden wie Sedan, was jedoch nichts daran geändert hatte, dass er den Tag in seinem Zimmer verbringen musste.

Der Vorfall wurde nie wieder erwähnt und Sedan hatte nie herausgefunden, warum seine Mutter so übertrieben reagiert hatte.

»Sedan?« Valentina berührte seine Hand.

Er riss sich aus seinen Gedanken. »Meine Mutter war ziemlich sauer.«

»Wirklich? Sie fand es nicht lustig?«

Sedan grinste schief. »Humor gehört nicht gerade zu ihren Stärken. Das solltest du gemerkt haben. Bei ihr läuft alles nach Plan, Abweichungen gibt es nicht und Fehlverhalten wird nicht geduldet.« Ach du Scheiße. Wenn er es recht bedachte, verhielt er sich mittlerweile wie seine Mutter. Die Erkenntnis war verstörend.

»Aber Kinder benehmen sich ständig daneben«, sagte Valentina.

»Deshalb haben meine Eltern mich in ein Internat gesteckt. Angeblich war es das Beste für mich und meine berufliche Zukunft, doch in Wahrheit mussten sie sich nicht mehr mit mir herumärgern.«

Er hatte diesen Verdacht nie irgendwem gegenüber geäußert, hatte ihn tief in sich verschlossen gehalten, bis zu diesem Augenblick. Warum er sich gerade Valentina öffnete, war ihm ein Rätsel. Irgendwas drängte ihn dazu, ihr von sich zu erzählen.

»Und deshalb bist du so hart zu ihr, weil du ihr das nicht verzeihen kannst«, stellte Valentina fest.

Sedan zuckte mit den Schultern. »Jedes Kind wünscht sich liebevolle Eltern. Was sie getan haben, war eine ganz eigene Art der Vernachlässigung, die viele reiche Eltern praktizieren. Das ist auch der Grund, warum ich weder heiraten, noch Kinder haben will.«

Ah verdammt. Das hätte er nicht sagen sollen. Wollte man eine Frau in sich verliebt machen, sollte man solche Themen tunlichst vermeiden. Valentina wollte bestimmt irgendwann heiraten und eine Familie gründen und er hatte gerade zugegeben, dass dies nicht mit ihm geschehen würde. Er forschte nach Abwehr in ihre Miene, nach einem Zeichen für ihren inneren Rückzug, doch er fand nur Mitgefühl und ehrliche Zuneigung.

»Du könntest es besser machen als deine Eltern«, schlug sie vor.

»Ich weiß nicht. Die Angst wäre zu groß, dass ich ihre Fehler wiederhole. Dem Einfluss seiner Gene und der Erziehung kann man nur schwer entfliehen.«

»Wenn man sich ein Problem bewusst macht, kann man es auch aus der Welt schaffen, davon bin ich überzeugt. Außerdem bist du doch ganz gut gelungen.« Sie grinste verschmitzt. »Optisch zumindest.«

Überraschenderweise versuchte sie nicht, ihn in Grundsatzdiskussionen zu verwickeln. Jede andere Frau hätte das wahrscheinlich getan. »Optisch? Wirklich? Ich hätte dich für weniger oberflächlich gehalten.«

»Ich mich auch«, gab sie zu. Bisher hatte sie noch nie mit ihm herumgeflachst. Hatte der Wein ihre Zunge gelöst? Oder seine Geständnisse? »Somit darfst du deine Unwiderstehlichkeit offiziell bestätigt sehen.«

Sie blitzte ihn vergnügt an. Sedan legte eine Hand auf ihr Knie und strich langsam aufwärts. Der Umstand, dass sie gerne Kleider trug, war perfekt. Auf diese Weise kam er leichter an ihre zarte Haut heran. Er spürte ihre Gänsehaut, verursacht von seiner Berührung. »Ich kenne da noch jemanden, der unwiderstehlich ist«, sagte er mit gesenkter Stimme.

»Ach ja?« Ihr Blick war Aufforderung und Versprechen zugleich. »Wer ist sie? Kenne ich die Frau?«

»Schau mich nicht so verführerisch an, sonst muss ich dich auf der Stelle vernaschen«, knurrte Sedan. Er beugte sich vor und drückte einen Kuss auf ihre vollen Lippen, während er seine Hand bis an den Rand ihres Slips schob.

Liebe Güte, diese Frau war tatsächlich unwiderstehlich. Sie brachte ihn dazu, Dinge zu tun, der er normalerweise nicht tun würde. Das sollte ihm Unbehagen verursachen, schließlich behielt er gerne die Kontrolle, doch im Augenblick genoss er ihre Gesellschaft viel zu sehr, um sich darüber den Kopf zu zerbrechen.

Aufreizend strich ihre Zunge über seine Lippen und er merkte, wie er schon wieder hart wurde. Hoffentlich konnte er sie dazu überreden, die Nacht bei ihm zu verbringen, denn am Morgen würde sie wegfliegen und er könnte sie bis zum Sonntag nicht sehen.

Jemand räusperte sich geräuschvoll. »Sedan. Was für eine Überraschung.«

Die Stimme einer Frau riss ihn unsanft aus dem perfekten Kuss. Er schaute auf. Vor ihm stand Jennifer Summers, eine Schauspielerin, die trotz ihrer gerade mal vierunddreißig Jahre ihre besten Zeiten bereits hinter sich hatte. Als Dreizehnjährige war sie durch eine Fernsehserie berühmt geworden, konnte den Erfolg aber nach Ende der letzten Staffel nicht halten. Mehr als ein paar kleinere Nebenrollen waren nicht drin und seit drei Jahren stagnierte ihre Karriere völlig.

Sedan hatte ihre beiden Scheidungen betreut und war leider jedes Mal mit ihr im Bett gelandet. Beim letzten Mal hatte er es bitter bereut, denn plötzlich hatte sie sich eingebildet, ihn zu lieben und hatte eine Beziehung mit ihm gewollt. Für Sedan war das natürlich nicht infrage gekommen. Er führte keine Beziehungen. Ganz abgesehen davon stieß ihn Jennifers Bedürftigkeit ab. Die Frau hatte so viele Probleme mit sich, ihrem Körper und ihrem Leben und suchte verzweifelt nach einem Retter, der ihr Halt gab und sie von ihrer Selbstverachtung befreite.

Gefunden hatte sie ihren Traumprinzen scheinbar nicht, wenn Sedan den bekifften Typen betrachtete, der an ihrer Seite stand. Mit seinen zerrissenen Jeans, dem ausgeleierten T-Shirt und den schulterlangen Haaren sah er aus wie ein Straßenmusiker. Allem Anschein nach war er noch keine dreißig.

Was fanden die Frauen neuerdings an jüngeren Kerlen?

Jennifer selbst sah aus wie ein Geist. Blass und so dünn, dass ein Windhauch zu genügen schien, um sie umzuwerfen. Wasserstoffblonde Strähnen zierten ihre langen, schwarzen Haare und sie war viel zu stark geschminkt, was ihrem Gesicht einen maskenhaften Anstrich gab, als wäre sie eine gruselige Puppe.

»Jennifer. Hi. Wie geht es dir?«, fragte Sedan höflich aber zurückhaltend.

Hoffentlich würde sie jetzt nicht zu einer langen Erklärung ansetzen. Ihre Befindlichkeitsmonologe hatte er sich während ihrer Affäre oft genug anhören müssen.

Jennifer warf die Haare zurück und kicherte albern. Entweder war sie angetrunken oder sie hatte irgendwas genommen. »Gut. Es geht mir gut.« Sie hielt ihre knochige Hand in die Höhe und präsentierte einen obszön großen Ring an ihrem Ringfinger. »Ich hab wieder geheiratet.«

Sie hakte sich bei ihrem Begleiter unter. »Das ist Raymond. Mein Mann. Er ist Musiker.«

Wahrscheinlich ein erfolgloser, der hoffte, Jennifers verblasster Glanz würde ihm auf irgendeine Weise zum Durchbruch verhelfen, fügte Sedan in Gedanken hinzu.

»Ich gratuliere. Davon habe ich gar nichts gehört.« Wenn ihre Hochzeit nicht mal mehr einen Artikel in den Klatschblättern wert war, sah es für ihre Zukunft im Showbiz düster aus. Hoffentlich würde sie für die dritte Scheidung noch genug Geld übrig haben. »Wie lange seid ihr denn schon verheiratet?«

»Seit einer Woche«, antwortete Raymond mit schleppender Stimme.

»Genauer gesagt seit sieben Tagen und vierzehn Stunden«, berichtigte Jennifer.

Sedan nickte wohlwollend. »Freut mich für dich. Wirklich. Hast du ein neues Engagement?«

Einen Atemzug lang entgleiste ihr verblödetes Grinsen und entblößte die Verzweiflung, die Jennifer in Wahrheit empfand, darüber konnte ihr *frisch vermählt* Getue nicht hinwegtäuschen, doch in der nächsten Sekunde hatte sie sich wieder im Griff. »Noch nicht, aber mein Agent steht in Verhandlungen wegen einer Rolle in einer Sitcom. Es sieht gut aus, meint er. Der Produzent prüft gerade die Optionen.«

Wenn ein Produzent vorgab, die Optionen zu prüfen, war das im Grunde eine Absage, andernfalls würden sie Jennifer zumindest zu einem Vorsprechen einladen, aber Sedan hütete sich, das laut auszusprechen. »Das klingt gut«, sagte er stattdessen.

Jennifer nickte Richtung Valentina. »Willst du mir nicht deine Begleitung vorstellen?«

Etwas an der Art, wie sie das fragte, zeigte Sedan, dass Jennifer noch immer nicht über seine Abfuhr hinweg war. Valentinas Anwesenheit passte ihr nicht. Nach dem Kuss, den sie offenbar mit angesehen hatte, konnte er Valentina leider nicht mehr als seine Assistentin ausgeben, deshalb hielt er die Vorstellung knapp. »Das ist Valentina.«

Sie nickte Valentina zu. »Ich bin Jennifer, eine ehemalige Mandantin.«

»Freut mich«, sagte Valentina. Sie fühlte sich sichtlich unwohl.

Sofort wandte Jennifer sich wieder ab, als wäre es unter ihrer Würde, länger mit Valentina zu reden. Ihr Ehemann dagegen zog sie förmlich mit seinen Blicken aus. Im Gegensatz zu seinem Klappergestell von Ehefrau würde er sich bei Valentinas Kurven keine blauen Flecken holen.

»Seid ihr zusammen?«, wollte Jennifer wissen.

Innerlich stöhnte Sedan genervt. Wenn er die Frage verneinte, könnte das Valentina verärgern und das wollte er natürlich vermeiden, doch wenn er die Frage bejahte, würde Jennifer überall rumerzählen, dass Sedan Guillaume eine Freundin hatte und die Neuigkeit höchstwahrscheinlich mit erfundenen Details ausschmücken. Er warf Valentina einen Blick zu, um zu sehen, wie sie die Sache einschätzte, doch sie lächelte nur verkrampft und wünschte sich Jennifer wahrscheinlich auf den Mond.

»Wir sind gerade in der Kennenlernphase«, sagte sie plötzlich.

Er hätte sie küssen können für diese Antwort. Jennifer lachte wieder ihr albernes Lachen, das viel zu laut war, um echt zu sein. »Dann pass lieber auf, dass du ihn nicht zu oft ranlässt, sonst wird aus der Kennenlernphase ganz schnell die Abkühlphase. Das weiß ich aus eigener Erfahrung.«

Wie um zu demonstrieren, dass sie nach dem miesen Erlebnis mit Sedan endlich einen netten Kerl gefunden hatte, legte sie einen Arm um ihren Mann und lehnte den Kopf an seine Schulter. »Weißt du, Sedans Schwanz ist wie eine Hundeschnauze, die schnüffelnd nach der nächsten Fährte sucht, während er noch an dem alten Knochen kaut.«

Wieder kicherte sie, doch nun klang es eindeutig gehässig. Jennifer hoffte, ihm den Abend versaut zu haben. Valentinas verkrampftem Lächeln nach zu urteilen lag das durchaus im Bereich des Möglichen.

»Ich suche nur nach einer Frau, die es mit mir aufnehmen kann.« Sedan hasste nachtragende Exgeliebte. Normalerweise ließ er sich nur auf Frauen ein, die gerade in einer Lebensphase steckten, in der sie keine feste Beziehung wollten und er versprach auch nie irgendwas oder umgarnte die Frauen in besonderer Weise, dennoch ließ es sich nicht vermeiden, dass sich ab und zu eine in ihn verliebte. Vor allem, wenn er nicht rechtzeitig den Absprung schaffte. Jennifer war so ein Fall gewesen. Sie war anhänglich wie ein kleines Kätzchen und im Bett unterwürfig. Für kurze Zeit hatte das durchaus seinen Reiz gehabt, doch irgendwann war es langweilig geworden. Wie konnte jemand, der in der Öffentlichkeit stand, nur so unsicher und verzweifelt sein?

Jennifers starrer Blick bohrte sich in seinen. Sie wirkte hilflos und verletzt wie ein Vögelchen, dass man aus dem Nest geworfen hatte, und dass dies durch vorlautes, schlampiges Verhalten kompensieren wollte. Er hatte sie sitzen gelassen, doch er war nicht der Grund für ihr Unglücklichsein.

Mit einem Stupser in die Rippen riss Raymond Jennifer aus ihrer Starre. »Hey Babe. Lass uns gehen.«

Sie nickte, hörte aber nicht auf, Sedan anzustarren. Ihr Ehemann lachte gekünstelt. »Reiß dich los, sonst werd ich noch eifersüchtig.«

»Es war schön, dich wiederzusehen«, sagte Sedan, nestelte seine Geldbörse aus dem Jackett und zog eine Visitenkarte heraus. Die reichte er Jennifer. »Falls du meine Dienste benötigst. Für eine Scheidung oder für einen Ehevertrag.« Er warf einen vielsagenden Blick auf Raymond.

Jennifer nahm wortlos die Visitenkarte und steckte sie in ihren Ausschnitt.

»Ey Mann. Was soll das? Wir brauchen keinen dämlichen Ehevertrag«, warf Raymond entrüstet ein. »Wir lieben uns.« Besitzergreifend zog er Jennifer näher.

»Ich verstehe.« Mit einem herablassenden Lächeln wandte Sedan sich an Jennifer. »Denk darüber nach. Mein Angebot ist ehrlich gemeint.«

Raymond schnaubte. »Komm Babe. Ich weiß gar nicht, warum du mit diesem Arschloch überhaupt redest. Der würde wahre Liebe nicht erkennen, selbst wenn sie ihn anspringt.«

»Du hast recht«, stimmte Jennifer steif zu. »Lass uns verschwinden.« Sie zögerte noch einen Moment, als würde sie darauf warten, dass Sedan noch etwas sagte, doch der saß nur da und schaute sie schmunzelnd an. Schließlich wandte sie sich abrupt ab und stakste davon. Sedan atmete auf, aber nur, bis er das wütende Funkeln in Valentinas Blick bemerkte.

»Ich möchte gehen«, sagte sie.

Innerlich verdrehte Sedan die Augen. Sie war sauer. Er hatte es geahnt. »Lass dir von den beiden doch nicht die Stimmung verderben.«

Valentinas schnaubte. »Hast du eigentlich mit all deinen Mandantinnen geschlafen?«

Gleichmütig zuckte Sedan mit den Schultern. »Nicht mit allen, aber es kam vor.« Scheidungswillige Frauen warfen sich ihm regelrecht an den Hals. Warum sollte er die Angebote ablehnen?

»Bei dir scheint das häufiger vorzukommen. Und warum hast du ihr deine Karte gegeben?«

Fragend hob Sedan die Augenbrauen. »Warum ärgert dich das?«

»Es war blanker Hohn. Als würdest du davon ausgehen, dass ihre Ehe schief geht und ...«, sie zögerte. »Es war wie ein Signal, dass du wieder Sex mit ihr haben würdest, wenn es so weit ist«, platzte sie schließlich heraus.

Sedan stieß einen Seufzer aus und sah sie ernst, aber nicht ohne eine gewisse Belustigung an. Valentina war eifersüchtig. Sehr gut. Wenn Amanda das sah, würde sie nicht mehr an Valentinas Gefühlen zweifeln. »Erstens werde ich ganz bestimmt keinen Sex mehr mit ihr haben. Hast du sie dir mal angesehen? Die Frau ist ein Wrack.«

Entrüstet schnappte Valentina nach Luft. Schnell hob Sedan eine Hand, um ihren Einwand zu stoppen. »Zweitens: Die Frage ist nicht, *ob* ihre Ehe scheitert, sondern *wann*. Der kleine Kiffer nutzt sie nur aus und beide haben keine Ahnung davon, wie man eine richtige Ehe führt. Ich will nur dafür sorgen, dass Jennifer am Ende nicht alles verliert.«

Valentina verengte die Augen zu Schlitzen. »Wie edelmütig von dir.« Ihre Stimme triefte vor Spott. »Ich wusste gar nicht, dass du ein Hellseher bist. Auf mich wirkt es, als hätten die beiden sich gesucht und gefunden.«

Sedan beugte sich näher. »Seit zehn Jahren helfe ich Menschen bei ihren Scheidungen. Sie alle hielten es am Anfang für die große Liebe. Ich verrate dir was, Valentina. Etwas, dass du dir merken solltest: Liebe ist eine Illusion!«

Herausfordernd legte er eine Hand auf ihren Schenkel und strich ihr Kleid höher. »Was du für Liebe hältst, ist in Wahrheit sexuelle Anziehungskraft. Nicht mehr und nicht weniger. Glaube nicht, dass der Mann, den du zu *lieben* glaubst, keine andere vögeln würde, wenn er die Gelegenheit bekommt.«

Geräuschvoll zog Valentina den Atem ein. Sie wirkte noch immer wütend, doch sie schob seine Hand nicht fort. Sedan wusste, dass er nicht auf diese Weise mit ihr reden sollte, aber er konnte einfach nicht anders. Er liebte es, wenn sie so entrüstet schaute, wie sie es gerade tat und er liebte es, wenn sie ihm dennoch nicht widerstehen konnte. Das verschaffte ihm ein Gefühl von Macht und bewies ihm, dass er alles kontrollieren konnte. Situationen, Menschen und am Ende sogar die scheinbar unkontrollierbare Valentina.

Sie schluckte hart. »Sex ist nicht alles, Sedan. Außerdem kann man jemanden lieben und trotzdem einen anderen begehren.«

»Ach? Kann man das? Ich dachte, Frauen wollen Exklusivität.« Forsch streichelte er am Rand ihres Slips entlang, strich zwischendurch flüchtig über den Stoff in der Mitte. Sie rührte sich nicht.

»Das wollen sie, aber Gefühle kann man nicht steuern. Wir sind das beste Beispiel.« Ihre Stimme hatte Festigkeit verloren, ihr Atem ging schwerer. Sie war definitiv erregt.

»Das musst du mir erklären«, forderte er und stupste gegen den Stoff an der Stelle, wo er ihren Kitzler vermutete.

Sie reckte das Kinn. »Ich mag dich nicht besonders und trotzdem schlafe ich mit dir, weil mein Körper das anders sieht. Auch eine Frau kann Sex und Gefühle trennen.«

»Du magst mich nicht besonders? Autsch. Das tut weh.« Langsam strich er über ihre Mitte, fuhr ihren Slip entlang bis zu ihrem Eingang. »Du sollst mich aber mögen.«

Mehr als das, sie sollte in ihn verliebt sein. Er wollte es so! Aber vielleicht sagte Valentina das auch nur, um sich selbst zu schützen. Frauen taten solche Dinge. Umso dringender wollte er sie nun ficken. Beim Sex hielt sie sich nicht zurück, gab es keine Spielchen. Zielstrebig schlüpfte er mit den Fingern unter ihren Slip. Oh ja. Sie war feucht. Bereit für ihn, so wie sie es immer war. Als er über ihre Perle strich, entwich ihr ein leises Keuchen.

»Kommst du mit zu mir?«, fragte er.

»Sedan ... das geht nicht. Ich muss morgen früh aufstehen.« Ihre Wangen waren gerötet, ihre Lippen leicht geöffnet. Sie sah zum Anbeißen aus.

»Ich sorge dafür, dass du ein Mindestmaß an Schlaf bekommst.« Langsam glitt er mit seinem Finger in ihre Öffnung.

»Das glaube ich dir nicht. Außerdem muss ich noch packen.« Sie rutschte zurück und presste ihre Schenkel zusammen.

Sedan bettelte nicht, unter keinen Umständen, also blieb ihm nur eine Wahl. »Okay. Dann komme ich mit zu dir.«

Auch das war sonst nicht seine Art. Eine Frau in ihre Wohnung zu begleiten oder sogar bei ihr zu übernachten, schaffte eine Nähe, die er nicht wollte. Nur für Amanda Hope hatte er eine Ausnahme gemacht, schließlich war sie ein Hollywoodstar, aber er war schon wieder so scharf auf Valentina, dass er sogar mit zu ihr gehen würde.

»Sedan. Bitte. Das geht nicht.«

Sie gab ihm einen Korb? Unmöglich. »Warum nicht? Bist du wütend wegen Jennifer?«

»Nein ... naja, ich finde es nach wie vor nicht toll, aber so bist du nun mal. Ich muss wirklich Koffer packen.« Sie legte eine Hand auf seinen Arm und schob ihn weg. »Bitte versteh das.«

Es passte ihm nicht, aber eine Wahl hatte er nicht und er würde ganz bestimmt nicht zu einem bettelnden Weichei mutieren.

Im Wagen unternahm er noch einen letzten Versuch, indem er Valentina an sich zog und sie stürmisch küsste. Ihr Duft und ihr praller Hintern in seiner Hand ließen ihn sofort wieder hart werden. Doch Valentina ließ sich auch durch den Kuss nicht davon überzeugen, die Nacht mit ihm zu verbringen. Frustriert setzte er sie vor ihrer Wohnung ab und fuhr nach Hause.

Kurz war er versucht, Amanda anzurufen, doch sein Verlangen konzentrierte sich auf Valentina und nicht auf den durch Superfood und Sport gestählten Körper von Amanda Hope. Wenn die Frau ihre muskulösen Schenkel um seine Hüften schlang, hatte er jedes Mal das Gefühl, sie würde ihm die Nieren quetschen. Außerdem war es ganz sicher nicht gut, wenn er es mit einer anderen trieb, während er noch versuchte, Valentina in sich verliebt zu machen. Was, wenn sie es herausfand? Ehemalige Bettgefährtinnen konnte sie verkraften, aber eine Nebenbuhlerin ganz sicher nicht.

Also nahm er eine kalte Dusche und legte sich ins Bett. Er durfte sich von einer kleinen Abfuhr nicht aus der Ruhe bringen lassen, musste fokussiert bleiben. Valentina Blair war nur ein kleines Rädchen im Getriebe seines Lebens, das ersetzt werden würde, sobald er Amanda Hope unter Vertrag genommen hatte.

Kapitel 16 - Valentina

Niemand mochte Krankenhäuser, aber Valentinas Abneigung war so groß, dass es ihr regelrecht den Magen umdrehte und sie am liebsten in den nächsten Mülleimer gekotzt hätte, während sie den langen Flur durchquerte. Vorbei an umhereilendem Pflegepersonal, Kranken und Gebrechlichen und deren Besucher.

Alles an diesem Ort erinnerte sie an Marc, an das, was er ihr angetan hatte.

Die Ärztin drehte ihren Arm und untersuchte ihre Knöchel, wo die Haut blutig gerieben war, weil Valentina bei jeder Gelegenheit versucht hatte, sich von ihren Fesseln zu befreien. Darüber eine Schnittwunde, die aussah wie eingeritzte Buchstaben. Ein Name. Marc.

Obwohl man ihr ein Beruhigungsmittel gespritzt hatte, zitterte sie.

»Ich werde die Schnittwunde reinigen und verbinden«, sagte die Ärztin. Obwohl sie eine Frau war, hörte Valentina kein Mitgefühl in ihrer Stimme. Wahrscheinlich war das ihre Art, Distanz zu wahren, Dinge nicht zu nah an sich heranzulassen, doch Valentina brauchte dringend Mitgefühl. Jemanden, der ihr sagte, dass alles gut werden würde. Die Ärztin untersuchte sie mit kühler Effizienz. Die blauen Flecken, die Prellungen und Hautabschürfungen.

Als sie ihren Rock hochschieben wollte, zuckte Valentina zusammen.

»Keine Angst«, sagte die Ärztin, »ich will nur nach weiteren Verletzungen schauen.«

Stumm starrte Valentina auf die Frauenhände, die sachkundig ihre Beine betasteten. Sie hatte keine Angst, sie wollte nur einfach nicht angefasst werden. Wenn überhaupt dann fühlte sie sich leer und ausgehöhlt. Die Leere bewahrte sie vor einer Hysterie, doch sie machte sich keine Illusion. Die Angst würde zurückkehren. Marc hatte sie zerstört. Ihr Vertrauen, ihre Fröhlichkeit gestohlen und ihre Seele in tausend Stücke gerissen. Sie hatte gedacht, sterben zu müssen, hatte mit ihrem Leben bereits abgeschlossen, doch es war anders gekommen. Nun saß sie hier auf der Untersuchungsliege und atmete. Das war alles, was sie tun konnte. Atmen.

»Wir müssen weitere Untersuchungen machen. Dafür schicke ich dich auf die Gynäkologie.« Das aufmunternde Lächeln der Ärztin wirkte unbehaglich. Ihr war bewusst, was sie Valentina damit antat.

Valentina nickte stumm. Sie würde jetzt nicht durchdrehen. Auch wenn sie sich tausend Mal lieber in ihrem Bett verkriechen und sich die Decke über den Kopf ziehen wollte, die Untersuchungen mussten sein. Sie brauchte Beweise. Dafür, dass Marc mehr war als ein einfacher Stalker, dass er ihr Gewalt angetan hatte. Dafür musste sie stark sein, auch wenn sie bei dem Gedanken, von weiteren Ärzten angefasst und gepiesackt zu werden, am liebsten schreiend davonlaufen würde.

Valentina hielt inne. Zimmer Nummer dreihundertdrei, hatte der Mann am Empfang gesagt. Ihr Herz pochte aufgeregt. Hoffentlich hatte ihr Vater hinsichtlich seines Gesundheitszustands nicht gelogen, das war ihm nämlich durchaus zuzutrauen. Unbehaglich zog sie die Strickjacke enger, klopfte an und trat ein.

Seit fünf Wochen hatte sie ihren Vater nicht gesehen, in dieser Zeit schien er um Jahre gealtert zu sein. Auf jeden Fall hatte er abgenommen, sein sowieso schon spärlicher Haarwuchs hatte sich weiter gelichtet, bis auf die dunklen Ringe um die Augen, war er erschreckend bleich. Er hatte Kopfhörer auf und schaute zu dem Fernseher, der an der Wand hing. Im Bett neben ihm lag ein alter Mann mit spitzem Gesicht, der leise stöhnend an die Decke starrte. Die abgestandene Luft roch nach Desinfektionsmittel und Krankheit.

Valentina zwang sich zu einem Lächeln, obwohl sie lieber geheult hätte, und trat näher. »Hey Dad.«

Ihr Vater drehte den Kopf, sein Blick leuchtete auf. »Vini. Hey.« Schnell zupfte er sich die Kopfhörer aus den Ohren. »Was machst du denn hier?«

Niemand außer ihr Vater nannte sie Vini. Sie fand den Spitznamen albern, doch aus dem Mund ihres Vaters klang er liebevoll. »Ich hab mir freigenommen, um dich zu besuchen.« Sie beugte sich über ihn und drückte ihm einen Kuss auf die Wange. »Wie geht es dir?«

»Besser«, sagte er. »Sie haben die Steine entfernt. Jetzt muss nur noch die Infektion behandelt werden, dann werde ich wieder entlassen.« Er deutete auf den Tropf neben seinem Bett. »Ich bekomme Antibiotika.« Zitternd tastete er nach seinem Trinkbecher und hätte ihn beinahe umgeworfen, wenn Valentina ihn nicht schnell festgehalten hätte.

»Ich muss viel trinken«, erklärte er.

»Vorsichtig.« Beklommen half Valentina ihm, den Becher zum Mund zu führen. Sie war entsetzt. Ihr Vater verhielt sich wie ein alter Mann, dabei war er gerade mal sechsundfünfzig. Lag das an dem Eingriff? Sie musste unbedingt mit einem Arzt darüber sprechen.

»Wie lange bleibst du?«, wollte ihr Vater wissen.

»Bis übermorgen. Also wenn du irgendwas brauchst, sag es mir bitte.«

Er tätschelte ihre Hand. »Nicht nötig, mein Schatz. Bea besorgt mir alles, was ich brauche.«

Wie auf Kommando klopfte es und ihre Schwester trat ein. Beatrix war zwei Jahre älter als Valentina und schon immer die Vernünftigere gewesen. Ihr Haar war genauso dunkel wie Valentinas, doch sie war kräftiger gebaut und einen halben Kopf kleiner. Sie umarmten sich.

»Hast du schon mit dem Arzt gesprochen?«, fragte Valentina.

Beatrix zog einen Stuhl neben das Bett und setzte sich. »Hab ich. Soweit sieht alles gut aus. Sie müssen nur noch die Infektion in den Griff bekommen, dann kann Dad wieder nach Hause.«

»Gott sei Dank«, fügte ihr Vater hinzu. Er streckte einen Arm aus und nahm Beatrix‘ Hand. Die beiden lächelten sich an. Valentina kam sich plötzlich wie das fünfte Rad am Wagen vor. Nach dem Tod ihrer Mutter war sie diejenige gewesen, die sich um alles gekümmert hatte, doch nach dem Vorfall mit Marc, hatte Beatrix übernehmen müssen. Zuerst hatte ihre Schwester über die zusätzlichen Pflichten gejammert, weil sie beruflich eingespannt war, doch dann hatte sie Charles kennengelernt, war nach wenigen Monaten schon mit ihm zusammengezogen und hatte auf seinen Rat hin ihre Arbeitsstunden reduziert. Auf diese Weise hatte sie mehr Zeit für Dad.

»Dad ist sehr schwach«, wandte Valentina ein. »Wie soll er zuhause klarkommen?«

»Ich kümmere mich um ihn«, gab Beatrix spitz zurück. »So wie ich es schon seit einem Jahr tue. Außerdem hat Miss Taylor angeboten, nach ihm zu schauen. Wie du siehst, ist alles organisiert.«

»Gut.« Valentina zwang sich zu einem Lächeln. Offenbar wurde sie nicht mehr benötigt. Obwohl sie froh darüber sein sollte, machte sie das traurig.

Sie blieb noch eine Stunde im Krankenhaus, bevor ihre Schwester sie zum Haus ihres Vaters fuhr. Den Abend würde sie allein verbringen, weil Beatrix und Charles zu einem Geschäftsessen in seiner Firma eingeladen waren.

Es war gerade mal sechs Wochen her, doch Valentina kam es wie eine halbe Ewigkeit vor, seit sie zum letzten Mal im Haus ihres Vaters gewesen war. Ihr Leben in L.A. war so anders als das Leben in Polson. Früher war sie oft an den Flathead Lake gefahren, vor allem nach dem Tod ihrer Mutter. Stundenlang hatte sie am Ufer gesessen und auf das Wasser gestarrt, und sich gewünscht, woanders zu sein. Landschaftlich war der Ort ein Traum, im grünen Mission Valley gelegen, direkt angrenzend an den See, doch der Ort war klein. Jeder kannte jeden, jeder wusste über alles bescheid und jeder hatte angenommen, dass sie irgendwann Marc heiraten würde.

Mit einem mulmigen Gefühl in der Magengrube schloss Valentina die Haustür auf und betrat den Flur, der direkt in die Küche führte. Der vertraute Geruch nach Lavendel und Möbelpolitur empfing sie. Wachsam ging sie von Raum zu Raum, versuchte herauszufinden, ob sie das Haus, den Ort, ihr altes Leben vermisste, doch bis auf das ständige Gefühl der Bedrohung, das sie verspürte, blieb alles still. Vor dem Wohnzimmer blieb sie im Türrahmen stehen und betrachtete die gerahmten Fotografien neben dem Bücherregal. Es war eine Galerie ihres gemeinsamen Lebens. Ein Hochzeitsfoto ihrer Eltern. Beatrix und sie als Neugeborene, bei der Einschulung und beim Schulabschluss. Ihre Mum und ihr Dad zusammen mit anderen Lehrern vor ihrer Schule. Die schönsten Urlaubsfotos. So viele Erinnerungen steckten in diesem Haus, die ganze Stadt war eine einzige Erinnerung. Zum ersten Mal in ihrem Leben empfand Valentina das als unangenehm.

Sie fühlte sich nicht mehr wohl in ihrer Heimatstadt und auch nicht in diesem Haus.

Sie schob eine Tiefkühlpizza in den Ofen und schrieb anschließend eine Nachricht an Sedan, der sich nach ihrem Flug und ihrem Vater erkundigt hatte. Seine Nachricht freute sie mehr als es sollte, vor allem, als er schrieb, er würde sie vermissen.

Was genau du vermisst, kann ich mir vorstellen, antwortete sie.

Du kennst mich zu gut, war die Antwort.

Bis die Pizza fertig war, plänkelten sie noch eine Weile hin und her, dann schaltete Valentina den Fernseher an und schaute irgendeine Gameshow, die sie im Grunde nicht interessierte.

Nach dem Essen ging sie in ihr ehemaliges Kinderzimmer hinauf und bezog ihr altes Bett. In Marcs Nähe und allein in dem großen Haus zu sein verursachte ein permanentes Gefühl der Bedrohung, das Valentina einfach nicht abschütteln konnte. Dass es draußen so still und das nächste Haus fünfzig Meter entfernt war, machte die Sache nicht besser. Sie kontrollierte sämtliche Türen und Fenster und kuschelte sich dann ins Bett. Ihr letzter Gedanke galt Sedan und der Frage, was er wohl gerade machte. Am Morgen hatte er einen wichtigen Gerichtstermin, deshalb vermutete sie, dass er ebenfalls bereits im Bett lag, mit dem Laptop oder einem Aktenordner auf dem Schoß.

Im Dunkeln tastete sie nach ihrem Smartphone und tippte eine Nachricht.

Ich geh jetzt schlafen. Gute Nacht.

Die Antwort kam prompt.

Gute Nacht. Ich muss noch eine Weile arbeiten, bin aber schon im Bett.

Ha. Sie hatte gewusst. Seine Gewohnheiten waren ihr bereits vertraut.

Viel Glück morgen vor Gericht.

Ich brauche kein Glück, nur mein Können und einen sexistischen Richter.

Valentina musste grinsen. Typisch Sedan. Unter normalen Umständen hätte sie dieser Spruch schon wieder aufgeregt, doch im Grunde analysierte er nur Menschen und Situation und arbeitete dann die passende Vorgehensweise aus. Auf diese Weise holte er das Beste für seine Mandanten heraus.

Dann hoffe ich, du hast keine Richterin. ;-)

Hab ich nicht, aber ich bin mir sicher, das würdest du mir gönnen.

Erwischt.

Für diese Gehässigkeit würde ich dich am liebsten übers Knie legen.

Valentina zögerte. Wie sollte sie reagieren? Waren sie wirklich bereit für frivoles WhatsApp Geplauder?

Bitte nicht, Boss. Ich verspreche, fortan eine gehorsame Assistentin zu sein.

Das glaube ich dir nicht. Wenn du zurück bist, werde ich dich lehren, was es heißt, eine brave Assistentin zu sein.

Valentina lachte. Dummerweise löste Sedan mit seinen Nachrichten schon wieder dieses Kribbeln zwischen ihren Beinen aus und das sehnsüchtige Ziehen in ihrem Bauch. Sie musste dem Geplänkel ein Ende bereiten, bevor das Verlangen unerträglich wurde.

Ich freu mich schon drauf, Boss. Ich werde jetzt schlafen. Gute Nacht.

Valentina erschrak jedes Mal, wenn es klingelte, das war in L.A. nicht wirklich besser geworden, aber hier in ihrer Heimatstadt, fuhr sie regelrecht zusammen. Mit klopfendem Herzen stellte sie die Kaffeetasse auf den Küchentisch, prüfte die Verschnürung ihres Bademantels und strich durch ihre Haare. Sie hatte sie nach dem Aufstehen gekämmt, aber sie hatte unruhig geschlafen und sah irgendwie immer noch zerzaust aus.

Seufzend tapste sie zur Haustür und öffnete. Sicher war es eine Nachbarin, die wissen wollte, wie es ihr oder ihrem Vater ging.

Ihr Herz erkannte ihn, noch bevor ihr Verstand registrierte, wen sie vor sich hatte. Das schmallippige Lächeln, das im Nachhinein betrachtet immer ein wenig verschlagen wirkte, der stechende Blick, mit dem er sie so intensiv fixieren konnte, dass ihr jedes Mal ganz flau im Magen wurde. Die Haare trug er kürzer als früher, sein Körper war breiter, als hätte er Krafttraining betrieben. Und er trug noch immer diese schrecklichen Cowboystiefel.

»Guten Morgen Val«, sagte er.

Seine Stimme schnitt durch die morgendliche Stille, ließ selbst die Vögel verstummen. Valentina starrte ihn an.

»Marc.« Sie schluckte hart. »Was willst du hier?«

Sein Lächeln. Früher hatte sie es sexy gefunden, irgendwie geheimnisvoll, doch nun wirkte es böse auf sie, wie das Lächeln eines Dämons, dessen äußeres Erscheinungsbild nur mäßig über die Bösartigkeit in seinem Inneren hinwegtäuschen konnte.

»Ich möchte mit dir reden«, sagte er schlicht.

Valentina fühlte sich starr vor Angst. *Keine Schwäche zeigen*, hatte ihre Therapeutin gesagt. »Du darfst dich mir nicht nähern, ich hoffe, das ist dir bewusst.«

Sie sollte ihm drohen, ihn darauf hinweisen, dass sie die Cops rufen könnte, doch sie brachte kein weiteres Wort heraus.

»Ich weiß.« Erfolglos versuchte sich Marc an einer zerknirschten Miene. »Aber ich halte das nicht mehr aus. Die Schuldgefühle bringen mich um. Val. Bitte. Lass uns reden.«

Er trat einen Schritt näher. Valentina wich zurück.

»Verschwinde!«

Am liebsten hätte sie ihm die Tür vor der Nase zugeworfen. Marc schien das zu merken, denn er schob seinen Fuß vor, bis er über die Türschwelle ragte. Traurig sah er sie an. »Hör zu. Ich war nicht mehr ich selbst, das weiß ich jetzt. Du warst meine erste große Liebe, ich hatte Angst, dich zu verlieren und bin durchgedreht. Es tut mir leid, Val. Wirklich leid.«

Worte. Nichts als Worte. *Tut mir leid, dass ich dich wochenlang gestalkt, dich gekidnappt und vergewaltigt habe. Dass ich meinen Namen in deinen Arm geritzt habe.*

Er hatte sie zerstört.

Sie litt unter Ängsten, und bevor sie Sedan kennengelernt hatte, hatte sie geglaubt, nie wieder Sex haben zu wollen und Marc stand einfach da und glaubte ernsthaft, mit einer Entschuldigung wäre es getan?

Sie streckte ihren Rücken durch und reckte das Kinn. Auch wenn er noch mehr Muskeln hatte als früher und diesen dämlichen Militärhaarschnitt trug, durfte sie sich nicht einschüchtern lassen. »Ich verstehe, dass du dein Gewissen erleichtern möchtest, aber was du mir angetan hast, lässt sich mit Worten nicht wieder gutmachen. Du darfst dich mir nicht nähern, Marc und ich will, dass du dich daran hältst, sonst informiere ich die Cops darüber, dass du deine Bewährungsauflagen gebrochen hast. Ich will dich nie wiedersehen. Solange ich lebe. Hast du das verstanden?«

Abwehrend verschränkte sie die Arme vor der Brust. Ein paar Sekunden lang starrte Marc sie schweigend an, dann nickte er mit einem seltsamen Ausdruck im Gesicht. Es war keine Wut, auch keine Traurigkeit, es war eher Mitleid und darunter liegend eine plötzliche Kälte, die ihr einen Schauer über den Rücken jagte.

»Okay Val. Ich versteh dich. Wirklich. Ich finde es nur schade, dass du so denkst. Wirklich schade.« Abrupt wandte er sich um und stapfte davon. Valentina wartete, bis er in den Wagen seiner Mutter gestiegen und weggefahren war, bevor sie im Inneren des Hauses verschwand. Hastig warf sie die Tür ins Schloss und lehnte sich keuchend dagegen. Ihr Herz raste wie nach einem Einhundert-Meter-Lauf. Tränen rannen ihre Wangen hinab. Sie hatte gewusst, dass es eines Tages passieren würde, dass sie Marc begegnen würde, doch eines Tages war für sie ihn zehn oder fünfzehn Jahren gewesen. Warum? Warum war Marc so schnell aus dem Gefängnis entlassen worden?

Egal was er behauptete, er war nicht geheilt. Ein geheilter Mann hätte nicht kaum vierundzwanzig Stunden nach ihrer Rückkehr vor ihrer Tür gestanden, um mit ihr zu reden. Ein geheilter Mann hätte einen großen Bogen um sie gemacht. Außerdem hatte sie es in seinen Augen gesehen. Da waren noch immer dieser Trotz und das irrationale Verlangen nach etwas, das er nie bekommen würde.

Schluchzend rutschte sie an der Tür hinab, schlug die Hände vors Gesicht und weinte. Es war das erste Mal seit dem Tod ihrer Mutter, dass sie bitterlich weinte. Damals hatte Marc sie im Arm gehalten und getröstet. Wie einem kleinen Kind hatte er ihr über den Kopf gestreichelt und sie gewiegt, bis sie in seinen Armen eingeschlafen war. Er war so liebevoll und aufmerksam gewesen und Valentina so dankbar für seine Hilfe, dass sie seine Kontrollsucht und die Tatsache, dass sie ihn nicht liebte, verdrängt hatte.

Ob es anders gekommen wäre, wenn sie ihn damals verlassen hätte?

Die Frage war müßig, denn die Zeit ließ sich nicht zurückdrehen. Eines wusste sie allerdings mit Gewissheit: Sie wollte weg aus Polson. Zurück nach L.A. Doch ihr Flug ging erst am nächsten Abend. Zitternd rappelte sie sich auf, nahm ihr Handy und schickte eine WhatsApp an Sedan. Sein Gerichtstermin war in zwanzig Minuten, vielleicht erreichte die Nachricht ihn noch.

Könntest du den Flug bitte umbuchen?

Seine Antwort kam überraschend schnell.

Auf wann?

Hastig tippte Valentina eine Antwort.

Auf heute Abend. Geht das?

Fünfzehn Minuten vergingen, in denen sie angespannt auf das Display starrte und auf eine Antwort wartete.

American Airlines, Flight 6038, 06:35 PM

Sybille hat dir das Ticket per Email gesendet, du musst es nur noch ausdrucken.

Valentina atmete auf. Vor Erleichterung sprangen ihr erneut Tränen in die Augen. Sie konnte es kaum fassen, dass Sedan ihr Ticket tatsächlich umgebucht hatte. Einfach so. Ohne nach dem Grund zu fragen.

Danke!

Nach einer heißen Dusche fuhr sie zum Haus ihrer Schwester, um ihr mitzuteilen, dass sie abreisen würde. Von Marcs Besuch erzählte sie nichts, stattdessen behauptete sie, arbeiten zu müssen. Wie erwartet, zeigte sich Beatrix nicht begeistert.

»Versteht dein Boss denn nicht, dass wir in einer Krise stecken?«, fragte sie, während sie die Eier in die Schüssel schlug. Sie backte Dads Lieblingsbrownies. Die Haare hatte sie im Nacken zu einem Knoten zusammengefasst und sie trug kein Make-up. Ihre Wangen leuchteten rosig.

»Doch, aber Dad geht es gut«, gab Valentina zurück. »Und hast du nicht gestern behauptet, du hättest alles im Griff?«

Beatrix griff nach dem Rührbesen und sah Valentina vorwurfsvoll an. »Das hab ich auch, aber Daddy freut sich über deinen Besuch. Er hat dich vermisst, weißt du.«

»Das weiß ich.« Sofort nagte wieder das schlechte Gewissen an Valentina. Ihr Vater würde es nie zugeben, aber sie wusste, dass er sie lieber zuhause hätte, anstatt im fernen Los Angeles, wo man keine fünf Minuten die Tür auflassen konnte, ohne ausgeraubt zu werden und man nach einundzwanzig Uhr besser nicht aus dem Haus ging. Dabei lauerte die wahre Gefahr in Polson und nicht in L.A. »Ich muss gehen, Bee. bitte verstehe das. Dieser Ort weckt zu viele Erinnerungen.«

Beatrix hielt mit dem Rühren inne und schnaubte. »Weißt du, wenn du wegwillst, weil dir die Stadt zu spießig ist, verstehe ich das, aber dann steh wenigstens dazu und schieb es nicht auf Mums Tod oder deinen verrückten Ex.«

Sicher hatte Beatrix es nicht böse gemeint, doch für Valentina fühlte es sich an wie ein Schlag ins Gesicht. Ihre Schwester verstand es einfach nicht oder wollte es nicht verstehen. Dabei war sie als Erste im Krankenhaus gewesen, sie hatte gesehen, was Marc ihr angetan hatte. Wie konnte sie das einfach abtun? Glaubte sie, nur weil ein Jahr vergangen war, wäre alles wieder Okay?

Während Valentina noch überlegte, wie sie reagieren sollte, sprach Beatrix weiter. »Weißt du, was ich glaube? Du hast das, was mit Marc passiert ist, nur als Vorwand benutzt, um endlich verschwinden zu können.«

»Das ist Blödsinn«, gab Valentina aufgebracht zurück. Sie ballte die Fäuste und versuchte krampfhaft, ruhig zu bleiben.

Beatrix kniff die Augen zusammen und fixierte sie. »Bist du dir sicher? Ist es wirklich Blödsinn?«

»Du hast mich damals gesehen. Wie schlecht es mir ging. Ich litt unter Panikattacken und hatte Angst vor meinem eigenen Schatten.«

Beatrix rührte weiter in der Schüssel herum. »Ich erinnere mich. Aber ich erinnere mich auch daran, dass es dir nach ein paar Monaten wieder besser ging. Vielleicht hättest du einfach Geduld haben sollen, anstatt abzuhauen. Dein Umzug hat Dad das Herz gebrochen.« Sie atmete ruckartig ein und zog die Nase hoch. »Und mir auch.«

Valentina begriff. In ihrem Schmerz hatte sie nur sich selbst gesehen. Nie hatte sie sich gefragt, wie es ihrer Schwester oder ihrem Vater ging, dabei waren sie es gewesen, die alles hautnah miterlebt hatten. Valentina hatte geglaubt, ihrem Vater regelmäßig Geld zu überweisen würde ausreichen, um ihr Gewissen zu beruhigen, aber nun erkannte sie, wie falsch sie gelegen hatte. Beatrix und ihr Vater hatten sie gebraucht und sie war einfach gegangen.

»Es tut mir leid, Bee. Ich weiß, wie schwer das letzte Jahr gewesen sein muss.«

Beatrix schüttelte den Kopf. »Nein, Val. Das weißt du nicht. Die halbe Stadt weiß von dir und der Sache mit Marc. Als du weg warst, haben sie nicht mehr dich, sondern uns angestarrt. Marcs Mutter erzählte jedem, wie sensibel ihr Sohn ist und dass du ihn provoziert hättest. Viele glauben den Blödsinn und schauen uns an, als wären wir die Monster und nicht dieser kranke Typ.«

»Warum hast du mir das nie erzählt?«

»Weil wir dich nicht aufregen wollten. Du hattest es schwer genug. Aber es ist nicht nur Mums Tod, der Dad zu schaffen macht, er kommt auch nicht damit klar, was der Kerl dir angetan hat und dass er schon wieder frei ist und mit seinen Kumpels Bier trinken geht, während du dich in L.A. verstecken musst.«

»Das wusste ich nicht.« Betroffen schaute Valentina ihre Schwester an. Ihre Kehle wurde eng. Was sollte sie dazu sagen? Sie liebte ihren Vater, aber sie würde nie wieder nach Polson zurückkehren, das war ihr in den letzten vierundzwanzig Stunden bewusst geworden. »Warum zieht ihr nicht weg?«

Beatrix nahm die Schüssel und füllte den Inhalt in eine quadratische Backform. »Dad hat das Haus und ich ... Charles hat einen guten Job, weißt du. Den kann er nicht einfach aufgeben.«

»Also ist es was Ernstes mit euch?«

»Ja. Wir wollen heiraten.« Beatrix sagte das beiläufig, schob währenddessen die Backform in den Ofen, als wäre eine Hochzeit nichts Besonderes. Dabei waren Charles und sie noch nicht mal ein Jahr zusammen. Doch Valentina behielt ihre Bedenken für sich. Sie war froh über den Themenwechsel, außerdem war sie selbst auch nicht fehlerlos. Ihre Affäre mit ihrem Boss war genauso riskant wie eine überstürzte Heirat.

»Wow. Das ist toll. Ich gratuliere dir.« Sie bemühte sich um ehrliche Freude. »Wann wollt ihr denn heiraten?«

»Wir haben noch keinen Termin, aber es wird bald passieren, wir müssen uns nämlich beeilen.« Beatrix klappte die Ofentür zu und richtete sich auf.

Valentina reichte ihr die Eieruhr. »Beeilen? Warum?«

Mit einem glücklichen Lächeln legte ihre Schwester eine Hand auf ihren Bauch. »Ich bin schwanger.«

Kapitel 17 - Valentina

Müde tastete Valentina nach dem Handy, das auf ihrem Nachttisch lag und penetrant summte. Halb sieben. Eigentlich hatte sie ausschlafen und dann joggen gehen wollen, um die innere Unruhe zu besänftigen, die sich seit der Begegnung mit Marc wie ein Krebsgeschwür in ihr eingenistet hatte. Entsprechend mies war ihre Nacht gewesen. Ständig hatte sie Albträume gehabt.

»Hallo?« Ihre Stimme klang kratzig und alles andere als gut gelaunt.

»Guten Morgen Valentina. Ich wollte mich erkundigen, ob du gut angekommen bist.« Sedan. Natürlich. Trotz ihrer Müdigkeit machte ihr Herz einen Sprung.

»Es war ziemlich spät, der Flug hatte Verspätung. Deshalb wollte ich eigentlich ausschlafen.« Ihre mürrische Antwort war unhöflich, vor allem, nachdem seine Sekretärin netterweise ihren Flug für sie umgebucht hatte. Andererseits war es genauso unhöflich, jemanden so früh am Morgen anzurufen.

»Tut mir leid«, sagte Sedan, aber es klang kein bisschen so, als würde es ihm leidtun. »Ich dachte, du möchtest vielleicht mit mir joggen gehen und anschließend ein wenig shoppen.«

»Musst du nicht arbeiten?«, erkundigte Valentina sich.

»Es ist Samstag.«

»Du arbeitest jeden Tag.«

»Ich habe einen Termin am Nachmittag, aber bis dahin habe ich Zeit.«

Mit einem tiefen Seufzer setzte Valentina sich auf. »Joggen ist okay, aber shoppen? Warum sollte ich shoppen gehen?«

»Du brauchst ein Kleid.«

Ein Kleid? »Ich habe Kleider. Sogar sehr viele, wie du weißt.«

»Oh ja, das weiß ich.« Sie hörte das anzügliche Grinsen in seiner Stimme. »Und ich liebe deine Kleider, aber morgen Abend brauchst du etwas Besonderes.«

»Wegen der Party?«

»Genau. Also stehst du jetzt bitte auf und begleitest mich. Ich möchte heute nicht alleine meine Runden drehen.«

Valentina stöhnte. »Na gut.«

Im Grunde war es ihr recht, denn in Sedans Begleitung würde sie keine Angst haben, außerdem freute sie sich über seinen Wunsch, Zeit mit ihr zu verbringen. Leider. Eigentlich sollte sie sich nicht freuen und sich schon gar nicht an ihn gewöhnen. Er war ihr Boss. Sie hatten eine Affäre. Mehr nicht. Auf keinen Fall wollte sie sich verletzbar machen, indem sie Gefühle entwickelte. Eines Tages würde er sich der nächsten Eroberung zuwenden, dann musste sie das würdevoll und äußerlich ungerührt wegstecken.

Widerwillig schöpfte sie sich Wasser ins Gesicht, trank kalten Milchkaffee, den sie in ihrem Kühlschrank fand, und zog dann ihre Sportsachen an. Sie schnürte gerade ihre Laufschuhe zu, als Sedan auch schon an ihrer Tür klingelte. Valentina sprang auf und öffnete. »Hey. Bin gerade fertig geworden.«

Sedans Anblick beschleunigte ihren Herzschlag. In Sportkleidung gefiel er ihr noch besser als im Anzug. Mit Anzug wirkte er kühl und einschüchternd, doch mit Jogginghose und T-Shirt war er einfach nur ein attraktiver Mann.

»Ich hoffe, du lässt das Pfefferspray zuhause«, sagte er.

»Kein Pfefferspray. Versprochen«, lachte Valentina.

Sein Blick glitt über ihre Gestalt. Sie trug dunkle Radlerhosen und ein enges, pinkfarbenes Top. Da er keine Anstalten machte, zu gehen, schob sie ihn rückwärts aus dem Türrahmen. »Nicht glotzen. Jetzt wird gejoggt. Dafür hast du mich schließlich aus dem Bett geworfen.«

Er grinste anzüglich. »Hm. Ich weiß nicht. Ich überlege ernsthaft, ob wir uns lieber anderweitig betätigen sollen.«

Der Gedanke war tatsächlich reizvoll, doch Valentina wollte ihm nicht jedes Mal willig in die Arme fallen, wie jemand, der über keinerlei Selbstbeherrschung verfügte.

»Nein. Ich will Joggen«, behauptete sie.

Sedan fuhr zum Elysian Park. Dort war sie noch nie gewesen und sie freute sich auf den neuen Parkours. Außerdem lief sie zum ersten Mal nicht alleine. Eine doppelte Premiere. Fast hätte sie sich einreden können, neben ihr liefe nicht nur ihr Boss und Liebhaber, sondern auch ihr Freund. Die Vorstellung sandte eine warme Glückswelle durch ihren Körper.

Schnell verdrängte sie den Gedanken und konzentrierte sich stattdessen auf die fantastische Landschaft. Dass es mitten in L.A. eine grüne Oase wie diese gab, gefiel ihr und sie nahm sich vor, zukünftig regelmäßig im Elysian Park zu joggen. Zumindest wenn sie ihre Angst vor Marc in den Griff bekam, denn die schwebte noch immer wie ein Damokles Schwert über ihr. Ihre Befürchtung, die Begegnung mit ihm würde die Angst noch verschlimmern, hatte sich allerdings nicht bewahrheitet. Im Gegenteil. Fast fühlte sie sich ruhiger, nachdem sie ihn endlich getroffen hatte.

Sedan deutete auf eine Brücke, die über einen türkisfarbenen Teich führte. »Lass uns dort rüber joggen und dann zurück.«

Valentina nickte. Zum Sprechen fehlte ihr mittlerweile der Atem. Sedan schlug ein hohes Tempo an.

Völlig verschwitzt brachte er sie schließlich zu ihrer Wohnung zurück. Während der gesamten Fahrt überlegte Valentina, ob sie ihm vorschlagen sollte, bei ihr zu duschen, doch wie das enden würde, war klar. Außerdem hatte er bestimmt keine Lust auf ihre primitive, enge Duschkabine, wenn in seiner Penthousewohnung eine luxuriöse Duschlandschaft auf ihn wartete.

Zwei Stunden später stand Sedan erneut vor ihrer Tür und fuhr mit ihr zum Rodeo Drive. Die Luxus Shoppingmeile hatte sie bisher nur von einem Touristenbus aus im Vorbeifahren gesehen und sie wäre nie auf die Idee gekommen, dort einkaufen zu gehen. Die teuren Autos, die überall parkten, und die Designerläden zeigten ihr, dass alles, was es dort zu kaufen gab, jenseits ihrer finanziellen Möglichkeiten lag. Hummer, Ferrari und Porsches parkten vor Versace, Prada und Marc Jacobs. Ein Designerladen reihte sich an den anderen.

»Bist du verrückt? Hier ist es viel zu teuer«, schimpfte sie, während Sedan den Wagen geschickt in eine der wenigen freien Parklücken lenkte.

Sedan grinste nur.

»Ich meine es ernst«, fuhr Valentina fort. »Ich werde mich ganz bestimmt blamieren.«

Sedan stieg aus, kam um den Wagen herum und öffnete die Beifahrertür. »Mit der richtigen Kreditkarte kannst du dich gar nicht blamieren, du giltst dann höchstens als exzentrisch.«

Valentina stieg aus und bedachte ihn mit einem vorwurfsvollen Blick. »Das beruhigt mich nicht.«

Sedan deutete in die Runde. »Sieh dich doch um. Du fällst hier kein bischen auf, und wenn, dann nur durch deine Schönheit.«

Er hatte recht. Zumindest was das Auffallen betraf. Der Gehweg war voller Touristen, zwischendrin elegant gekleidete Frauen mit großen Sonnenbrillen, perfekt frisierten Haaren und perfektem Make-up, aber auch normal gekleidete Leute, bei denen Valentina sich fragte, wer von denen reich war und wer sich die Reichen nur ansehen wollte.

Sedan legte einen Arm um ihre Taille und schob sie vorwärts. »Na komm. Ich finde nicht, dass du ein Kleid von der Stange kaufen solltest, nur weil du deine Komfortzone nicht verlassen willst. Morgen Abend sollst du atemberaubend aussehen.«

Misstrauisch runzelte Valentina die Stirn. Schämte er sich für sie und wollte sie deshalb in irgendeinen teuren Fummel stecken? Hielt er sie gar für ein Landei, das von schöner Kleidung keine Ahnung hatte? Warum wollte er überhaupt, dass sie ihn begleitete? »Ein Kleid von der Stange kann auch schön sein. Es muss nicht gleich ein paar tausend Dollar kosten.«

»Genau. Es kann schön sein, aber nicht atemberaubend. Jetzt hör auf zu jammern und sieh es als deinen Job.« Er deutete auf ein schickes, weiß getäfeltes Gebäude an der Ecke. »Dort müssten wir etwas für dich finden.«

Lieber Himmel. In Valentinas Magen schienen plötzlich kleine Bälle herumzuhüpfen. Das war Chanel. Ihr Vater schenkte ihr immer ein Chanelparfum zu Weihnachten, das sie dann über das Jahr verteilt benutzte. Dass sie mal ein *Kleid* von Chanel tragen würde, daran hatte sie im Traum nicht gedacht. Zweifelnd betrachtete sie die Schaufensterpuppen. »Ich will dich ja nicht demotivieren, aber pass ich da überhaupt rein?«

Ihre üppigen Formen waren ihr peinlich, aber Sedan kannte ihren Körper, wusste, dass sie nicht dem gängigen Schönheitsideal entsprach. Von size Zero war sie drei Kleidergrößen entfernt.

»Das wirst du. Vertrau mir.« Unauffällig rutschte seine Hand abwärts und strich über ihren Po. »Du wirst tausendmal besser in Chanel aussehen, als die Hungerhaken auf den Laufstegen.«

Immer wieder machte Sedan ihr diese Komplimente. Langsam gewann sie den Eindruck, als würde er weibliche Formen bevorzugen.

Die Boutique war riesig und leer und trotzdem gab es alles. Schuhe, Handtaschen, Accessoires, Schmuck. Valentina war schon vom Erdgeschoss begeistert, doch auf der zweiten Etage warteten die Kleider. Eine schicke Verkäuferin kam auf sie zugestöckelt. Sedan erklärte ihr, nach was sie suchten. Noch nie hatte Valentina Champagner und Sprudelwasser zum Einkaufen bekommen, noch nie hatte jemand das richtige Kleid und die passende Größe für sie rausgesucht und ihr zum Anprobieren in die Kabine gehängt. Sedan saß entspannt auf einem Ledersessel und tippte auf seinem Smartphone herum.

Valentina fühlte sich unwohl, bis sie das erste Kleid anzog. In jeder Frau steckte eine Prinzessin und in dem cremefarbenen Seidentraum fühlte sie sich selbst wie eine. Die Größe passte ihr tatsächlich. Die Verkäuferin hatte Geschmack und einen guten Blick. Als Valentina aus der Kabine trat, schaute Sedan auf.

»Genau so habe ich es mir vorgestellt«, sagte er und strahlte. »Chanel war eine gute Wahl.«

Valentina probierte noch zwei weitere Kleider an. Beim Dritten war sie so begeistert, dass sie kein Weiteres anprobieren wollte. Das Kleid war perfekt. Als sie aus der Kabine trat, bequemte Sedan sich sogar dazu, aufzustehen und sie zu umrunden. Das Kleid war schwarz und schulterfrei, es wurde nur von schmalen, goldenen Trägern gehalten, der Ausschnitt war mit goldenen Perlen bestickt, in der Taille war es transparent und auch das Rockteil bestand aus transparenter Spitze. Es umschmeichelte Valentinas Figur, präsentierte ihren Körper auf eine sexy Art und Weise, ohne dabei zu viel Haut zu zeigen.

»Perfekt. Das nehmen wir«, sagte Sedan mit leuchtenden Augen.

Valentina wagte einen Blick auf das Preisschild und konnte sich nur mit Mühe einen überraschten Ausruf verkneifen. Sie räusperte sich und wartete ungeduldig, bis die Verkäuferin das Kleid zum Verpacken brachte. »Hast du gesehen, wie viel das kostet?«, zischte sie Sedan zu.

»Nein. Ist das wichtig?«

»Dreitausendvierhundert Dollar. Das ist doch abartig.«

Sedan führte sie zur Treppe. »Gefällt dir das Kleid?«

»Natürlich. Welcher Frau würde es nicht gefallen?«

»Gut, denn du siehst umwerfend darin aus. Also hör auf, dich zu beklagen. Sieh es als Bonus für deine gute Arbeit.«

»Ich arbeite erst seit einem Monat für dich und bin sowieso überbezahlt.«

Sedan grinste. »Sowas solltest du deinem Boss nicht verraten. Du bist eben besonders gut in deinem Job.«

Valentina senkte die Stimme und beugte sich näher. »Du tust das, weil ich Sex mit dir habe, richtig?«

»Falsch. Sex kann ich mit vielen Frauen haben«, gab er zurück.

»Dann verstehe ich es nicht.«

Sedan ignorierte ihren Einwand und deutete auf die gläsernen Regale an der Wand. »Hast du passende Schuhe?«

Verwirrt betrachtete Valentina die Auslage. Darüber hatte sie noch gar nicht nachgedacht. »Naja. Ja. Ich werd schon was finden.« Auf keinen Fall wollte sie jetzt noch Schuhe haben. Damit stände sie noch tiefer in seiner Schuld.

Sedan nahm sie am Arm und führte sie zu den Regalen. Sofort eilte die Verkäuferin herbei. »Sie suchen passende Schuhe?«

Sedan nickte.

»Nein«, sagte Valentina. »Wir schauen uns nur um.«

Die Verkäuferin nahm einen goldfarbenen Schuh aus dem Regal, dessen Spitze mit den gleichen Perlen bestickt war wie der Ausschnitt des Kleides. »Wir haben hier ein Paar ganz entzückende Peeptoes, die wunderbar zu dem Kleid passen.«

Optisch passten die Schuhe wirklich gut. Valentina zögerte.

»Welche Größe tragen Sie?«, fragte die Verkäuferin eilfertig.

»Äh. Größe 6,5.«

»Sehr schön. Ich bin gleich wieder da.« Die Verkäuferin verschwand.

»Das wird jetzt wirklich zu teuer«, raunte Valentina Sedan zu. Direkt neben ihr stand eine in einem typischen Chanel Kostüm gekleidete Frau und besah sich die Auslage. Ihr Parfumduft hüllte sie ein wie eine Wolke.

Sedan stieß einen Seufzer aus. »Valentina. Das Geld für die Schuhe verdiene ich in einer Viertelstunde. Das ist kein Problem für mich.«

»Du verdienst 485 Dollar in *fünfzehn* Minuten?«

Die Frau neben ihnen schaute auf und beäugte sie. Sedan nickte ihr entschuldigend zu und zog Valentina zur Seite. »In der Öffentlichkeit reden wir nicht über Geld.«

»Wer ist wir? Ich rede mit meinen Freunden immer über Geld, schließlich wollen wir den besten Preis, wenn wir shoppen gehen.«

Die Verkäuferin kehrte zurück und reichte ihr die Schuhe. Valentina setzte sich auf einen Lederhocker und streifte sie über. Superbequem waren sie nicht, dafür war der Absatz zu hoch, aber sie sahen fantastisch aus, das musste sie zugeben. In Kombination mit dem Kleid machten die Peeptoes auf jeden Fall was her. Vor dem Spiegel stöckelte sie hin und her und bewunderte ihre Füße und ihre Fesseln, die durch die Schuhform und den hohen Absatz noch schmaler wirkten.

Sedan nickte zufrieden. »Wir nehmen sie.«

Sedan

Eigentlich hatte er bis zum Abend warten wollen, aber das gemeinsame Joggen hatte ihn bereits in Wallung gebracht und das Einkaufen hatte den Drang noch verstärkt, dabei hasste er Shopping, vor allem mit Frauen. Doch Valentina in dem grandiosen Kleid zu sehen hatte ihn unglaublich erregt. Er war so scharf wie schon lange nicht mehr. In seiner Fantasie trug sie keine Unterwäsche unter dem Kleid, sodass er freien Zugriff hatte, wann immer er wollte. Die Vorstellung machte ihn hart.

Verdammt. Ob er je aufhören würde, diese Frau zu begehren? Hoffentlich würde sie ihn bei Amanda richtig anhimmeln, immerhin hatte er viertausend Dollar dafür bezahlt, dass sie sich wie eine Prinzessin fühlte.

Er bestand darauf, sie in ihre Wohnung zu begleiten und fiel über sie her, kaum dass die Tür hinter ihr ins Schloss gefallen war. Bis zu dem Geschäftsessen hatte er noch zwei Stunden Zeit und er hatte vor, die zu nutzen. Ihre Lippen schmeckten nach wilden Weintrauben, ihr sinnlicher Körper öffnete sich unter seinen Fingern. Den ganzen Tag hatte er darauf gewartet, sie berühren zu dürfen, ihre nackte Haut unter seinen Fingern zu spüren. Endlich konnte er das ungehemmt tun.

Sie war dickköpfig und eigensinnig, aber beim Sex behielt er die Oberhand. Wenn er sie fickte, gab sie sich ihm vollständig hin, was ihm verdammt gut gefiel.

»Das nächste Mal, wenn ich dir ein Kleid kaufen will, sagst du danke und hältst den Mund«, knurrte er, während er ungeduldig den Reißverschluss ihres Kleides aufzog.

»Warum sollte ich?« Ihre Wangen waren gerötet, Verlangen blitzte in ihren Augen. Sie fasste nach seinem Schwanz und rieb ihn durch die Hose hindurch.

»Weil ich es sage. Ich bin dein Boss.« Hoffentlich spielte sie das Spiel mit.

Er zog das Kleid von ihren Schultern und sah zu, wie es an ihrem Körper hinabglitt. Ihre Rundungen waren umwerfend. Was fanden andere Männer nur an diesen Klappergestellen? Eine Frau musste Brüste und Hüften und Schenkel haben. Er wollte Weichheit berühren und keine Knochen.

»Oh. Ich vergaß«, hauchte sie. »Dem Boss darf man natürlich nicht widersprechen.« Geschickt öffnete sie seinen Hosenstall und fasste hinein, umfasste seinen harten Schwanz. *Fuck*. Das fühlte sich gut an. Er wollte mehr, ihre Lippen an seinem Schwanz.

»Genau«, stieß er stöhnend hervor. »Du wolltest eine gehorsame Assistentin sein. Deshalb will ich, dass du mir jetzt deine Gehorsamkeit beweist und dich bei mir bedankst.«

Sie verstand sofort. Noch etwas, was er an ihr mochte. Ihre Körper harmonierten miteinander wie ein eingespieltes Footballteam. Langsam ging sie in die Knie. Sedan beobachtete sie. Ihre Zunge stupste gegen seine Schwanzspitze, leckte über die Eichel.

»Ja Baby. Nimm ihn in den Mund.«

Einen Blowjob zu bekommen war das zweitbeste Gefühl der Welt, fand Sedan und Valentina gehörte zu den Frauen, die es besonders gut beherrschten. Er liebte den Anblick ihrer vollen Lippen, die sich um seine Härte schlossen. Er liebte es, wie sie versuchte, ihn so tief wie möglich in sich aufzunehmen. Eine Weile ließ er sie machen, doch dann konnte er sich nicht mehr zurückhalten, krallte seine Hände in ihr Haar und dirigierte sie. Leider brachte ihn das viel zu schnell auf Hochtouren. Wenn er nicht stoppte, würde er kommen. So sehr er den Blowjob genoss, er wollte sie trotzdem spüren. In sie eindringen und sie zum Stöhnen bringen.

»Stop!«, befahl er.

Valentina hielt inne und sah zu ihm auf. Sein Schwanz lag noch immer in ihrem Mund. Was für ein Anblick.

»Als kleine Geste der Dankbarkeit war das schon Mal nicht schlecht«, er grinste diabolisch. »Doch das Kleid war teuer und du hast auch noch Schuhe bekommen. Weißt du, was ich dafür will?«

Sie entließ ihn aus ihrem Mund und lächelte mit verschwommenem Blick zu ihm auf. »Du willst mich ficken.«

»Oh ja, Valentina. Das will ich.«

Gehorsam erhob sie sich. Sedan fasste in ihren Slip, strich mit seinen Fingern über ihre Scham. »Du bist feucht. Macht es dich geil, wenn ich so mit dir rede? Als dein Boss?«

Sie nickte. Ihre Augen glänzten wie ein vom Mondlicht beschienener Teich, ihre Lippen schimmerten feucht.

»Zieh deinen BH aus«, befahl er, während er weiter über ihre Perle strich. Valentinas Brüste sprangen aus ihrem Gefängnis aus Spitze und Seide. Je mehr er Valentina stimulierte, umso schwerer ging ihr Atem. Ihre Nippel reckten sich ihm entgegen. Sedan riss ihren Slip nach unten, bis er zu Boden fiel und sie ihn zur Seite kicken konnte.

»Spreiz die Beine«, befahl er.

Valentina tat es. Ihre Beine zitterten, als er mit dem Daumen ihre Perle stimulierte und zugleich mit zwei Fingern in sie eindrang. Er beugte sich vor und saugte an ihren Nippeln. Valentina stöhnte auf und schwankte. Ihre Erregung beeinträchtigte ihre Standfestigkeit.

»Wo soll ich dich ficken?«, fragte er.

»Im Bett«, hauchte sie.

»Wie du willst« Sedan drängte sie rückwärts, bis sie auf die Bettdecke fiel. In Windeseile zog er sich aus, spreizte dann ihre Beine und nahm sich einen Moment Zeit, um die glitzernde Feuchtigkeit zu bewundern, die ihre Scham benetzte. Mit zwei Fingern drang er in sie ein, sein Schwanz stupste gegen ihren Schenkel. »Ich will in dich eindringen, wenn du kommst«, sagte er.

Mit dem Daumen glitt er über ihre Perle, während seine Finger in ihrem Inneren verharrten. Valentina rollte mit den Hüften, warf sich ihm keuchend entgegen.

Sedan beugte sich über sie. »Sag mir, wenn du kommst.«

»Bitte«, stieß sie keuchend hervor. »Ich will nicht warten.«

»Oh, das wirst du müssen. Du kennst das Spiel. Ich werde dich erst ficken, nachdem du gekommen bist, damit ich dich ein weiteres Mal zum Höhepunkt bringen kann.« Er liebte es, wenn sie bettelte. Normalerweise war Valentina störrisch und zurückhaltend. Nur im Bett konnte er ihre Fassade durchdringen. Er steigerte das Tempo seiner Finger, stieß heftiger in sie hinein.

»Sedan. Ich ... ich komme«, stieß sie kurz darauf hervor.

Das war sein Stichwort. Er spreizte ihre Beine und drang mit einem Ruck in sie ein. Valentina schrie auf, ihre Körper bäumte sich ihm entgegen. Ihre Pussy war heiß und eng und krampfte sich gierig um seinen Schwanz. Stöhnend stieß er zu. Das Gefühl war unglaublich. Die Kontraktionen in ihrem Inneren hörten gar nicht mehr auf, als hätte sie mehrere Orgasmen hintereinander.

»Oh Gott.« Sie krallte ihre Nägel in seinen Rücken.

Ja, Valentina, lass mich dein Sexgott sein. Sedan stieß zu, immer wieder, bis er spürte, wie sich sein eigener Höhepunkt aufbaute. Unaufhaltsam wie eine Naturgewalt. Bei allen Teufeln und Heiligen, er wollte diese Frau ficken bis ans Ende seiner Tage.

Schwer atmend lagen sie schließlich nebeneinander. Valentina wirkte genauso betroffen und nachdenklich, wie er sich fühlte. Unauffällig beobachtete er sie. Ihre Wangen waren gerötet, das dunkle Haar lag wie ein seidiger Teppich auf dem hellen Kissen, ihre leicht geöffneten Lippen luden zum Küssen ein.

Warum war der Sex mit ihr so viel besser als mit anderen Frauen? So sehr er sich auch den Kopf zermarterte, er verstand es nicht. Er war gerne mit ihr zusammen, nicht nur wegen Amandas Challenge. Er sah sie gerne an, freute sich, wenn sie sich freute. Hasste es, wenn sie unglücklich war. Das war ... übel. Es fühlte sich an, als hätte es ihn erwischt. Als hätte er sich tatsächlich *verliebt*.

Lächerlich. Absurd. Unmöglich!!!!

Sobald er den Abend bei Amanda überstanden hatte, musste er dringend Abstand gewinnen.

Obwohl ihm noch ein wenig Zeit bis zu seinem Geschäftstermin blieb, drängte es ihn plötzlich dazu, zu gehen. Er rutschte vom Bett und zog sich an. Valentina stützte sich auf die Ellenbogen und beobachtete ihn. »Du musst weg?«

Sedan nickte. »Vor dem Termin will ich mich noch duschen.«

»Du darfst ruhig meine Dusche benutzen.«

Er warf einen schiefen Blick auf das winzige Badezimmer. »Nichts gegen deine Wohnung, aber ich bevorzuge mein eigenes Bad.«

»Du bist ein Snob«, lachte Valentina.

Er beugte sich über sie und drückte ihr einen Kuss auf den Mund. Ihre Lippen waren warm und weich und schmeckten so süß, dass er sie am liebsten weiterküssen wollte.

»Höchstens ein wenig verwöhnt. Aber ich muss mich auch umziehen. Wir sehen uns morgen.«

Träge rollte Valentina zur Seite und winkelte ihre Beine an. Sie sah aus wie einem Gemälde von Botticelli entsprungen. »Okay. Viel Spaß bei dem Geschäftsessen.«

Kapitel 18 - Sedan

Mit einem leisen Klirren fielen die Eiswürfel ins Glas. Amanda entstöpselte die Flasche und goss den Whiskey ein.

»Ich hoffe, du freust dich auf die Party«, sagte sie mit einem verschmitzten Lächeln im Gesicht. Sedan musterte sie. Sie trug ein sehr tief ausgeschnittenes Kleid, bei dem zu befürchten war, dass es jeden Moment über ihre Brüste rutschte. Amanda bemerkte seinen Blick und lachte.

»Keine Sorge, das Kleid wird nicht verrutschen. Ich habe es an meine Nippel geklebt. Schau.« Mit dem Glas in der Hand kam sie näher und beugte sich vor, sodass Sedan in ihren Ausschnitt blicken konnte. Bis auf die Nippel sah er alles, sogar ihren Bauchnabel. Der Stoff klebte tatsächlich an ihren Brustspitzen.

»Du trägst keinen Slip«, stellte er fest.

Sie drückte ihm das Glas in die Hand und strich grinsend über sein Kinn. »Natürlich nicht. Der stört nur, falls wir spontan eine Nummer schieben wollen.«

Unbehaglich rutschte Sedan auf dem Ledersessel herum. »Valentina wird hier sein.«

»Ich weiß. Das macht es ja gerade so interessant. Heute Abend werde ich entscheiden, ob sie sich in dich verliebt hat und dann werde ich mit dir ficken.«

»Klingt ziemlich versaut«, sagte Sedan. »Aber das kann ich nicht tun. Nicht, solange Valentina hier ist.«

Eigentlich wollte er es überhaupt nicht mehr tun. Sein Interesse an Amanda beschränkte sich nur noch auf das Berufliche, doch wie sollte er ihr das beibringen? Sie war es gewohnt, ihren Willen zu bekommen und zog eine Abfuhr nicht mal in Erwägung.

»Ach komm, das Pummelchen wird schon nichts mitkriegen. Wenn du willst, werde ich sie beschäftigt halten.« Sie drückte ihm einen Kuss auf den Mund. »Komm schon. Wir haben seit Wochen nicht miteinander gevögelt.« Sie runzelte die Stirn. »Warum eigentlich nicht?«

Sedan leerte das Glas, schob sie zurück und erhob sich. »Ich musste mich auf Valentina konzentrieren.« Valentina, die in seinen Augen tausend

Mal heißer war als Amanda. Alles, was Amanda besaß, waren ihr Ruhm, einen unbarmherzigen Fitnesstrainer und eine begnadete Visagistin, die das Beste aus ihrem Typ herausholte. Ohne den Glamour war sie im Grunde fad.

An der Bar füllte er sein Glas auf. »Was wolltest du eigentlich mit mir besprechen, das nicht bis nach der Party warten konnte?«

Amanda hatte ihn extra früh zu sich bestellt, sodass er Valentina nicht abholen konnte und ihr stattdessen einen Wagen schicken musste. Das würde ihr sicher nicht gefallen.

Amanda stellte sich hinter ihn, griff um ihn herum und schob eine Hand in seinen Hosenbund. »Eigentlich wollte ich nochmal meine Scheidung durchgehen, aber eigentlich könnten wir auch ein wenig Spaß haben, bevor die Gäste kommen.«

Warum wollten Frauen ihn mehr, je weniger er sie wollte? Das würde er nie verstehen. Immer, wenn er begann, sich zu distanzieren, taten sie alles, um ihn zu verführen. Amandas Hand schlüpfte in seine Unterhose und umfasste seinen Schwanz, der gegen seinen Willen ein wenig härter wurde.

»Nicht jetzt, Amanda.« Er umgriff ihr Handgelenk und zog ihre Hand aus seiner Hose.

»Warum denn nicht?«, schnurrte sie. Er spürte, wie sie ihren Körper gegen seinen Rücken presste, sich an ihm rieb wie eine rollige Katze. »Komm schon. Ich bin geil auf dich.«

Sollte er ihr die Wahrheit sagen? Wenn er das tat, riskierte er, sie als Mandantin zu verlieren. »Ich muss Valentina vorspielen, sie zu begehren. Das funktioniert besser, wenn ich sexuell unbefriedigt bin.«

Sexuell unbefriedigt war er keineswegs, aber das brauchte Amanda ja nicht zu wissen. Ihrem Lachen nach zu urteilen, nahm sie ihm die Lüge ab. »Na gut. Ich hoffe für dich, dass sich der Aufwand am Ende lohnt.«

»Oh, er lohnt sich ganz sicher. Sie ist hin und weg von mir.« Auch das war eine glatte Lüge. Valentina begehrte ihn, aber ob sie ihn wirklich mochte, konnte er nicht mit Sicherheit sagen. Was er mit Sicherheit wusste, war, dass er Valentina mochte, und zwar mehr als gut für ihn war.

Er fuhr zu Amanda herum. Ihr kleiner, harter Körper war zierlich und zugleich stark wie der einer Ringerin. »Eigentlich ist es ziemlich unfair, mich derart hinzuhalten. Ich habe getan, was du wolltest und bekomme von dir nichts zurück.«

Amanda runzelte die Stirn, als würde sie überlegen. »Du hast recht«, sagte sie schließlich. Sie öffnete die Schublade eines antiken, chinesischen Highboards und zog einen Ordner heraus. »Du musst nicht mehr schmollen, Sedan. Hier sind alle Verträge,die ich mit meinem Ex geschlossen habe. Ich gebe sie dir zur Durchsicht.«

Sedan Herz schlug schneller. »Bedeutet das, du bist ab sofort meine Mandantin?«

»Das bedeutet, ich gebe dir einen Vertrauensvorschuss. Du könntest zwar immer noch alles versauen, aber ich habe ein gutes Gefühl.« Sie reichte ihm den Ordner. »Hier. Chronologisch sortiert, angefangen bei dem Vertrag für die beiden Filme, die er mir jetzt streitig machen will.«

Sedan stellte sein Glas ab und nahm den Ordner. Wenn Amanda ihm den anvertraute, war eine Zusage so gut wie sicher, auch wenn sie noch immer so tat, als wäre es das nicht. Der Scheidungsanwalt in ihm freute sich darüber, doch der Mann in ihm wusste, warum Amanda das getan hatte. Sie spürte, dass er sich von ihr distanzierte und versuchte, ihn bewusst oder unbewusst, zu locken.

Es ging nicht länger um Valentina,erkannte Sedan, er erkaufte sich das Mandat nicht mehr mit einer albernen Challenge, er erkaufte es mit sich selbst.

Kapitel 19 - Valentina

Das Tor öffnete sich langsam, als wollte es Valentina absichtlich warten lassen, um sie nachdrücklich daran zu erinnern, dass sie gerade im Begriff war, den Privatbesitz eines Hollywoodstars zu betreten.

Der Fahrer fuhr die Auffahrt hinauf bis zu einem hell erleuchteten, flachen Gebäude. Eine große Freitreppe führte zum Eingang, der von zwei Palmen gesäumt wurde. Neben der Villa glänzte ein riesiger Pool in der untergehenden Sonne, um den sich bereits einige Gäste tummelten, wie Valentina durch die perfekt gestutzten Büsche hindurch erkennen konnte. Tanzmusik wehte durch die geschlossenen Fenster in den Wagen. Beklommen betrachtete Valentina die Villa, in der ihre mickrige Wohnung bestimmt hundertmal Platz gefunden hätte.

Warum hatte Sedan sie nicht persönlich abgeholt? Stattdessen hatte er ihr einen Wagen geschickt, um sie nach Bel Air zu bringen. Sie wollte nicht ganz allein auf der Party auftauchen.

Sie zog das Smartphone aus ihrer Handtasche und schickte eine Nachricht an Sedan. Der Fahrer stoppte vor der Treppe und wandte sich zu ihr um. »Wir sind da, Miss.«

»Einen Moment bitte. Ich werde abgeholt«, sagte sie entschuldigend.

Sedan antwortete nicht, aber er tauchte wenige Minuten später auf der Treppe auf. Erleichtert stieg Valentina aus. Sedan sah fantastisch aus, wie er lässig die Stufen hinabstieg. Der anthrazitfarbene Anzug war offenbar maßgeschneidert und betonte seinen athletischen Körper. Dazu trug er ein hellgraues Hemd und eine schmale Krawatte. Valentina liebte den Haarschnitt, der seine Haare absichtlich unordentlich aussehen ließ und zugleich seine Männlichkeit betonte. Kaum zu glauben, dass sie eine Affäre mit diesem Mann hatte. Bei dem Gedanken daran spürte sie schon wieder ein warmes Kribbeln im Bauch und einen Anflug von Bedauern, wenn sie an das unausweichliche Ende dachte. Sich dagegen zu wappnen erschien ihr immer schwerer.

Sein Blick fuhr über ihre Gestalt und seine Miene erhellte sich. »Du siehst umwerfend aus. Wie ich es erwartet habe«, sagte er. Seine Hände an ihre Taille gelegt zog er sie zu sich heran. »Tut mir leid, dass ich dich nicht abholen konnte. Bevor die Gäste kommen, wollte Amanda was mit mir besprechen.«

Ein eifersüchtiger Stich durchfuhr Valentina,als er das sagte.

»Will sie was von dir?« Sie hatte diese Frage nicht stellen und damit ihre Eifersucht offenbaren wollen, doch die Frage war raus. Sie konnte sie nicht mehr zurücknehmen.

»Mach dir keine Sorgen um Amanda.« Sedan schob ihre Haare zurück und streichelte über ihren Hals abwärts bis zum Ausschnitt ihres Kleides. »Sie ist eine Diva, die glaubt, alles haben zu können.«

»Dich inklusive«, stellte Valentina fest.

Sedan seufzte. »Ja. Doch ich will sie nicht.«

»Sie ist ein Star.« *Mit einem durchtrainierten Körper,* fuhr Valentina in Gedanken fort.

Sedan zögerte, als überlegte er genau, was er ihr verraten durfte. Valentina ahnte, was er ihr sagen wollte und kam ihm zuvor.

»Du hast mit ihr geschlafen.«

Er nickte zerknirscht. »Ich will nicht lügen. Ja, das habe ich, doch das war, bevor ich mir dir geschlafen habe. Seit wir ... zusammen sind, ist nichts mehr passiert. Wir sind nur noch Geschäftspartner.«

Er klang ehrlich, dennoch fühlte Valentina sich wie vor den Kopf gestoßen. Was war sie gegen *Amanda Hope*? Nur ein pummeliges, unscheinbares Landei.

Sedan nahm ihre Hand. »Hör zu. Dieser Abend ist sehr wichtig für mich. Glaubst du, du könntest deine persönlichen Gefühle für ein paar Stunden zurückstellen und so tun, als wüsstest du nichts von der Affäre?«

»Was findest du nur an mir?«, platzte Valentina heraus. »War es dein Jagdinstinkt? Wolltest du das Landei flachlegen? Ich verstehe es nicht.«

»Es war nichts davon.« Sedan lachte, als wären ihre Fragen völlig absurd. »Hast du denn keine Ahnung, wie schön du bist?«

Frustriert schüttelte Valentina den Kopf. So ein Mist. Sie benahm sich wie ein trotziger Teenager.

»Du bist unterhaltsam und aufregend, Valentina, mit dir wird es nie langweilig. Ich liebe deinen Scharfsinn und deine Freundlichkeit. Und nicht nur das. Du bist auch unglaublich heiß. Jedes Mal, wenn ich dich sehe, würde ich am liebsten über dich herfallen, sogar im Büro.« Er zog sie wieder näher, bis sie gegen seinen harten Körper stieß. »Vergiss Amanda Hope. Sie kann dir nicht das Wasser reichen.«

Valentina stieß einen Seufzer aus. Sedans Worte fühlten sich an wie ein warmer Sommerregen. »Stehst du auf Frauen wie mich?«

Fragend hob er die Augenbrauen. »Wie meinst du das?«

Ihre Wangen begannen zu glühen. »Naja, dicke Frauen eben.«

Seine Hand wanderte zu ihrem Hintern und drückte ihn fest. »Ich steh auf dich, Valentina, und ja, ich mag es, wenn ich bei einer Frau was zum Anfassen habe. Außerdem bist du nicht dick, nur kurvig, sonst hättest du bei Chanel ganz sicher kein Kleid gefunden.«

Wie um seine Behauptung zu beweisen, küsste er sie und schob sie rückwärts hinter einen der Büsche. Dort schob er ihr Kleid hoch und umfasste mit beiden Händen ihren Hintern, drückte sie fest an sich. Valentina spürte seine wachsende Erektion.

»Spürst du, was du mit mir machst?«, raunte er. »Ich bin total verrückt nach dir.«

Eine Hand schob er von hinten in ihren Slip und fand ihre Öffnung. Sie war schon wieder feucht, wie das leichte Eindringen seines Fingers bewies. Valentina keuchte auf. Sedan hatte nicht gelogen. Er wollte sie, genauso sehr wie sie ihn wollte. Es war ihr egal, dass er ein skrupelloser Anwalt war und es war ihr egal, wie viele Affären er hatte. Im Augenblick wollte er nur sie und das würde sie genießen, solange es ging.

Vielleicht hätte sie sogar in der Auffahrt zu Amanda Hopes Villa mit ihm gevögelt, hätte sich nicht in dem Moment das Tor geöffnet und einen roten Porsche eingelassen. Der nächste Gast.

Ertappt fuhren sie auseinander.

»Wir sollten reingehen«, sagte Valentina atemlos.

Brummend rückte Sedan seinen harten Schwanz zurecht. »Verdammt. Du machst mich fertig. Warum muss ich immer und überall über dich herfallen?«

Valentina zuckte mit den Schultern. »Keine Ahnung. Warum lasse ich es immer zu?«

Der Porsche parkte auf dem letzten freien Platz. Ein Mann stieg aus. Schnell richtete Valentina ihr Kleid. Ein Glück hatte sie nur Lipgloss aufgetragen, der verschmierte nicht und sie konnte ihn problemlos auffrischen.

Der Mann hielt direkt auf sie zu.

»Oh mein Gott.« Valentina stockte der Atem.

»Was ist?«, zischte Sedan.

»Das ist Paul Freeman.«

Als Teenager hatte sie den Schauspieler vergöttert. Damals war er für sie der schönste Mann auf Gottes Erde gewesen und jetzt, zehn Jahre später, sah er sogar noch besser aus. Er ging mittlerweile auf die vierzig zu, doch die Reife stand ihm gut. Das blonde Haar trug er kürzer und es war ein wenig dunkler geworden, doch noch immer fiel ihm eine vorwitzige Strähne ins Gesicht. Sein Lächeln war genauso umwerfend wie in seinen Filmen.

»Du kennst ihn?«, fragte Sedan mit deutlichem Missfallen in der Stimme.

»Natürlich kenne ich ihn. Ich liebe seine Filme«, gab Valentina leise zurück, damit Paul Freeman es nicht hörte.

»Wollt ihr auch auf die Party?«, fragte er von der Treppe aus. Er hatte lässig eine Hand in die Hosentasche gesteckt.

Valentina räusperte sich. »Ja. Das wollen wir.«

Sie ging, ohne auf Sedan zu warten. Der folgte ihr eilig und legte besitzergreifend einen Arm um ihre Taille. Sie spürte Freemans musternden Blick auf sich und merkte, wie Hitze in ihre Wangen stieg. Hoffentlich hatte er nicht gesehen, wie sie mit Sedan rumgemacht hatte. Das wäre so peinlich. Als sie vor ihm stand, fühlte sie sich plötzlich wieder wie das junge Mädchen, das die Poster über ihrem Bett angehimmelt hatte. *Nicht stottern,* ermahnte sie sich. *Du bist eine erwachsene Frau und er ist ein ganz normaler Mann.*

Freeman reichte ihr die Hand. »Hi. Ich bin Paul.«

»Valentina«, sagte Valentina. Oh Gott. Sie schüttelte Paul Freemans Hand. *Paul Freeman!* Das musste sie unbedingt ihrer Schwester mitteilen. Schade, dass sie keinen Facebook-Account mehr hatte oder Twitter. Am liebsten würde sie es in die ganze Welt hinausschreien: *Ich habe Paul Freeman getroffen.*

»Ich bin Sedan Guillaume«, sagte Sedan mit finsterer Miene.

Paul runzelte die Stirn. »Sedan Guillaume? Da klingelt was bei mir. Bist du Amandas Anwalt?«

»Sozusagen«, bestätigte Sedan.

»Und das ist deine Freundin?« Paul grinste verschwörerisch, als würden er und Sedan ein Geheimnis teilen.

Sedan nickte. Seine Miene wurde immer finsterer. »Ja!«

Paul zwinkerte Valentina zu, genau wie in dem Liebesfilm, mit dem er berühmt geworden war: *Valentine's Lover*. Damals hatte sie den Titel besonders toll gefunden, weil er sich problemlos in *Valentina's Lover* umwandeln ließ.

Valentina fühlte sich wie in einem Traum, als sie zwischen den beiden Männern die Treppe hinaufstieg und Paul dann bis zum Pool folgte. Eigentlich müsste sie diesen Moment mit der Handykamera festhalten, sonst würde ihr das garantiert niemand glauben.

Amanda kam auf sie zu. In ihrem hautfarbenen Kleid sah sie fast aus wie nackt, so eng war es und so tief ausgeschnitten. Valentina konnte fast ihren Bauchnabel sehen. Amanda begrüßte als Erstes Paul mit einer Umarmung und einem Kuss auf beide Wangen, dann wandte sie sich Valentina zu und musterte sie skeptisch. Trotz ihrer geringen Größe war Amanda eine beeindruckende Frau mit einer enormen Präsenz, dahingehend passte sie perfekt zu Sedan, dessen Präsenz einen ganzen Raum füllen konnte.

»Wie ich sehe, hast du Paul mitgebracht. Kennst du ihn?«, fragte Amanda.

»Äh ja«, stotterte Valentina. »Wer kennt ihn nicht?«

Amanda lachte laut, dabei hatte Valentina nichts Witziges gesagt. Lachte sie über ihre unbeholfene Art?

»Letztes Jahr wurde Paul schon zum zweiten Mal zum sexiest man alive gekürt«, erzählte Amanda. Paul rollte stöhnend mit den Augen, woraufhin sie ihm einen Luftkuss zuwarf. »Er hasst es, wenn ich das verrate.«

»Das tue ich«, bestätigte Paul. »Vor allem interessiert das hier niemanden.«

»Valentina interessiert das bestimmt. Sie gehört nämlich zu deiner Zielgruppe. Amerikanische Durchschnittsfrau zwischen achtzehn und neunundvierzig, mittlerer Bildungsabschluss, durchschnittliches Einkommen, stimmt's?« Amanda zwinkerte Valentina zu.

Erneut schoss Röte in Valentinas Wangen. Aus Amandas Mund klang Durchschnittlichkeit wie eine Beleidigung.

»Finde ich gut«, gab Paul schlagfertig zurück. »Ich wäre stolz darauf, eine Frau wie Valentina zu meiner Zielgruppe zählen zu dürfen. Als Schauspieler hat man irgendwann die Nase voll von Hollywoods Selbstdarstellerinnen und sehnt sich nach einer normalen Frau.«

Valentina war entzückt. Der Mann war nicht nur reich, berühmt und schön, er war auch noch nett. War sowas überhaupt möglich? Lag es an seiner Exfrau, Ella Reed, eine Schauspielerin, mit der er vier Jahre lang verheiratet gewesen war? Wenn man den Boulevardblättern glauben konnte, war sie launisch und anspruchsvoll und hatte ihn für einen Milliardär verlassen.

Sedan zog sie näher zu sich heran. Valentina spürte, wie sich seine Finger in ihre Taille bohrten, als wollte er sie nachdrücklich daran erinnern, zu wem sie gehörte. »Valentina ist alles andere als Durchschnitt, würde ich behaupten.«

Die Worte handelten ihm einen stechenden Blick von Amanda ein. Valentina fühlte sich unwohl und überlegte, wie sie die Situation entschärfen könnte.

»Es sind viele Gäste hier«, sagte sie mit einem Blick auf das Treiben um den Pool herum.

Amanda winkte gelangweilt ab. »Die üblichen Verdächtigen. Zu meinen Partys kommen Freunde und alle, die sich für meine Freunde halten. Keine Angst, euch meine ich damit natürlich nicht.« Wieder dieses alberne Lachen. Dann schaute sie zwischen Paul und Sedan hin und her. »Paul. Könntest du dich kurz um Valentina kümmern? Ihr zeigen, wo sie was zu Trinken findet. Ich habe noch was mit meinem Anwalt zu besprechen.«

Valentina war verwirrt. Sie dachte, die beiden hätten bereits alles besprochen. Bevor sie Einwände erheben konnte, hatte Paul sich bei ihr untergehakt und sie von Sedan weggezogen. Widerwillig folgte sie ihm zur Poolbar, wo zwei nur mit einer Fliege und Badehosen bekleidete Barkeeper die Drinks mixten.

»Was willst du trinken?«, erkundigte sich Paul.

»Eine Weinschorle.« Sie wollte sich nicht schon wieder betrinken, das hatte sie in letzter Zeit zu oft getan.

Paul bestellte einen Long-Island-Icetea und die Weinschorle.

»Long-Island-Icetea? Du hast es gut vor«, bemerkte Valentina.

Lässig lehnte Paul sich gegen den Tresen. »Drei Dinge kann man auf Amandas Partys tun: Trinken, tanzen und vögeln. Ich tanze nicht gern und die Lady, die ich vögeln würde, ist nicht zu haben, also bleibt nur das Trinken.«

Der Barkeeper stellte ihre Getränke auf die Theke. Paul reichte ihr die Weinschorle. »Hoffentlich habe ich dich damit jetzt nicht vergrault.«

»Ich bin eine Durchschnittsfrau und keine Nonne«, flachste Valentina, obwohl sie sich komplett verunsichert fühlte. Sie stand hier und scherzte mit *Paul Freeman*. Das war unfassbar.

Paul ließ seinen Blick demonstrativ über ihre Gestalt wandern. »Durchschnittlich bist du ganz sicher nicht, Valentina. Im Gegenteil. In dem Kleid könntest du ohne aufzufallen über den roten Teppich spazieren. Wo hast du es gekauft?«

Nervös strich Valentina über den transparenten Rock. »Bei Chanel. Um ehrlich zu sein, habe ich sowas Schönes nie zuvor getragen.« Toll. Warum gab sie das zu? Sie klang wie ein Aschenputtel.

Mit den Fingerspitzen strich Paul über ihren nackten Arm. »Ich wette, du siehst in allem gut aus.«

»Schmeichler«, grinste Valentina.

»Ich tue, was ich kann.« Lächelnd prostete er ihr zu.

»Seit wann bist du mit Amanda befreundet?«, fragte Valentina, während sie gemächlich um den Pool herum schlenderten und dabei tanzenden Männern und Frauen auswichen. Sie sah einige bekannte Gesichter, Sänger und Schauspieler, doch niemand war auch nur annähernd so berühmt wie Paul. Auch Amandas Assistentin und ihr Stylist hatten sich unter die Gäste gemischt.

»Ich kenne sie seit acht Jahren. Wir haben uns auf einer Preisverleihungsparty kennengelernt.«

Valentina schnaubte.

»Was?«, fragte Paul. »Du kannst sie nicht leiden, hab ich recht?«

»Um ehrlich zu sein, finde ich sie unhöflich und ich traue ihr nicht über den Weg, aber vielleicht ist sie bei Männern anders«, beschwichtigte Valentina schnell. Immerhin war Paul mir ihr befreundet.

»Sie ist manipulativ und spielt gerne Spielchen«, gab Paul zu, »aber wenn man sie braucht, ist sie zur Stelle. Vor ein paar Jahren hab ich eine harte Zeit durchgemacht. Sie hat mir damals wirklich geholfen. Am Ende hat sie mir sogar eine Rolle in einem Film ihres Mannes verschafft, damit ich wieder auf die Beine komme. Das vergesse ich ihr nicht.«

Es klang tatsächlich so, als hätte Amanda Hope auch eine andere Seite, leider bekam Valentina davon nichts mit. Zu ihr war sie herablassend und bissig. »Es ist wohl ein verrücktes Leben als Hollywoodstar, das jemand wie ich nicht nachvollziehen kann.«

»Das ist es«, stimmte Paul zu. »Ich will nicht jammern, ich weiß, wie privilegiert wir sind, wie viel Glück wir hatten, aber wir sind auch verflucht. Erfolg bestimmt unser ganzes Leben, und wenn wir beruflich oder privat scheitern, weiß es die ganze Welt und beurteilt uns danach. Das ist ein Scheiß Gefühl.«

Unter einer Palme hielten sie inne. Neben ihnen brannte eine Fackel, Hip-Hop Musik wehte über das Gelände. Valentina hielt Ausschau nach Amanda und Sedan, konnte die beiden aber nirgends entdecken.

Paul beobachtete sie von der Seite. »Suchst du nach deinem Freund?«

Valentina nickte. »Vielleicht sollte ich ihm eine Nachricht schicken, damit er weiß, wo wir sind.«

»Wenn Amanda mit ihm fertig ist, wird er uns schon finden.«

»Wenn sie mit ihm fertig ist? Das klingt, als würde sie wer weiß was mit ihm anstellen.«

Paul lächelte unergründlich, schaute über die Poollandschaft und nippte an seinem Glas. Eine Antwort blieb er ihr schuldig. Ein mulmiges Gefühl stieg in Valentina empor, eine dunkle Ahnung. »Ich will nicht, dass du denkst, ich bin eifersüchtig. Das bin ich nicht, aber ich habe ein ungutes Gefühl bei der Sache. Sei ehrlich: Glaubst du, Amanda würde sich ... naja, du weißt schon ... sich an Sedan ranmachen, auch wenn er mit jemandem hier ist?«

Ein paar Sekunden lang schaute Paul noch Richtung Pool, als versuchte er, Zeit zu gewinnen, dann wandte er sich ihr zu. »Magst du den Anwalt?«

Wie abfällig er das sagte. *Den Anwalt*. Als wäre Sedan kein Mensch, nur ein Mann in einem teuren Anzug. Abschaum, auf den er gerne verzichten würde. »Ja. Ich mag ihn. Wenn nicht, wäre ich wohl kaum mit ihm zusammen.«

Nun wirkte Paul amüsiert. »Du glaubst also, ihr seid richtig fest zusammen? In einer *Beziehung*, wie man so schön sagt?«

Oh Himmel, sie kam sich total dumm vor. Über eine Beziehung hatten Sedan und sie nie gesprochen, auch nicht über Exklusivität. Bisher war es nur Sex gewesen. »Ich weiß es nicht«, gab sie zu, »aber auch als Affäre fände ich es nicht in Ordnung, wenn er mich zu einer Party mitnimmt und dort mit der Gastgeberin rummacht.«

»Das verstehe ich.« Paul schaute wieder zum Pool, als wäre dort etwas höchst Interessantes im Gange.

Valentina fixierte ihn. »Glaubst du, Amanda würde sowas tun?«

Er trank einen großen Schluck. »Keine Ahnung. Gut möglich. Sie kann nur schlecht ein Nein akzeptieren.«

Wut wallte in Valentina empor. Das war im Grunde ein Ja. Außerdem hatte sie das Gefühl, dass Paul etwas wusste und es ihr nur nicht verraten wollte, weil er loyal zu Amanda stand. Aber sie wollte die Wahrheit wissen, auch wenn es ihr das Herz rausreißen und sie sich bis auf die Knochen blamieren würde. Sie Würde nicht weiter mit Sedan ins Bett steigen, wenn er andere Frauen vögelte, noch dazu in ihrem Beisein.

»Wo sind die beiden?«

Paul wirkte entspannt, fast sogar ein wenig amüsiert. »Beruhige dich. Sie werden schon nicht übereinander herfallen und selbst wenn, kannst du nichts dagegen tun. Nimm es einfach hin.«

»Das werde ich ganz bestimmt nicht tun! Sag mir, wo die beiden sind oder ich suche jedes einzelne Zimmer ab, bis ich sie finde.«

Paul stieß einen Seufzer aus. »Also gut. Wahrscheinlich wird Amanda mich umbringen, aber wenn du wirklich wissen willst, was dein Anwalt hinter deinem Rücken so alles treibt, dann komm mit.«

Paul führte sie um den Pool herum ins Haus. Valentina hatte kein Auge für die enormen Ausmaße der Villa und die schicken Möbel, sie war einzig auf das konzentriert, was sie erwartete. Paul führte sie einen Flur entlang und steuerte auf eine weiße Tür zu. An der Wand stand eine Kommode neben einer hüfthohen Bodenvase. Er drehte sich zu Valentina um und deutete auf die Tür, dabei achtete er nicht auf den Weg und stieß mit voller Wucht gegen die Kommode. Die Lampe darauf kippte polternd um und fiel direkt auf die Vase, die klirrend zu Boden fiel. Paul rieb sich ächzend das Bein. »Autsch. So ein Mist.«

Valentina verdrehte die Augen. Durch den Lärm waren Amanda und Sedan sicher gewarnt. Hatte Paul das absichtlich getan? Sie bedachte ihn mit einem vorwurfsvollen Blick. Entschuldigend zuckte er mit den Schultern. Egal. Jetzt gab es keinen Grund mehr, leise und vorsichtig zu sein. Ohne anzuklopfen, stürmte Valentina in das Zimmer. Es stand voller Regale, auf denen sich Bücher und Ordner stapelten. Davor standen ein wuchtiger Schreibtisch und zwei Ledersessel. Auf einem saß Sedan. Amanda hatte sich über ihn gebeugt und küsste ihn, eine Hand lag zwischen seinen Beinen. Der Anblick war ein Schock. Wie versteinert stand Valentina da und starrte. Der naive Teil von ihr hatte bis zum Schluss an Sedans Unschuld geglaubt, darauf gehofft, dass er ihr sowas nicht antun würde. Dass sie etwas Besonderes für ihn war.

Sie hatte sich geirrt.

Sedan stieß Amanda weg und sprang auf. »Es ist nicht so, wie es aussieht«, sagte er. Amanda grinste nur.

Der ausgelutschte Spruch und Amandas Grinsen weckten Valentinas Lebensgeister. Raus! Nur raus hier. Sie machte auf dem Absatz kehrt und stürmte davon. Tränen sprangen in ihre Augen. Sie hasste sich dafür. Zu weinen war das Letzte, was sie wollte.

»Valentina. Bleib stehen«, hörte sie Sedan rufen, dann schnelle Schritte. Hastig streifte sie ihre Schuhe ab und rannte los. Sie wollte jetzt nicht mit ihm reden, wollte ihn nicht mal ansehen. Seinen Anblick könnte sie nicht ertragen.

Im Laufschritt schlängelte sie sich zwischen den Gästen hindurch. Sie schimpften und beschwerten sich, weil sie einige von ihnen beinahe über den Haufen rannte. Ein betrunkener Kerl, den Valentina aus einer Fernsehserie kannte, griff nach ihrem Arm. »Hey Süße. Tanz mit mir.«

Valentina riss sich los und rannte weiter, hielt direkt auf das Tor zu. Sie sprang die Stufen hinab. Irgendwas bohrte sich in ihre nackte Fußsohle, doch sie ignorierte den Schmerz. Sie wollte nur weg! Das Tor war verschlossen. Keuchend blieb sie davor stehen. Das Ding war mehr als zwei Meter hoch, die Eisenstreben unüberwindbar.

»Verdammt«, fluchte sie.

Indem sie weggerannt war, hatte sie sich komplett zum Idioten gemacht, deshalb konnte sie unmöglich zurück. Sie sah sich um. Eine Gestalt kam auf sie zu. Einen Augenblick lang hoffte sie, es wäre Sedan, doch es war Paul mit seiner Flatterhose und dem locker fallenden Seidenhemd.

»Du willst also abhauen?«, stieß er atemlos hervor, als er sie erreichte.

Valentina presste die Lippen zusammen und nickte. »Ich sehe keinen Grund, warum ich hierbleiben sollte.« Warum war er ihr gefolgt und nicht Sedan? Der Gedanke bescherte ihr einen schmerzhaften Stich.

Paul hielt seinen Autoschlüssel hoch. »Soll ich dich fahren?«

Sie nickte. Eigentlich wollte sie lieber alleine sein, doch auf diese Weise kam sie wenigstens auf dem schnellsten Weg nach Hause. Paul holte seinen roten Flitzer und sie stieg ein. Das Tor öffnete sich wie von Geisterhand. Valentina wollte gar nicht wissen, wer es geöffnet hatte, sie wollte einfach nur weg.

»Willst du wirklich nach Hause?«, wollte Paul wissen, während er über die nächtlichen Straßen jagte. Scheinbar liebte er Geschwindigkeit.

»Ja.« Valentina starrte aus dem Fenster. Sie hatte eine Affäre mit ihrem Boss, der machte hinter ihrem Rücken mit Amanda Hope rum und sie saß in Paul Freemans Porsche und jammerte. Die Sache wurde immer verrückter.

Sie hatte sich nicht in Sedan verlieben wollten, sie mochte ihn doch gar nicht. Sicher war es nur verletzter Stolz, der sie so wütend und zugleich traurig machte, doch statt sich heulend in ihrer mickrigen Wohnung zu verkriechen, sollte sie dem Schicksal ins Gesicht lachen und leben. Viel zu lange hatte sie versucht, unsichtbar zu sein.

»Ich hab's mir anders überlegt«, stieß sie hervor. »Ich will noch nicht nach Hause. Ich brauche Ablenkung.«

Paul grinste. »Alles klar. Ich hab da eine Idee.«

Eine halbe Stunde später hockten sie mit einer Flasche Tequila am Santa Monica Pier und beobachteten die Wellen, die über den Strand spülten. Nicht weit entfernt erhellte das Riesenrad die Nacht wie ein riesiger, runder Leuchtturm. Um sie herum saßen Menschen auf Decken und neben Lagerfeuern, lachten, feierten und unterhielten sich. Dass der Sand wahrscheinlich ihr Kleid ruinierte, war Valentina völlig egal. Vielleicht würde sie den verschmutzen Fetzen Sedan vor die Füße werfen.

Paul reichte ihr den Tequila. »Hier nimm. Liebeskummer verlangt nach Alkohol.«

Valentina nahm die Flasche und schraubte den Deckel ab. »Hast du das nach deiner Trennung auch gemacht? Dich betrunken?«

Paul schnaubte. »Ich war einen Monat am Stück total besoffen und bekifft.« Nachdenklich schaute er auf das Meer hinaus. »Die Frau hat mir das Herz gebrochen.«

»Elle?«, hakte Valentina nach.

Sie nahm einen großen Schluck und schüttelte sich. Tequila hatte sie noch nie gemocht, aber im Augenblick hätte sie sogar Spülwasser getrunken, solange es nur diesen nagenden Schmerz in ihrem Herzen betäubte.

»Yep. Elle. Die Frau ist wunderschön und absolut tödlich.« Paul nahm die Flasche und trank. Er trank sehr viel und verzog keine Miene, weder währenddessen noch nachdem er getrunken hatte.

»Aber die Frauen reißen sich doch um dich«, sagte Valentina.

Wieder schnaubte er, es klang resigniert. »Das sind Fans. Die mögen nicht den echten Paul, der zu viel trinkt, am liebsten Junkfood isst und den halben Tag verschläft, sondern den Mann, den ich in meinen Filmen verkörpere. Außerdem ...« er hielt inne.

»Außerdem was?«

»Außerdem könnte das nie funktionieren. Seien wir mal ehrlich: Eine Supermarktverkäuferin und ein Star wie ich, das ist absurd.«

»Weil du berühmt oder weil du reich bist?«

»Beides. Ich wüsste nie, ob sie nur mein Geld liebt oder mich. Toleriert sie meine Macken, weil ich ein Star bin, oder macht es ihr wirklich nichts aus, wenn ich mir nach dem Aufstehen einen Joint anzünde?« Erneut reichte er ihr die Flasche.

Valentina trank. »Ich glaube, keine Frau fände es toll, wenn du jeden Tag kiffst, egal ob sie Supermarktverkäuferin oder Schauspielerin ist.« Dennoch hatte er im Grunde recht. Sein Ruhm und das Geld waren untrennbar mit seiner Person verbunden, auch sie könnte nie den echten Paul sehen, weil sie immer den Draufgänger, Liebhaber oder heldenhaften Krieger im Kopf hätte. Mit Sedan hatte sie gemerkt, wie komisch es sich anfühlte, wenn der Partner viel Geld besaß und sie nicht. Nur war es bei ihm leichter gewesen, weil sie für ihn gearbeitet hatte, doch hätte sie ihn auf der Straße kennengelernt, hätte sein Reichtum sie verunsichert. Er verkehrte in völlig anderen Kreisen, hatte andere Wertvorstellungen und Ideale und es war einfach unmöglich, nicht beeindruckt zu sein, wenn man in der Präsidentensuite nächtigte oder der Lover einen in den Chanel Store schleppte, und mal eben viertausend Dollar verbrasste.

Im Grunde war die Affäre von vorneherein zum Scheitern verurteilt gewesen. Es war unnötig, sich jetzt darüber zu grämen. Sedan gehörte nicht in ihre Welt und sie gehörte nicht in seine, darüber konnte auch die sexuelle Anziehungskraft nicht hinwegtäuschen.

Pauls Smartphone vibrierte. Valentina hatte ihres ausgeschaltet, weil sie keine Nachrichten von Sedan bekommen wollte, doch sofort hüpfte ihr Herz in der dummen Hoffnung, er könnte über Paul versuchen, sie zu erreichen.

»Amanda«, sagte er nach einem Blick auf das Display. »Sie fragt, wo ich bin.«

Verdammt. Valentina trank einen weiteren Schluck Tequila. Sie schüttelte sich kaum noch. Langsam gewöhnte sie sich an das Zeug. »Weiß sie nicht, dass du mit mir weggefahren bist?«

»Nope.« Paul tippte eine Antwort. »Ich hatte Angst, dass du versuchst, über den Zaun zu klettern und dich dabei aufspießt. Deshalb hatte ich keine Zeit, ihr Bescheid zu geben.«

Er sendete die Nachricht und steckte das Handy wieder weg. »Hast du Lust auf Schwimmen?«, fragte er unvermittelt.

Valentina fühlte sich schwummrig, der Alkohol zeigte Wirkung. »Ich hab keinen Bikini an. Und was ist mit unseren Kleidern? Die können wir doch nicht einfach hier liegen lassen.«

»Klar können wir«, behauptete Paul. »Jeder macht das. Schau.« Er deutete ins Wasser, wo gerade mehrere Jugendliche in die Wellen sprangen. Einige von ihnen trugen Badesachen, doch nicht alle.

Valentina überlegte. Eigentlich war sie nicht der Typ für solche Verrücktheiten, doch genau das hatte sie endlich ablegen wollen.

»Also gut.« Sie sprang auf und streifte zusammen mit ihrem Kleid auch ihre Vorbehalte ab.

»Gute Entscheidung.« Paul lachte sein jungenhaftes Lachen, das sie als verliebter Teenager mit leuchtenden Augen angeschmachtet hatte.

Kichernd und schwankend entkleidete Valentina sich. Durch ihre benebelte Wahrnehmung war ihr ihre Nacktheit zuerst unangenehm, doch als Paul sie musterte und dann anerkennend durch die Zähne pfiff, beruhigte sie sich. Sie trug ihre beste Unterwäsche, den BH mit der schwarzen Spitze und den passenden Slip, außerdem war es sowieso egal. Sie wollte Paul nicht gefallen.

Es gab nur einen, dem sie gefallen wollte.

Rasch schüttelte sie den Gedanken ab, teilte sich mit Paul noch schnell eine Runde Tequila und hüpfte dann ins Wasser. Es war kälter, als sie erwartet hatte, aber der Alkohol machte sie unempfindlich. Die Jugendlichen winkten ihnen grölend zu und Valentina winkte lachend zurück. Sie hüpfte umher, spritzte Paul Wasser ins Gesicht und er revanchierte sich, indem er sie hochnahm und tiefer ins Wasser warf.

Valentina kreischte.

Sie tauchte unter und zog an Pauls Beinen, bis dieser ins Wanken geriet und rückwärts in die Brandung stürzte. Prustend und lachend tauchte er wieder auf.

»Na warte. Das gibt Rache«, sagte er und versuchte, sie zu schnappen. Valentina schrie auf und hechtete an den Strand. Paul folgte ihr. Kurz bevor sie ihre Kleider erreichte, holte er sie ein. Er umklammerte sie von hinten und hob sie von den Füßen. Valentina strampelte lachend, bis er sie loslassen musste, doch er war noch nicht fertig mit ihr. Geschickt wirbelte er sie herum, zog sie an sich und küsste sie.

Valentina war so perplex, dass sie zuerst nicht reagierte. Pauls Zunge schob sich in ihren Mund. *Paul Freemans Zunge! In ihrem Mund!*

Sie konnte es nicht fassen. In ihrem Kopf wirbelten die Gedanken. War es ratsam, sich sofort in die nächste Affäre zu stürzen? Mit einem Hollywoodstar? Machte sie das zu einer Schlampe? Viel wichtiger jedoch war das Gefühl, das sein Kuss auslöste.

Es passierte nichts.

Kein Funkenregen, keine Schmetterlinge im Bauch, nicht mal ein Kribbeln. Lag das am Alkohol? Hoffentlich, denn der Gedanke, sie könnte den Traummann aus ihrer Jugendzeit nicht mehr anziehend finden, war viel zu frustrierend. Vor allem, da sie bei Sedan sofort dahinschmolz. Dazu brauchte er sie nur anzusehen.

Trotzig erwiderte sie den Kuss, hoffte darauf, dass sich irgendwas tat, bis sie aus den Augenwinkeln eine Bewegung wahrnahm. Wurden sie beobachtet?

Sie löste sich von Paul und blickte zur Seite. Wenige Meter entfernt stand Sedan und starrte sie an. Ihr Herz sackte in ihren Bauch und von dort aus weiter nach unten bis in ihre Beine, die ihr Gewicht plötzlich nicht mehr tragen wollten.

»Ups. Eiskalt erwischt«, sagte Paul spöttisch grinsend.

Sedans Gesichtsausdruck konnte Valentina nicht erkennen, dazu war es zu dunkel. »Sedan. Was willst du hier?« Blöde Frage. Was sollte er hier schon wollen?

»Ich habe mir Sorgen gemacht«, sagte er kalt. So frostig hatte sie ihn noch nie zuvor erlebt. Nicht mal bei seiner Mutter. »Wie ich sehe, war das unnötig.«

»Das war es«, stimmte Paul zu und legte einen Arm um Valentinas Hüfte. »Ich übernehme ab hier.«

Valentina blickte zwischen den beiden Männern hin und her.

»Wir haben Tequila getrunken«, sagte sie in dem lahmen Versuch, eine Erklärung für ihr Verhalten zu finden. Sie hatte nichts falsch gemacht, trotzdem hatte sie ein schlechtes Gewissen.

»Warum tust du das?«, wollte Sedan wissen. Er klang beherrscht, doch der Zorn, der dicht unter der Oberfläche lauerte, war deutlich herauszuhören.

»Ich bin dir keine Rechenschaft schuldig«, sagte Valentina trotzig, »nicht, nachdem du in meinem Beisein mit einer anderen rumgemacht hast.«

»Sie hat mich einfach geküsst, ich wollte das nicht«, erklärte er. »Sie wusste, dass du kommen würdest. Der Kerl da war ihr Komplize. Die Aktion war geplant.«

Paul lachte laut auf. »Ach komm schon. Das ist ja wohl die schlechteste Ausrede des Jahres. Warum sollte ich bei sowas mitmachen? Fakt ist: Amanda ist deine Mandantin, dein Betthäschen hat seinen Zweck erfüllt.«

»Valentina ist kein Betthäschen«, knurrte Sedan.

»Ach nein? Was ist sie dann? Hast du ihr eigentlich von der Challenge erzählt?«

»Sei still!« Sedan ballte die Fäuste.

Verwirrt runzelte Valentina die Stirn. »Was für eine Challenge?«

Paul strich über ihre Taille. »Dein Anwalt hat dich nur benutzt, Süße. Er sollte dich in sich verliebt machen, das war Amandas Bedingung. Nur dann würde sie seine Mandantin werden. Deshalb hat er dich eingestellt und dich überall mit hingeschleppt. Nicht weil er dich mochte oder weil du so grandios in deinem Job bist, sondern weil er dich ködern wollte. Eure Affäre war von Anfang an ein Spiel.«

Valentina wich zurück. Kaltes Entsetzen kroch durch ihre Adern. Sie schaute Sedan an. »Ist das wahr?«

Er ließ die Schultern hängen und nickte zerknirscht. »Ja. Aber die Dinge haben sich geändert.«

Plötzlich fühlte Valentina sich schutzlos und nackt. Eigentlich hatte sie geglaubt, es könnte nicht schlimmer kommen, doch was Paul gerade gesagt und Sedan bestätigt hatte, war wie ein Fausthieb ins Gesicht. Sie hatten mit ihr gespielt wie mit einem dummen Hündchen, das hechelnd einem Stöckchen hinterjagte, das gar nicht geworfen worden war. Hastig raffte sie ihr Kleid zusammen und schlüpfte hinein, dabei trat sie immer wieder auf den Stoff, bis er riss. Sedan kam zu ihr und legte eine Hand auf ihre Schulter. »Valentina, bitte. Lass uns darüber reden. Die Dinge haben sich geändert.«

Zornig schüttelte sie ihn ab. Sie zitterte am ganzen Körper. »Verschwinde, Sedan. Verschwinde und komm mir nie wieder zunahe.«

Obwohl sie Paul mittlerweile genauso verabscheute, weil er bei der Sache mitgemacht hatte, hängte sie sich an seinen Arm. »Lass uns gehen.«

Triumphierend grabschte Paul seine Kleider und stapfte mit ihr davon. Sedan blieb zurück. Er folgte ihnen nicht. Valentinas Herz fühlte sich an, wie eine zerquetschte Tomate, für alle Zeiten zerstört. Die Demütigung und der Schmerz würden sich durch keinen Alkohol der Welt betäuben lassen.

Auf der Fahrt betete Paul ihr vor, wie froh sie sein konnte, den *dämlichen Anwalt* los zu sein. »Die sind wie Ratten«, sagte er. »Kriechen aus ihren Löchern, sobald sie Beute wittern, und machen sich gierig über alles her, was ihnen vor die Schnauze kommt.«

Valentina krampfte die Hände um den Stoff ihres Kleides. Nur mit größter Mühe konnte sie sich davon abhalten, zu heulen. Wegen Sedan würde sie keine Träne mehr vergießen, schwor sie sich.

»Du hältst wohl nicht viel von Anwälten?«, presste sie hervor. Durch den Kloß in ihrem Hals fiel ihr das Reden schwer.

»Gut erkannt. Seit meiner Scheidung hasse ich diese Typen.«

Valentina fragte nicht nach dem Grund, sie konnte es sich denken. Wenn Elle jemanden wie Sedan engagiert hatte, war Paul wahrscheinlich nicht nur das Herz gebrochen, sondern er war auch ausgenommen worden wie eine Weihnachtsgans. Außerdem interessierte sie Pauls Privatleben nicht mehr. Sie wollte einfach nur nach Hause.

Vor ihrem Haus beugte Paul sich zu ihr und legte vertraulich eine Hand auf ihr Bein. »Soll ich mit raufkommen und dir ein wenig Trost spenden?«

Valentina schob seine Hand weg. »Nein.«

Sie stieg aus und stapfte, ohne sich noch einmal umzudrehen, zu ihrer Wohnungstür. Glücklicherweise machte Paul keine Anstalten, ihr zu folgen, doch sie hörte ihn lachen, als wäre das alles ein köstlicher Scherz. Valentina schnaubte. Sedan, Paul und Amanda verdienten einander.

In ihrer Wohnung schüttelte sie ihre Arme aus und konzentrierte sich auf ihren Atem. Sie würde nicht heulen! Um sich abzulenken, schaltete sie ihr Handy an. Die Nachrichten von Sedan ignorierte sie. Mehr noch, sie löschte seine Telefonnummer aus ihren Kontakten.

Ihre Schwester hatte ihr mehrere Text- und Sprachnachrichten geschickt. Das war komisch.

Beklommen hörte Valentina die erste Nachricht ab.

»Val, bitte ruf mich an. Es ist dringend.«

Kurz darauf kam bereits die zweite Sprachnachricht.

»Wo bist du? Daddy geht es nicht gut.«

Oh nein. Hektisch rief Valentina ihre Schwester zurück. Ihre Probleme mit Sedan waren wie weggefegt.

»Val, endlich«, bellte Beatrix in den Hörer. Obwohl es auf ein Uhr zuging, klang sie hellwach. »Warum meldest du dich nicht?«

»Ich war auf einer Party eingeladen und hab mein Handy abgeschaltet. Was ist los?«

»Dad hat hohes Fieber. Sie bekommen es einfach nicht runter. Eine Infektion sagt der Arzt.»

Valentina war geschockt. »Wie kann das sein? Er ist doch im Krankenhaus. Da müssten sie das Fieber doch eigentlich in den Griff bekommen. Hat er nicht Antibiotika bekommen?«

»Doch, deshalb befürchten sie, dass ein multiresistenter Keim hinter der Infektion stecken könnte.«

»Scheiße.« Darüber hatte Valentina gelesen. Multiresistente Keime waren die größte Gefahr in Krankenhäusern und führten nicht selten zum Tod. »Ich setze mich in den nächsten Bus und komme, okay?«

Zuerst dachte Valentina, dass Beatrix zögern würde, doch dann erkannte sie, dass sie die Tränen unterdrücken musste.

»Tu das«, presste sie schließlich hervor. »Wenn Daddy was passiert ... ich schaff das nicht.« Sie schluchzte unterdrückt. »Wir haben doch schon unsere Mum verloren ...«

»Jetzt mal nicht gleich den Teufel an die Wand. Alles wird gut, okay? Ich mache mich sofort auf den Weg.«

»Wann wirst du hier sein?«

Wenn sie den Bus nahm, würde es vierundzwanzig Stunden dauern. Das war viel zu lang. Sie musste versuchen, einen Flug zu erwischen. Da sie nicht mehr für Sedan arbeiten würde, bräuchte sie eigentlich das Geld, doch sie wollte so schnell wie möglich bei ihrem Vater sein.

»Irgendwann im Laufe des Tages. Sobald ich da bin, schick ich dir eine WhatsApp.«

Kapitel 20 - Sedan

»Ich will nicht gestört werden«, knurrte Sedan im Vorbeigehen und verschwand in seinem Büro. Lauter als nötig warf er die Bürotür zu. Ein Sonnenschein war er nie, aber an diesem Tag war seine Laune unterirdisch.

Schnaubend warf er sich in seinen Chefsessel, stützte sich auf dem Schreibtisch und rieb sich über die Augen. Amanda Hope war beleidigt und Valentina war mit dieser Grinsebacke abgehauen. *Paul Freeman*. Was für ein Idiot. Die Sache war ein abgekartetes Spiel gewesen. Valentina *sollte* ihn mit Amanda erwischen, dabei war nicht das Geringste zwischen ihnen gelaufen. Als das Getöse vor Amandas Büro ertönt war, hatte sie sich plötzlich über ihn gebeugt, in seinen Schritt gefasst und ihn geküsst. Für Valentina hatte das natürlich so ausgesehen, als wären sie gerade zugange und genau das war Amandas Plan gewesen.

Diese verfluchte Schlange.

Genauso abgekartet war auch die Sache mit Paul Freeman gewesen und Valentina war dumm genug, es nicht zu merken. Paul hatte sie mit Tequila abgefüllt, dafür gesorgt, dass Sedan sie im richtigen Moment fand und sie vor seinen Augen geküsst. Sedan ballte die Fäuste. Noch immer konnte er die unbändige Wut spüren, die ihn bei dem Anblick überkommen hatte und den bohrenden Schmerz. Genau genommen waren Schmerz und Wut seitdem seine ständigen Begleiter. Verdammt.

Was war nur los mit ihm?

Die Vorstellung von Valentina mit einem anderen Mann war unerträglich.

Sybille klopfte und trat ein. Am liebsten wollte er sie anblaffen, einfach nur, um irgendwen anzublaffen, doch sie hielt einen Kaffeebecher von Moretti in der Hand. Das brachte ihn zur Vernunft. Sybille konnte nichts für den Mist, den er sich eingebrockt hatte.

Er nahm den Becher. »Danke.«

Sybille verzog keine Miene. Als einzige Angestellte schien sie keine Angst vor ihm zu haben, egal wie mies seine Laune war.

»Was ist?«, blaffte er.

Sybille räusperte sich, als würde sie gleich etwas Unangenehmes verkünden. »Ihre Mutter hat angerufen. Sie ist in der Stadt und möchte sich zum Lunch mit Ihnen treffen. Außerdem sollen Sie Miss Hope dringend zurückrufen.«

Verdammt. Er hätte sein Handy nicht ausschalten dürfen, andererseits waren das keine Anrufe, die er unbedingt entgegen nehmen wollte. Was wollte seine Mutter in L.A.? Seit Jahren hatte sie die Insel nicht mehr verlassen. Und wo war überhaupt Valentina? Auch wenn sie sich gestritten hatten, sollte sie zur Arbeit erscheinen.

»Wo ist Miss Blair?« Eigentlich sollte er am besten wissen, wo seine Assistentin war, doch auch diesmal ließ Sybille kein Zeichen der Überraschung erkennen.

»Entschuldigung Sir. Sie hat sich krankgemeldet. Ich dachte, Sie wüssten das.« Ihre Miene blieb unbeteiligt, doch aus ihren Worten erkannte Sedan, dass über Valentina und ihn gemunkelt wurde.

»Wie lange hat sie sich krankgemeldet?« Obwohl es albern war, erleichterte ihn Valentinas Krankmeldung. Solange sie nicht kündigte, kam sie zurück.

»Sie hat sich auf keinen Zeitraum festgelegt.«

Das wiederum ärgerte ihn. Er hasste es, warten gelassen zu werden. »Warum? Liegt sie im Krankenhaus?«

Was für eine dämliche Frage. Er wusste genau, warum sie das getan hatte. Sie war sich nicht sicher, ob sie zurückkommen würde.

Sybilles Augenbraue zuckte kaum merklich in die Höhe. »Ich weiß es nicht, Sir.«

Murrend schnappte Sedan die Tagespost und bedeutete Sybille damit, sein Büro zu verlassen. Der Tag hatte beschissen begonnen, und wie es aussah, würde er nicht besser werden.

Ungeduldig trommelte Sedan mit den Fingerspitzen auf den Tisch, während er das Gesicht seiner Mutter studierte. Sie sah alt und müde aus. Menschlich. Auf diese Weise hatte er sie nie betrachtet. Für ihn war sie immer die tadellose Übermutter gewesen, die Perfektion von ihm erwartete, weil sie selbst perfekt war. Selbst als sie krank geworden war, hatte sich nichts geändert. Mit ihrem Stock lief sie so würdevoll wie eine Königin. Nun saß sie vor ihm und er bemerkte zum ersten Mal ihre Vergänglichkeit.

Zitternd hob sie die Tasse an ihre Lippen. Selbst das tat sie mit ungebrochener Würde. »Hast du dir die Sache mit dem Testament überlegt?«, fragte sie, nachdem sie einen Schluck getrunken und die Tasse vorsichtig wieder auf den Unterteller manövriert hatte. »Ich würde ungern einen Fremden beauftragen.«

Er wollte die Frage verneinen, ihr erneut ins Gewissen reden, nur um am Ende wütend abzudampfen, doch plötzlich dachte er an Valentinas Worte und sein Zorn verflog. Valentina hatte ihm erklärt, wie einsam seine Mutter war und dass sie jemanden brauchte, der sich um sie kümmerte. Da er das nicht übernehmen würde, brauchte sie jemand anderen. Ricardo war da. Tag und Nacht. Er würde sie in den letzten Jahren ihres Lebens begleiten. Wenn sie den Kerl dafür in ihrem Testament bedenken wollte, war das ihre Entscheidung und nicht seine, denn er saß in L.A. und brachte das Geld reicher Leute vor ihren Ehepartnern in Sicherheit.

»Also gut«, willigte er ein. »Ich tu‘s.«

Zum ersten Mal seit Jahren schenkte sie ihm ein herzliches, echtes Lächeln. »Danke«, sagte sie schlicht. »Ich bin unglaublich froh, dass du es dir anders überlegt hast.«

Sedan sah die wortlose Entschuldigung in ihrem Blick, die unausgesprochenen Dinge, die zwischen ihren Worten standen, und der kleine Junge, der noch irgendwo in ihm steckte, freute sich darüber. Sie erkannte ihre Fehler und es tat ihr leid. Das war mehr, als er zu hoffen gewagt hatte.

Seine Mutter nahm den Teelöffel und rührte in ihrer Tasse. »Wie geht es deiner Freundin? Valentina ist ihr Name, richtig?«

»Sie ist nicht meine Freundin«, gab er zurück. Warum sprach sie ausgerechnet dieses Thema an? Und ausgerechnet jetzt? Das war ein ganz schlechter Zeitpunkt.

Die Augenbrauen seiner Mutter zuckten in die Höhe. »Ist sie nicht? Ich hätte wetten können, dass sich zwischen euch beiden was entwickelt. Sie ist ein sehr nettes Mädchen. Und hübsch.«

Er änderte ihr Testament, doch deshalb würde er nicht anfangen, über seine nicht existente Beziehung zu reden. »Du hast falsch gelegen.«

Ihre Augen schienen ihn zu durchbohren. Er wich ihrem Blick aus und schaute stattdessen auf eine Gruppe von drei Männern, die gerade mit ihrem Equipment in einen Golfwagen stieg, um zum nächsten Abschlag zu fahren. Er hatte nie verstanden, was Männern am Golf spielen gefiel. Sobald er alt genug war, hatte sein Vater ihn regelmäßig mit auf den Golfplatz genommen, doch Sedan war den Erwachsenen immer nur mürrisch hinterhergelaufen und froh, wenn es endlich wieder nach Hause ging.

»Du magst Valentina«, stellte seine Mutter fest.

»Wie kommst du darauf?«

»Ich bin deine Mutter, Sedan. Ich sehe sowas.« Sie stieß einen Seufzer aus. »Ich weiß, dass du ein Problem mit Intimität hast und dass es meine Schuld ist. Ich bin kein gutes Vorbild gewesen. Deshalb bitte ich dich darum, dich bewusst für einen anderen Weg zu entscheiden. Einen, den du normalerweise nicht einschlagen würdest. Gib dem Mädchen eine Chance. Du wirst es nicht bereuen.«

Sedan runzelte die Stirn. Warum sie sich ausgerechnet auf Valentina eingeschossen hatte, war ihm ein Rätsel. »Du kennst sie kaum, weißt nichts über sie.«

»Ich weiß, dass sie die erste Frau ist, die du mir vorgestellt hast. Auch wenn du es nicht wahrhaben willst, hat das eine Bedeutung.«

»Das ist Blödsinn.« Er hatte Valentina doch nur wegen Amandas Challenge mitgenommen, das hatte rein gar nichts mit irgendwelchen unterbewussten Gefühlen zu tun. »Um ehrlich zu sein, werde ich Valentina sogar entlassen. Also versteif dich nicht auf sie, nur weil du plötzlich dein Gewissen gefunden hast ...«, er zögerte, »... oder auf Enkel hoffst.«

Louise wirkte nicht beleidigt, sondern traurig und resigniert, als wäre er der drogensüchtige Sohn, dem einfach nicht zu helfen war. »Dann habe ich mich wohl geirrt.« Sie stieß einen Seufzer aus. »Ich werde wohl langsam alt.«

Steven stapfte in sein Büro und klatschte Sedan einen Aktenberg auf den Schreibtisch. »Hier. Alte Akten. Die müssen wegsortiert werden.«

Unwillig schaute Sedan von der Scheidungsfolgevereinbarung, die er gerade verfasste, auf. »Was soll das? Schaff das weg!«

»Geht nicht. Mein Archiv wird gerade sortiert. Ich konnte Valentina nicht finden, sonst hätte ich es ihr gegeben.«

Valentina. Er konnte den Namen nicht mehr hören. »Sie hat sich krankgemeldet. Gib es der neuen Praktikantin.«

»Gib du es ihr. Ich hab keine Zeit, ihr den Ablauf zu erklären. Was fehlt Valentina?«

»Ich weiß es nicht.« Sedans Stimme klang wie ein Knurren. *Lass mich in Ruhe*, sagte es.

»Wann kommt sie zurück?«

Verflucht nochmal. Konnte Steven nicht einfach verschwinden? »Keine Ahnung.«

»Du hast sie vergrault«, stellte sein Partner kopfschüttelnd fest. »War ja klar.«

Sedan stieß einen Seufzer aus und wandte sich wieder dem Bildschirm zu. »Hör zu, ich bin im Stress. Würdest du bitte mein Büro verlassen und mich arbeiten lassen?«

Steven musterte ihn mit zusammengekniffenen Augen. »Ich könnte sie anrufen und fragen, ob sie für mich arbeiten will. Ich mag sie und sie ist sehr talentiert, wenn du verstehst, was ich meine.« Mit den Händen zeichnete er weibliche Konturen in die Luft.

Sedan fuhr auf. Er hatte es satt, dass jeder Kerl mit Valentina ficken wollte. »Wag dich! Du lässt die Finger von ihr, verstanden?«

»Wow.« Steven lachte und hob abwehrend die Hände. »Dich hat's ja ganz schön erwischt.«

Zu spät erkannte Sedan, dass sein Freund nur einen Scherz gemacht hatte, um ihn aus der Reserve zu locken.

»Wenn ich dir einen Rat geben darf ...«, begann er.

»Darfst du nicht«, zischte Sedan.

»... ruf sie an. Und wenn das nicht hilft, geh zu ihr, fall auf die Knie und entschuldige dich dafür, dass du ein Kotzbrocken bist.« Steven zwinkerte ihm zu und verließ das Büro.

Sedan stieß den Atem aus und fegte dann mit einem kräftigen Schwung die Akten vom Tisch. Frustriert beobachtete er, wie die Papiere und Ordner durch den Raum flogen und dann langsam zu Boden segelten.

Kapitel 21 - Valentina

»Ihr Vater hat eine Sepsis«, sagte der Arzt mit dem typisch distanzierten Lächeln, das Ärzte immer dann aufsetzten, wenn es kritisch wurde. »Deshalb bekommt er vorübergehend eine Dialyse und starke Beruhigungsmittel. Das macht ihn ein wenig benommen. Er schläft viel.«

Valentina war geschockt gewesen, als sie ihren Vater mit Schläuchen gespickt auf der Intensivstation gesehen hatte. Er war wach gewesen, doch er hatte sie nur trüb angesehen und sie Diana genannt. Das war der Name ihrer Mutter.

»Wie sind die Prognosen?«, fragte sie.

»Wir sind hoffnungsvoll«, sagte der Arzt. »Wir konnten den Keim identifizieren und haben eine gezielte Antibiotikabehandlung eingeleitet.« Er warf einen kurzen Blick auf sein Klemmbrett. »Den letzten Blutwerten zufolge scheint diese anzuschlagen.«

Valentina erlaubte sich einen Moment des Aufatmens, bevor sie sich verabschiedete und das Krankenhaus verließ. Solange ihr Vater auf der Intensivstation lag, durfte sie ihn leider nur kurz besuchen. Am Abend war sie bei ihrer Schwester zum Abendessen eingeladen, zuvor wollte sie noch duschen und sich umziehen. Da sie direkt vom Flughafen ins Krankhaus gefahren war, hatte sie noch keine Gelegenheit dazu gehabt.

Während der Taxifahrt vom Krankenhaus zum Haus ihres Vaters wäre sie beinahe auf dem Rücksitz eingeschlafen. Seit vierunddreißig Stunden war sie nun schon auf den Beinen und so müde, dass selbst die Sorge um ihren Vater und der Liebeskummer bloß noch einen dumpfen Schmerz verursachten. Ihre Augen tränten und sie brauchte zwei Anläufe, um den Schlüssel ins Türschloss zu bekommen.

Das Haus war still und es roch immer noch nach Möbelpolitur und den Fliederduftbäumchen, die ihr Vater überall aufgehängt hatte. Valentina schleppte sich in ihr ehemaliges Kinderzimmer und stellte ihren Koffer ab. Glücklicherweise war das Bett immer noch bezogen, so blieb ihr diese Arbeit wenigstens erspart. Hoffentlich fühlte sie sich nach einer Dusche wacher, sonst würde sie wahrscheinlich am Esstisch ihrer Schwester einschlafen. Die Müdigkeit war wie ein bleierner Vorhang, den jemand vor ihren Augen zugezogen hatte.

Bevor sie unter die Dusche ging, kontrollierte sie zum hundertsten Mal an diesem Tag ihr Handy und warf es dann frustriert auf das Bett. Sie wollte Sedan nie mehr wiedersehen, das redete sie sich ausdauernd ein, und doch hoffte sie insgeheim auf eine Nachricht von ihm. Das war genauso albern wie die Tatsache, dass sie nicht gekündigt, sondern sich nur krankgemeldet hatte. Ganz klar: Sie hielt sich ein Hintertürchen offen. Warum? Sedan hatte sie nur benutzt. Sie sollte ihn hassen.

Doch sie konnte nicht.

Im Badezimmer streifte sie ihre Kleider ab, stellte das Wasser an und stieg in die Duschkabine. Das heiße Wasser tat gut und weckte für den Augenblick ihre Lebensgeister, doch der Energieschub ebbte genauso schnell ab, wie er gekommen war. Der Gedanke an den gemütlichen Pyjama in ihrem Koffer verlockte sie und die Schwere in ihrem Körper tat ihr Übriges. Müde plumpste sie nach dem Duschen auf ihr Bett und schrieb Beatrix eine Nachricht.

Bin total erledigt. Schaffe es nicht mehr zum Abendessen. Wir sehn uns morgen im Krankenhaus.

Das sollte reichen. Ein Handtuch um die Brust geschlungen tapste sie barfuß die Treppe hinab. Mal schauen, ob ihr Vater noch etwas anderes in der Tiefkühltruhe hatte als Pizza. Unten im Flur schaltete sie das Licht an und erstarrte. Die Kellertür stand offen. Hatte sie das auch schon getan, als sie gekommen war? Valentina konnte es nicht mit Sicherheit sagen. Adrenalin jagte durch ihre Adern, ihr Herz raste. *Marc*. Der Name hämmerte in ihrem Kopf, überflutete ihre Gedanken, bis sie nur noch an ihren Exfreund denken konnte. Er war zu früh entlassen worden. Er war krank.

Das ist Quatsch. Beruhig dich.

Doch sie konnte sich nicht beruhigen. Sie hatte Angst. Wo war ihr Handy? Sie musste ihre Schwester anrufen. Das Handy lag auf dem Bett in ihrem Zimmer. Verdammt.

Sie schluckte hart und zwang sich Schritt für Schritt vorwärts, bis sie die Kellertür erreichte. Zitternd drückte sie die Tür ins Schloss und drehte den

Schlüssel. In den letzten Tagen hatte sie immer weniger an Marc gedacht, als hätte die Begegnung mit ihm sie endgültig befreit. Möglicherweise hatte sie auch einfach nur zu viel um die Ohren gehabt. Aber immerhin - ein Leben ohne Marc in ihrem Kopf war möglich.

Doch nun kehrten ihre Ängste und die Paranoia mit voller Wucht zurück. Vom Flur aus konnte sie den Messerblock in der Küche sehen. Ob sie ein Messer nehmen sollte? Himmel, das war kein Horrorfilm, sondern das echte Leben, aber hatte sie nicht allen Grund zur Sorge? Wollte sie sich nicht verteidigen können, sollte ihre düstere Ahnung Wirklichkeit werden?

Wachsam schlich sie in die Küche und zog das größte Messer aus dem Block. Ihre Schwester würde sie jetzt bestimmt auslachen und ihre Therapeutin würde sie an die Verhaltensregeln erinnern, die sie im Falle einer Panik befolgen sollte. Ihr Vater würde verständnisvoll nicken und sich dann über das Fernsehprogramm beschweren.

Ihre Panik war real, doch der Auslöser nicht.

Dennoch behielt sie das Messer in der Hand, als sie die Treppe hinaufstieg und in ihr Zimmer ging, um sich anzuziehen. Sie legte es nur ab, um den Koffer auf das Bett zu hieven und ihn zu öffnen. Ihr Handy summte. Bestimmt eine Nachricht von ihrer Schwester. Sie nahm es hoch.

Wo bist du? Wir müssen reden. Bitte.

Ihr Herz machte einen Sprung. Eine WhatsApp von Sedan. Gerade, als sie nicht mehr damit gerechnet hatte.

»Eine Nachricht von deinem Lover?«

Einen spitzen Schrei ausstoßend fuhr Valentina herum.

»Marc.«

Das Messer lag hinter ihr auf der Bettdecke. Marcs Blick nach zu urteilen, wusste er das, denn er schaute an ihr vorbei und fixierte es kurz, bevor er sich wieder ihrem Gesicht zuwandte.

»Hast du etwa Angst vor mir?«, fragte er erstaunt.

Wenn ihn das wunderte, war er tatsächlich noch genauso verrückt wie vor einem Jahr. Wie könnte sie keine Angst vor ihm haben, nach allem, was er ihr angetan hatte? Und nun stand er einfach in ihrem Zimmer, was bedeutete, dass er eingebrochen sein musste.

»Du hast hier nichts zu suchen«, stieß sie hervor. »Verschwinde!«

Marc trat näher. Valentina wich zurück, stieß mit den Beinen gegen das Bett. Der Koffer drückte gegen ihre Oberschenkel.

»Das geht nicht. Wir haben noch was zu bereden«, sagte er. Mit einer lässigen Handbewegung fuhr er sich über die raspelkurzen Haare.

»Du irrst dich. Wir haben nichts zu bereden.«

»Nein. *Du* irrst dich, Valentina. Es ist nicht fair, wenn du mir aus dem Weg gehst und mir gar keine Chance für eine Erklärung gibst.«

Okay. Sie musste ruhig bleiben. Vielleicht konnte sie fliehen, wenn er unaufmerksam wurde. »Marc, wir sind nicht mehr zusammen. Du wolltest meine Liebe erzwingen, aber so funktioniert das nicht. Liebe lässt sich nicht erzwingen. Sieh das doch bitte endlich ein.«

Marcs Kiefermuskeln zuckten, so fest biss er die Zähne zusammen. Seine Fäuste öffneten und schlossen sich. »Ich bin der Richtige für dich«, sagte er schließlich trotzig. »Nur ich kann dich verstehen und ich bin immer für dich da.«

Valentina stieß einen Seufzer aus. »Das kann sein, aber ich möchte nicht mit dir zusammen sein. Ich liebe dich nicht, verstehst du?«

Offenbar war das die falsche Reaktion, denn seine Miene wurde hart. »Du wirst lernen, mich zu lieben.«

Valentina schluckte schwer und schüttele den Kopf. »Werd ich nicht.« Sie musste an das verdammte Messer rankommen.

Marc kniff die Augen zusammen. »Hast du einen anderen?«

Oh nein, nicht dieses Thema. »Nein.«

Wie auf Kommando meldete das Smartphone eine neue Nachricht.

»Lüg mich nicht an!« Abrupt trat Marc auf sie zu, sodass sie erschrocken auf den Koffer fiel. Blitzschnell schnappte er das Smartphone und schaute auf das Display.

»Valentina. Bitte ignorier mich nicht«, las er vor. Er schaute auf. »Wer ist das, Val?«

»Mein Boss«, stieß Valentina hervor. Sie lag noch immer halb im Koffer und wagte nicht, sich zu rühren.

Marc wischte über das Display und überflog die Nachrichten. »Du treibst es also mit deinem Boss«, stellte er fest. Mit abfälligem Blick schaute er auf sie hinab. »Du bist jetzt also eine Hure, ja?«

Erneut schaute er auf das Handy und wischte durch die Nachrichten, hin und wieder stieß er ein verächtliches Schnauben aus. *Jetzt oder nie*. Blitzschnell sprang Valentina auf und hechtete Richtung Zimmertür. Marc fuhr herum und versuchte, sie zu fassen, doch Valentina war bereits an ihm vorbei. Panisch hetzte sie den Flur entlang zur Treppe, das Handtuch fest umklammert, damit es nicht herunterrutschte. Marc folgte ihr. Er kam näher. Zwei Stufen auf einmal nehmend hechtete sie die Treppe hinab. Plötzlich spürte sie einen Stoß im Rücken. Sie versuchte, sich am Geländer festzuhalten, doch es war zu spät. Sie stolperte und fiel.

Ein stechender Schmerz durchzuckte ihr Bein, gefolgt von einem Knirschen und einem weiteren Schmerz, als sie am Treppenabsatz aufschlug. Die Luft wurde aus ihren Lungen gepresst. Sie keuchte. Das Handtuch lag halb unter ihr und halb über ihren Beinen, ansonsten war sie nackt.

Marc trat vor sie und schaute auf sie hinab. Einen Moment lang konnte Valentina das schlechte Gewissen in seinen Augen sehen, doch das änderte sich schlagartig, als sein Blick über ihren Körper wanderte.

»Du hast abgenommen«, stellte er fest.

Damit hatte er recht. Vor dem Tod ihrer Mutter hatte sie noch eine Kleidergröße mehr getragen, doch der Stress des letzten Jahres hatte seine Spuren hinterlassen. Es war absurd, dass ihm das als Erstes auffiel.

Stöhnend versuchte Valentina, sich aufzurichten, und sich mit dem Handtuch zu bedecken. Der Schmerz in ihrer Hüfte war mörderisch.

»Lass das!«, befahl Marc.

»Warum?« Flehend blickte Valentina zu ihm auf.

Marcs fieses Grinsen war Antwort genug. *Oh Gott, nein. Nicht schon wieder*. Bilder blitzten vor ihrem geistigen Auge auf.

Sie lag auf einem Metallbett, an Armen und Beinen gefesselt.

Marc trat neben das Bett, eine Schüssel mit dampfendem Wasser in der Hand. Ein Waschlappen schwamm darin, er war strahlend-weiß und sah aus wie neu. »Leider gibt es hier keine Dusche, also muss ich dich waschen«, sagte er und stellte die Schüssel auf das Schränkchen neben dem Bett.

»Bitte«, flehte Valentina. »Lass mich frei. Dann werde ich mit dir zusammen sein, ich verspreche es.«

Tadelnd schüttelte Marc den Kopf. »Das geht nicht. Du bist noch nicht so weit.«

Er nahm ihren Arm und drehte ihn so, dass er die verkrusteten Schnitte auf der Innenseite sehen konnte.

»Schade. Es ist nicht besonders gut geworden. Man kann meinen Namen kaum erkennen.« Er stieß einen Seufzer aus. »Ich hätte eine Rasierklinge nehmen sollen und nicht das blöde Messer. Die Klinge war zu stumpf. Egal.« Liebevoll strich er über ihre Wange. »Wir beide wissen, was dort steht. Das ist die Hauptsache, hab ich recht?«

Valentina nickte schluchzend. Es hatte so weh getan, als er seinen Namen in ihrer Haut geritzt und ihr anschließend erklärt hatte, dass sie nun ihm gehören würde.

»So. Dann wollen wir dich mal waschen.« Langsam begann er, ihre Bluse aufzuknöpfen. Valentina zerrte an ihren Fesseln, sie jammerte und flehte, doch es half nichts. Marc entkleidete sie vollständig, dann nahm er den Waschlappen, wrang ihn aus und begann, sie zu waschen wie ein Baby. Tränen kullerten Valentinas Wangen hinab und sie biss so fest die Zähne zusammen, bis ihr Kiefer schmerzte.

»Liebst du mich?«, fragte Marc, während er mit dem Lappen an den Innenseiten ihrer Schenkel entlangstrich.

Die Demütigung war fast unerträglich und sie hatte schreckliche Angst. »Ja«, sagte sie deshalb. »Ich liebe dich.«

Dass sie sich damit keinen Gefallen getan hatte, merkte sie nur Sekunden später, als Marc plötzlich aufstand und sich entkleidete.

Panik kroch in Valentina herauf. »Was tust du da? Marc? Antworte mir? Bitte.«

Doch Marc antwortete nicht. Als er nackt war, drehte er sich zu ihr um. Seine Erektion war unübersehbar.

»Bitte Marc. Nein. Tu das nicht.« Wie von Sinnen zerrte Valentina an ihren Fesseln.

Marc kniete sich zwischen ihre Beine und lächelte sie an. »Pschscht. Sei still. Es ist in Ordnung.«

Langsam beugte er sich über sie und presste seine Lippen auf ihren Mund. Die Lippen, die sie schon unzählige Male geküsst hatte. Nicht ahnend, dass in dem Mann, den sie zu lieben glaubte, ein Monster steckte.

Angewidert drehte sie ihren Kopf zur Seite.

Der Schlag kam unvermittelt und war sehr hart. Valentina keuchte auf. Ihre Wange brannte.

»Spiel nicht die Unnahbare«, stieß Marc hervor. »Sonst muss ich dich bestrafen.« Ein weiterer Schlag, noch fester als der zuvor. Valentinas Kopf flog herum.

»Sieh mich an!«, befahl er.

Schluchzend sah Valentina ihn an. Sie konnte nicht mal mehr flehen, denn das hatte sowieso keinen Sinn.

»So ist es brav.« Grinsend beugte Marc sich zu ihr hinab und küsste sie erneut. Seine Zunge stieß in ihren Mund und sie konnte seine Erektion zwischen ihren Beinen spüren. In dem Moment wurde ihr bewusst, dass sie sich ergeben musste, sonst würde sie diese Hütte nicht mehr lebend verlassen.

Sie musste so tun, als würde sie Marc lieben.

»Liebst du mich?« keuchte er in ihren Mund, während er sich gierig an sie presste.

Valentinas Herz hämmerte gegen ihre Brust. Tränen rannen ihre Schläfen hinab. Sie musste überzeugend sein, das war ihre einzige Chance.

»Natürlich liebe ich dich«, wisperte sie.

Tränen schossen in Valentinas Augen. Ein zweites Mal konnte sie das nicht ertragen, eher würde sie sterben. »Bitte Marc. Ich bin verletzt. Meine Hüfte und mein Bein.«

»Tut mir leid.« Marc ging in die Hocke und starrte sie an. Valentina starrte zurück. An seine Vernunft zu appellieren, nutzte nichts, genauso wenig wie gespielte Unterwürfigkeit. In der Hütte hatte er ihr die vorgetäuschte Liebe abgekauft und sie gehenlassen, das würde er kein zweites Mal tun.

»Wann kapierst du endlich, dass wir zusammengehören?«, fragte er.

Valentina schloss einen Moment lang die Augen. Diesmal würde sie nicht klein beigeben. Stattdessen würde sie ihn herausfordern, das war ihre einzige Chance. Sie bündelte all ihre Wut und ihren Hass und starrte ihn an. »Wir gehören nicht zusammen. Ich verachte dich, Marc. Du kannst mich foltern und vergewaltigen, mich zu falschen Liebeserklärungen zwingen, doch es ändert nichts daran, dass ich dich zutiefst verachte. Du bist ein kranker, kranker Mann.«

Mit dem unverletzten Bein trat sie gegen seine Brust. Damit hatte er nicht gerechnet. Er fiel rücklings auf seinen Hintern. Unter Schmerzen rollte Valentina sich herum und robbte Richtung Haustür, doch Marc war schon wieder auf den Beinen. Er fasste in ihre Haare und zerrte brutal ihren Kopf in den Nacken. Valentina schrie. Seine Faust flog auf sie zu. Sterne explodierten vor ihren Augen. Sie hörte ein Knirschen. Dann wurde alles schwarz.

Blinzelnd öffnete Valentina die Augen. Es gelang ihr nur bedingt, ihr rechtes Auge fühlte sich geschwollen an und tat weh. Stöhnend richtete sie sich auf. Zumindest versuchte sie es, dann merkte sie, dass sie ihre Arme nicht bewegen konnte. Sie sah sich um. Sie befand sich im Wohnzimmer ihres Vaters auf dem Boden vor der Heizung. Marc hatte sie an das Heizungsrohr gefesselt.

Schmerzwellen brandeten durch ihren Körper, ihr linkes Bein konnte sie nicht spüren, der Rest war fest verschnürt. Hatte Marc sie während ihrer Ohnmacht vergewaltigt? Es fühlte sich nicht so an. Zwar war sie noch immer nackt, doch er hatte eine Decke über sie gebreitet.

»Du bist wach. Gut«, hörte sie ihn sagen.

Ächzend drehte sie den Kopf und schaute in seine Richtung. Breitbeinig saß er auf dem Fernsehsessel ihres Vaters und beobachtete sie. Als sie ihn anblickte, beugte er sich vor. Seine Augen waren gerötet, als hätte er geweint.

»Warum kannst du mich nicht lieben?«, fragte er.

Seine Stimme klang tatsächlich traurig und war dadurch noch viel gruseliger, fand Valentina.

»Wie ... wie lange bin ich bewusstlos gewesen?«, fragte sie.

»Ein paar Stunden.« Marc stand auf und ging vor ihr in die Hocke. Valentinas Atem beschleunigte sich augenblicklich. *Fass mich nicht an!* »Antworte mir, Val. Warum liebst du mich nicht?«

Valentina war zu schwach zum Lügen. »Weil du ein Psychopath bist. Vielleicht erkennst du es nicht, aber glaube mir, wenn ich dir sage, dass du Hilfe brauchst.« Sie sog den Atem ein. Die Plastikschnüre schnitten in ihre Brust. »Außerdem ... liebe ich einen anderen.«

Marcs Atem beschleunigte sich. Tränen sprangen in seine Augen. »Deinen Boss? Liebst du den Kerl?«

»Ja.« Sie wusste nicht, ob das der Wahrheit entsprach, im Grunde war das auch egal, denn Marc würde sie höchstwahrscheinlich umbringen.

Schniefend wischte er sich über die Augen. »Du brichst mir das Herz, weißt du das?«

»Tut mir leid«, wisperte Valentina. »Das hab ich nicht gewollt.«

»Aber du hast es getan«, schrie er und sprang auf.

Valentina zuckte zusammen. Mit diesem Ausbruch hatte sie nicht gerechnet.

»Du hast meine Liebe mit Füßen getreten.« Er brüllte, war plötzlich regelrecht außer sich. Sein Gesicht verfärbte sich zornesrot. »Wie konntest du es wagen? Du bist eine Hure. Eine gottverdammte, betrügerische Hure, die für jeden dahergelaufenen Wichser die Beine ...«

Die Türklingel schlug an. Marc fuhr keuchend herum. Valentina reagierte, ohne nachzudenken. Sie schrie um Hilfe.

»Sei still!« Marc trat nach ihr.

»Valentina?«, rief eine Männerstimme. Es klang wie Sedan. Er hämmerte gegen die Tür.

Valentina schrie so laut sie konnte. Überfordert drehte Marc sich im Kreis, offenbar unschlüssig, was er als Erstes tun sollte. Sie zum Schweigen zu bringen, oder sich um den ungebetenen Besucher zu kümmern. Schließlich schnappte er das Messer, das er auf den Wohnzimmertisch gelegt hatte und stürmte zur Haustür. Valentina rief weiter um Hilfe. Eine Fensterscheibe brach. Es hörte sich an wie die Tür zum Garten hinter dem Haus.

Fluchend stürmte Marc am Wohnzimmer vorbei zur Hintertür. Valentina konnte nichts sehen, doch sie hörte Gebrüll. Der Nachbarshund bellte. Etwas schlitterte über den Boden. Stöhnen und Ächzen, ein lautes Poltern. Eine Tür schlug zu, dann Stille.

Mit klopfendem Herzen wartete sie. Wer würde um die Ecke kommen?

Ein Mann tauchte im Türrahmen auf. *Sedan*. Valentina schluchzte auf. Ihre Erleichterung war grenzenlos. Sedan hatte eine Schnittwunde auf der Wange und sein Hemd war in Brusthöhe zerfetzt und blutverschmiert. Mit zwei großen Schritten war er bei ihr. Panik flackerte in seinem Blick.

»Bleib ganz ruhig, ich helfe dir.« Geschickt durchtrennte er ihre Fesseln, als hätte er das schon tausendmal zuvor getan. Seine Fingerknöchel waren wund und blutverschmiert, offenbar hatte er sich mit Marc einen Faustkampf geliefert. Er wickelte sie in die Decke und nahm sie hoch, was ihr einen Schmerzenslaut entlockte. Schluchzend schmiegte sie sich in seine Arme.

»Valentina«, wisperte er in ihr Haar, während er sie fest umklammert hielt. »Es tut mir so leid.« Diese Worte wiederholte er so lange, bis sie ihm sagte, es wäre okay.

Sirenengeheul näherte sich.

Sedan trug sie zum Sofa und setzte sich. Sie klammerte sich an ihn wie eine Ertrinkende. »Wo bist du verletzt?«, wollte er wissen.

»Meine Hüfte und mein Bein«, gab sie zurück.

»Ich hab die Polizei und einen Krankenwagen gerufen. Sie sind gleich hier«, sagte er. »Wer ist der Kerl?«

»Mein Exfreund Marc«, murmelte Valentina an seiner Schulter. »Wegen ihm bin ich nach L.A. gezogen.«

»Oh Gott, es tut mir leid«, wiederholte er. »Das ist alles meine Schuld. Ich hätte dich nicht gehenlassen dürfen. Warum hast du mir nie von ihm erzählt?«

Valentina schüttelte den Kopf. Sie wollte nicht reden, sie wollte einfach nur auf dem Sofa in seinen Armen liegen und die Tatsache genießen, dass Sedan sie gerettet hatte. Erschöpft schloss sie die Augen.

»Was ist mit Marc?«, murmelte sie.

Sedan strich über ihr Haar. »Ich hab ihn k.o. geschlagen.«

Zweifelnd sah sie auf. »Und wenn er aufwacht?«

Beruhigend strich Sedan über ihre Wange. »Das wird er nicht. Ich habe ihm einen ordentlichen Kinnhaken verpasst und ihn in die Abstellkammer gesperrt.« Er bedeckte ihre Stirn mit Küssen. »Mein Gott, Valentina. Du hast mir einen riesen Schrecken eingejagt. Als ich diesen Kerl rumbrüllen und dich um Hilfe rufen hörte, dachte ich, ich drehe durch. Wie hast du mir dieses Dreckschwein nur verschweigen können?«

»Hättest du es denn wissen wollen?«, fragte sie.

Er umfasste ihr Gesicht mit seinen Händen und sah sie ernst an. Sein Blick war offen und weich. Es war, als hätte er seine Maske fallen gelassen, um ihr endlich den echten Sedan zu zeigen. »Natürlich will ich das. Ich will alles über dich wissen. Jeden Augenblick deines Lebens will ich kennen.«

Sie unterdrückte ein Schluchzen. »Wie hast du mich gefunden?«

»Als ich gemerkt habe, dass du nicht zuhause bist, hab ich deine Schwester angerufen. Sie hat mir gesagt, dass du gerade in Polson bist.«

Bremsen quietschten. Das Sirenengeheul verstummte, Wagentüren schlugen zu. Zwei Polizisten stürmten mit gezückten Waffen in das Haus. Seufzend legte Valentina den Kopf an Sedans Schulter und krallte sich in sein Hemd. Gleich würde man sie ins Krankenhaus bringen, weg von Sedan, um sie zu untersuchen und medizinisch zu versorgen. Sie wollte nicht alleine sein.

»Keine Angst«, sagte Sedan als hätte er ihre Gedanken gehört. »Ich lass dich nicht alleine.«

Kapitel 22 - Valentina

Sedan blieb in der Stadt, bis Valentina aus dem Krankenhaus entlassen wurde. Gemeinsam flogen sie nach Los Angeles zurück. Er bestand darauf, dass sie sich in seiner Wohnung erholte, denn ihr Bein war gebrochen und die Hüftprellung schmerzte noch immer. Sie hatten noch nicht über die Sache mit Amanda und Paul gesprochen, auch nicht über ihre Zukunft, deshalb quartierte Sedan sie vorsichtshalber im Gästezimmer ein.

Die ersten Tage hatte Valentina noch unter Schock gestanden, weswegen ihr alles andere unwichtig erschienen war, doch langsam gewannen die Ereignisse *vor* Marcs Angriff wieder an Bedeutung. Ihr Vater befand sich auf dem Weg der Besserung, er würde bald aus dem Krankenhaus entlassen werden, Marc saß für mindestens zwanzig Jahre hinter Gittern und Valentina begann, nachzudenken.

Sedan hatte sie gerettet und sich um sie gekümmert, doch wie sah ihre gemeinsame Zukunft aus? Hatten sie überhaupt eine Zukunft? Die Spielchen, die er in Amandas Auftrag mit ihr getrieben hatte, waren gemein und eigentlich unverzeihbar. Andererseits zeigte er ihr, wie sehr er es bereute. Er war so fürsorglich und bemüht, ihr zu helfen und dabei alles richtig zu machen. Und er hatte seine Kanzlei eine ganze Woche lang seinem Partner überlassen, nur um bei ihr zu sein. Valentina war durchaus bewusst, welches Opfer er damit gebracht hatte.

Wie schon die Abende davor saß sie im Bett und beobachtete, wie er die Sachen, die er aus ihrer Wohnung geholt hatte, im Schrank verstaute. Seine Nähe beruhigte sie und machte sie glücklich. Wenn er bei ihr war, fühlte sie sich sicher, doch sie wusste, dass sie nicht ewig in diesem Bett sitzen und einfach nur seine Nähe genießen konnte. Irgendwann würden sie reden und eine Entscheidung treffen müssen.

Er schloss die Schranktür und drehte sich zu ihr um. »Brauchst du sonst noch was? Eine Flasche Wasser oder einen Snack?«

»Nein. Alles gut.«

Er vergrub die Hände in den Hosentaschen und stand ein wenig unschlüssig da, als würde er nach einem Grund suchen, um in ihrem

Zimmer bleiben zu können. »Also gut. Wenn was ist, ruf mich. Du weißt ja, ich bin nebenan.«

Valentina lächelte dankbar. »Ja ich weiß.«

Sie wünschte sich, er würde bei ihr bleiben oder sie bitten, in seinem Bett zu schlafen, doch da war plötzlich wieder diese Mauer aus Verlegenheit und Zurückhaltung, die sie einfach nicht überwinden konnte. Im Krankenhaus waren sie nie mehr als zehn Minuten am Stück alleine gewesen, weil entweder ihre Schwester, ein Pfleger, die Polizei oder irgendein anderer Besuch anwesend war.

Doch seit drei Tagen waren sie allein und vermieden seitdem jedes persönliche Gespräch.

»Gute Nacht«, sagte Sedan.

Leise schloss er die Tür. Eine Weile starrte Valentina auf die geschlossene Tür, das dunkle Holz schimmerte warm im Schein der Nachttischlampe, dann schaltete sie den Fernseher an, ließ den Ton allerdings aus, und starrte auf die Bilder, die über den Bildschirm flimmerten. Eine Waldameise krabbelte über ein Blatt, vor ihre lauerte eine Spinne, die sofort zuschlug, als sich die Ameise ihr näherte. Valentina wechselte den Sender. Ein Mann rannte durch den nächtlichen Regen einer Frau hinterher. Sie weinte. Ihre Tränen mischten sich mit den Regentropfen auf ihrem Gesicht. Als er sie eingeholt hatte, wirbelte er sie herum und küsste sie leidenschaftlich.

Tränen stiegen in Valentinas Augen. Seit Sedan sie gerettet hatte, behandelte er sie wie seine kleine Schwester. Er küsste sie auf die Stirn oder hielt ihre Hand, mehr nicht. Wenn er aus der Kanzlei kam, schüttelte er ihr Kissen auf, bestellte Essen und verstaute ihre Sachen. Der Wandschrank im Gästezimmer füllte sich zusehends. Half er ihr nur aus Freundlichkeit? Oder weil er sich schuldig fühlte? Oder befürchtete er, sie könnte seine Berührung nicht ertragen?

Sie musste es endlich herausfinden.

Behutsam schob sie sich vom Bett, griff nach ihren Krücken und humpelte in Sedans Schlafzimmer. Er lag im Bett mit dem Laptop auf dem Schoß. Sein Oberkörper war nackt. Valentina schluckte nervös.

»Valentina, was machst du hier?« Er schob den Laptop zur Seite und sprang auf.

Sie humpelte ihm entgegen. »Stört es dich, wenn ich eine Weile hier bleibe? Ich will nicht alleine sein.«

»Nein, das stört mich nicht. Leg dich hin.« Fürsorglich half er ihr ins Bett. Valentina versuchte den Umstand zu ignorieren, dass er nur seine eng anliegenden Boxershorts trug.

»Hab ich dich beim Arbeiten gestört?«, fragte sie.

Er klappte den Laptop zu und legte ihn auf den Nachtisch. »Es war nichts Wichtiges.« Er zog die Decke über ihre Beine und deutete auf die Fernbedienung. »Möchtest du fernsehen?«

»Ich möchte gerne von dir in den Arm genommen werden. Ist das Okay für dich?« Ihre Wangen glühten. So ehrlich hatte sie ihre Wünsche noch nie geäußert. Gleich würde sich zeigen, wie er zu ihr stand. Ob er sie noch immer wollte oder ob er sich nur aus Pflichtgefühl um sie kümmerte.

»Natürlich.« Er rückte näher und zog sie in seine Arme.

Nach einer Weile rutschte Valentina abwärts und drehte ihm den Rücken zu. Er umschlang sie mit seinen Armen und hielt sie fest, beschützte und behütete sie. Es war eine richtige Umarmung, so wie man jemanden umarmen würde, der einem etwas bedeutete. Seufzend stieß sie den Atem aus. Das fühlte sich so gut an. Seine Hand streichelte über ihren Bauch. Langsam rutschte ihr Top hoch, bis er die nackte Haut berührte. Als sie ihren Hintern ein wenig bewegte, spürte sie seine Erektion.

»Tut mir leid«, murmelte er. »Beachte es einfach nicht.«

Aber sie wollte es beachten. Und sie wollte, dass er sie beachtete. Wortlos nahm sie seine Hand und schob sie höher, bis sie auf ihrer Brust lag. Sedan stöhnte. »Tu das nicht, Valentina. Du weißt, wie sehr ich dich begehre.«

»Es gefällt mir, wenn du mich begehrst«, wisperte sie. Vor allem, wenn sie gar nicht begehrenswert war, so wie im Moment. Der Gipsstiefel war alles andere als sexy und auf Krücken zu laufen und dabei ständig zu ächzen, weil bei jedem Schritt ihre Hüfte schmerzte, war irgendwas zwischen besorgniserregend und lächerlich.

»Ich will dir nicht wehtun«, sagte er, doch er nahm seine Hand nicht fort, stattdessen streichelte er über ihren harten Nippel.

Valentina stöhnte leise. »Wir können vorsichtig sein. Ich will dich spüren, Sedan. Bitte schenk mir ein positives Gefühl.«

»Oh Fuck.« Gierig zog er ihr das Top über den Kopf und presste sie an sich. Valentina drehte den Kopf, sodass er sie küssen konnte. Es war ein leidenschaftlicher Kuss, nicht wie das keusche Geschmuse im Krankenhaus, und es gefiel ihr. Sie verspürte keine Angst, nur das heiße Kribbeln zwischen ihren Schenkeln, das ihr zeigte, wie sehr sie ihn noch immer begehrte. Er war nicht Marc. Er war Lichtjahre von diesem Verrückten entfernt. Sogar ihr Körper wusste das.

Seine Hand wanderte nach unten in ihre Shorts. Ihre Hüfte schmerzte ein wenig, als sie die Beine spreizte, doch seine geschickten Finger ließen sie den Schmerz schnell vergessen.

»Ich will in dir sein«, keuchte er. »Geht das?«

»Ja. Ich will es auch.« Sie merkte, wie er hinter ihr herumruschelte, dann schob er ihre Shorts nach unten und seinen harten Schwanz zwischen ihre Beine. Sie dirigierte ihn in ihre Öffnung. Vorsichtig drang er in sie ein.

Als er tief in ihr war, stöhnte er auf. »Fuck, wie sehr hab ich das vermisst. Ich kann nicht genug von dir bekommen, Baby.«

Die Worte waren Balsam für ihre Seele und erzeugten einen Funkenschauer, der ihren Unterleib lichterloh in Brand setzte. Sie begehrte Sedan wie noch keinen Mann zuvor, doch es war nicht nur Begehren. Sie hatte Gefühle für ihn, vielleicht liebte sie ihn sogar. Seine Stöße waren verhalten, doch kräftig genug, um ihn tief in sich zu spüren. Mit seinen Fingern stimulierte er ihre Perle. Sie kamen gemeinsam zum Höhepunkt und lagen anschließend eng umschlungen da.

Valentina spürte Sedans Atem im Rücken, seine vertraute Nähe, die die Mauer zum Einsturz brachte, die sie kurz zuvor noch getrennt hatte.

»Ich habe nicht mit Paul geschlafen«, sagte sie in die Stille hinein. »Ich will, dass du das weißt.«

Zuerst reagierte Sedan nicht, dann küsste er ihren Nacken. »Danke für die Information.« Er hielt inne. Valentina spürte, dass er noch etwas sagen wollte und wartete.

»Ich habe bei Amandas blödsinniger Challenge mitgemacht, das war dumm von mir. Es war gemein und skrupellos, dich manipulieren zu wollen. Aber es hatte auch etwas Gutes.«

Valentina lag ganz still, wollte den Moment nicht durch eine schmerzhafte Bewegung zerstören. »Und das wäre?«

»Die Gefühle, die ich bei dir erzeugen wollte, hast du bei mir geweckt. Du hast mein Herz berührt, dabei hab ich nicht mal geglaubt, eines zu haben.«

Valentinas Herz schwoll an. »Und was bedeutet das für uns?«

Er küsste ihre Wange. »Das bedeutet, wenn du mir verzeihst und mir eine Chance gibst, würde ich gerne mit dir zusammen sein. Ich liebe dich, Valentina.« Er schnaubte. »Ich hätte nie gedacht, dass ich das jemals zu irgendjemandem sagen würde, aber es ist verdammt nochmal wahr. Ich liebe dich und kann mir ein Leben ohne dich nicht vorstellen.«

Glück und Freude strömten durch Valentinas Adern bis in den letzten Winkel ihres Körpers. Sie war durch die Hölle gegangen und hatte auf dem Weg einen blühenden Garten gefunden.

»Bist du dir sicher?«, fragte sie wie eine Idiotin grinsend. »Ich bin ziemlich schreckhaft, höchst emotional und ein unerträglicher Gutmensch. Ich könnte dich zum Beispiel zwingen, auf Amanda Hope als Mandantin zu verzichten, regelmäßig deine Mutter zu besuchen und pro bono zu arbeiten, um deine Schandtaten wieder gutzumachen.«

Sedan zog sie näher, bis ihre Hüfte protestierte und sie autschte. »Entschuldige«, sagte er. »Das sind die dämlichen Glücksgefühle, die haben mich überwältigt. Also. Amanda Hope ist nicht meine Mandantin. Ich habe ihr gesagt, was ich von ihr und ihren Spielchen halte und ihr geraten, sich einen anderen Anwalt zu suchen. Und meine Mutter zu besuchen, wird mich sicher nie jubeln lassen, aber du hast recht, wenn du sagst, ich sollte es tun. Wenn du mit einem arroganten Arschloch wie mir zusammen sein kannst, kann ich eine rechthaberische Weltverbesserin ertragen, vor allem, wenn sie so wunderbar und sexy ist, wie du.«

Valentina drehte sich langsam auf den Rücken und sah ihn an. »Wir werden streiten.«

Sedan grinste verschmitzt. »Oh ja, das werden wir und die Versöhnung wird jedes Mal bombastisch sein.«

Er legte eine Hand auf ihre Taille, beugte sich zu ihr hinab und küsste sie. Ganz zart und doch voller Leidenschaft.

So also fühlt sich Liebe an, schoss es Valentina durch den Kopf.

Sedan hatte gestanden, die Liebe nicht zu kennen, bis er ihr begegnet war, doch im Grunde war es bei ihr ähnlich. Sie hatte Beziehungen gehabt und Marc. Sie hatte gelitten, war zerstört worden und hatte sich wieder zusammengesetzt, doch sie hatte nie geliebt. Dieser Mann, dieser grantige, arrogante Workaholic, dessen Küsse sie jeden Schmerz, jede Angst und alle Vorbehalte vergessen ließen, dieser Mann hatte ihr gezeigt, was es heißt, zu lieben.

»Also was ist?«, sagte er, als er kurz mit dem Kuss innehielt. »Glaubst du, wir sollten deine Sachen gleich hier lassen?«

Fragend hob Valentina die Augenbrauen. »Wie meinst du das?«

Mit dem Daumen strich er über ihre Lippen, blieb dabei ihrem Gesicht ganz nah. »Ich meine, du könntest bei mir bleiben. In meiner Wohnung. Ich habe mehr als genug Platz.«

»Für wie lange?«, fragte Valentina. Ihr Herz klopfte hoffnungsvoll.

Er grinste. »Für immer.«

Ende

13811231R00143

Printed in Germany
by Amazon Distribution
GmbH, Leipzig